소설
맹자

소설
맹자

최인호 장편소설

열림원

차례

제1장　　호연지기(浩然之氣) · 7

제2장　　성선지설(性善之說) · 123

제3장　　성악지설(性惡之說) · 221

제4장　　유림(儒林) · 253

작가의 말 · 304

제1장

호연지기
浩然之氣

1

　기원전 479년.
　공자가 일흔세 살의 나이로 고향 노나라에서 죽은 이래로 유교는 점점 쇠락의 길로 접어들고 있었다. 사마천은 『사기(史記)』에서 이렇게 탄식하고 있다.
　"공자가 사거한 뒤에는 왕도에서도 학교수업을 존중하는 사람이 없었다."
　냉정한 사필을 가졌으나 공자에 대해서는 극찬하였던 사마천. 사마천은 공자의 생애를 다룬「공자세가(孔子世家)」의 집필을 끝낸 후 그 소감을 후기로 남긴다.

　　나 태사공은 이렇게 생각한다.

『시경(詩經)』에 보면 '고산을 우러러보면서 대도로 나아간다'고 되어 있다. 도달할 수는 없더라도 마음은 저절로 그쪽으로 향한다는 뜻이다. 나는 공자의 저서들을 읽으며 그의 인품을 생각해보았다. 노나라로 직접 가서는 그의 묘당에 있는 거복(車服)과 예기(禮器)도 보고 여러 유생들이 공자의 옛집에서 예를 익히는 것도 구경했다.

나는 주위를 거닐면서 차마 그곳에서 발길이 떨어지지 않는 사실을 감지했다. 천하의 어떤 군주나 현인들도 살아서는 영화를 누렸겠지만 죽어서는 그 영화도 끝났다. 그렇지만 공자는 포의(布衣)의 신분이었으면서도 덕은 10여 대에 걸쳐 전하고 공자를 종주(宗主)로 우러러보고 있는 것이다. 천자나 제후들을 비롯해 중국 전역에서 육예를 논할 때에는 모두 공자를 표준으로 취사선택하니 과연 공자를 지성(至聖)이라 부르지 않을 수 없는 것이다.

일찍이 아버지 사마담(司馬談)은 병석에 누워 위독해지자 사람을 시켜 아들 사마천을 급히 낙양으로 오게 한다. 그리고 아들에게 유언을 남긴다.

"주공이 서거한 지 5백 년 만에 공자는 『춘추(春秋)』를 저술하여 끊겼던 『사기』의 전통을 되살렸다. 이제 공자가 사거한 지 5백 년. 그동안 명군 현신과 충신 의사가 수없이 많았다. 나는 사관의 자리에 있으면서 그들의 족적을 기록할 결심이었으나 급병이 들어 세상을 뜨니 나를 대신하여 네가 그 기록을 남겨 내 한을 풀어다오."

이에 사마천은 아버지에게 맹세한다.

"불민한 자식이오나 삼가 아버지의 유지를 받들겠습니다."

그 후 사마천은 남성으로서는 가장 치욕적인 궁형의 쓰라림을 굳게 딛고 아버지의 간절한 유언을 끝내 실천에 옮긴다.

이것이 동양 최고의 역사서이자 철학서, 그리고 불후의 문학작품인 『사기』였던 것.

냉정한 사가 사마천이 그토록 공자를 존경하였던 것은 아버지의 유언대로 공자가 주공이 서거한 지 5백 년 후에 중국 최초의 역사서인 『춘추』를 지었고, 『춘추』를 제자들에게 전해주면서 '후세의 사람들이 나를 알아주는 것도 『춘추』를 통해서이고, 나를 죄주게 되는 것도 『춘추』를 통해서일 것이다' 라는 말을 남김으로써 '춘추필법 (春秋筆法)'의 직필을 보여준 때문일 것이다.

사마천 자신도 공자의 사후 5백 년 후에 태어나 『사기』를 편찬하였으니, 사마천은 아버지의 유언대로 『춘추』 이후 끊겼던 역사를 복원하기 위해서 이 세상에 태어난 제2의 공자라고 자신을 자부하였을지도 모른다.

그런 이유로 인해 사마천은 『사기』에 등장하는 수백 명의 인물 중에서 공자를 가장 존경하여 감히 지성, 즉 지와 덕을 아울러 갖추어 더없이 뛰어난 성인으로까지 공자를 칭송하고 있을 것이다.

사마천은 공자가 죽은 지 얼마 안 되어 왕도에서조차도 학교의 수업을 존중하는 풍조가 사라졌음을 탄식하고 있다. 사마천은 「유림열전(儒林列傳)」을 지어 『사기』에 넣음으로써 바로 이러한 경박한 시대를 향해 준엄한 경종을 울리고 있는 것이다.

「유림열전」은 이렇게 시작된다.

나 태사공은 이렇게 생각한다.
내가 공령(功令)을 읽으면서 국립학교의 교관(敎官)을 장려, 확대하는 대목에 이르게 되면 언제나 책을 내던지고 탄식하지 않고는 배길 수가 없었다. 참으로 슬픈 일이었다.

공자 사후, 학교수업을 존중하는 학풍이 사라지고 학문을 장려하는 학교 교육용의 공령을 읽을 때면 견딜 수 없어 언제나 책을 던져 버리고 탄식하였던 사마천.
사마천은 공자로부터 시작된 유가의 학문이 끊이지 않고 유림의 숲을 이뤄 영원히 울울창창 뻗어나가기를 바라면서 「유림열전」을 이어간다.

주왕조가 쇠퇴해지자 관저(關雎, 『시경』의 권두시)가 나타나고 유왕(幽王), 여왕(厲王)이 무도했던 탓으로 예악이 파괴되었으니 제후들이 제멋대로 행동하는 바람에 정권은 강국으로 옮겨갔다. 그래서 공자는 왕도(王道)가 쇠퇴하고 사도(邪道)가 일어나는 것을 슬퍼한 나머지 『서경』과 『시경』을 정리해 예악의 부흥에 힘썼다.

공자는 제나라로 가서 성왕 순(舜)이 작곡한 소(韶)라는 음악을 듣고 감동한 나머지 석 달 동안이나 고기 맛을 몰랐으며, 위나라에서 노나라로 돌아와 음악을 바로잡아 비로소 아(雅, 정악)와 송(頌, 조상의 공덕을 기리는 노래)이 제자리를 찾게 되었다고 한다.

그러나 세상이 워낙 혼탁해 있었으므로 그를 알고 써주는 사람이 없었다. 그래서 공자는 몸소 70여 명의 제후들을 방문해보았으나 제대로 알고 예우해주는 자도 없었다. 공자는 탄식하며 '나를 채용해주는 군주가 있다면 반드시 한 해 안에 예악을 일으키겠다'고 말하였고, 노나라 애공이 서쪽으로 사냥을 나가서 기린을 잡자 '나의 도는 다했다'고 한탄하였다.

노나라 사관의 기록에 의하면 공자는 결국 『춘추』를 저술해 왕자의 도를 보여주었다. 『춘추』의 언사(言辭)는 미묘해서 그 함축성이 원대하다. 후세 학자들 중 이것을 주석(註釋)하고 해설한 이들이 많다.

사마천은 이처럼 공자의 생애를 압축하여, 공자가 역사서인 『춘추』를 쓰게 된 배경을 간단하게 약술하고 있다. 그리고 나서 사마천은 공자가 죽은 후의 상황을 부연 설명하고 있다.

공자가 사거한 뒤 70여 명의 제자들은 천하로 흩어져 각국의 제후들을 방문했다. 그때 크게 된 사람들은 제후의 스승이나 재상이 되었고, 작게는 사대부의 선생이나 벗이 되었다. 혹은 숨어 버린 제자들도 많았다. (중략) 그 이후 학문은 점차로 쇠퇴해지더니 마침내 진나라 시황제에 이르렀던 것이다. 당시의 천하는 전국(戰國)이라는 제후의 상쟁시대였기 때문에 유학 따위는 알아주지도 않았다. 그러면서도 제나라와 노나라 지방에는 학자들이 적지 않았다. 제나라 위왕(威王), 선왕(宣王) 치세 때 맹자(孟子), 순자(荀子) 같은 인물들이 그들로서 모두 공자의 유업을 이어받아 그 학문을 부연(敷衍)함으로써 당세에 큰 명성을 떨쳤다.

사마천의 기록은 매우 중요한 역사적 사실을 기술하고 있다. 사마천의 탄식대로 공자가 사거한 이래 유학은 점점 더 쇠퇴하여 아무도 알아주지 않는 황무지로 접어들고 있었다.

그러나 맹자와 순자 같은 당대의 큰 명성을 떨쳤던 거유들이 다시 공자의 유업을 이어받음으로써 유학은 그 명맥을 유지할 수 있었던 것이다.

사마천은 맹자와 순자에 대해「맹자순경열전(孟子荀卿列傳)」이란 항목을 만들어 따로 기술하고 있는데, 사마천은 맹자에 대해 다음과 같이 칭송하고 있다.

"맹자는 유·묵(儒·墨)의 유문(遺文)을 섭렵하고 예의의 통기(統紀)를 밝혀 혜왕(惠王)의 욕심을 단절시켰다."

사마천의 맹자에 대한 이와 같은 약술과는 달리 유가에 있어 맹자의 역할은 실로 지대한 것이었다.

만약 공자 사후 백여 년이 흘러간 뒤에 태어난 맹자가 없었더라면 공자의 유가사상은 맥이 끊겼을지도 모른다.

아성(亞聖).

이는 성인에 버금가는 사람을 이르는 말로 유교에 있어 '공자에 버금가는 사람'이라 하여 맹자를 가리키는 대명사다. 맹자는 공자의 유가사상을 학문적으로 체계화해 마침내 중국의 중심사상으로 정립하고 동양정신으로까지 확산시킨 것이다. 후세에 유가사상이 '공맹사상'으로까지 불리게 된 것은 맹자의 역할을 말해주는 단적인 예다.

맹자 스스로도 자신을 공자의 정통적인 후계자로 자임하고 있었다.

이는 평소에 맹자가 공자에 대해 이러한 말을 한 것을 보면 잘 알 수 있다.

맹자의 제자인 공손추(公孫丑)가 스승에게 "선생님은 이미 성인이 되셨습니까" 하고 물었을 때 맹자는 깜짝 놀라면서 "아니 그게 무슨 말인가" 하고 대답한다. 그리고 맹자는 옛 전적의 기록들을 고증하면서 자기 자신은 감히 공자와 비교도 할 수 없는 하찮은 존재라고 겸손해하면서 말한다.

세상에 사람이 생겨난 이후로 공자보다 더 빼어난 인물은 나오지 않았다(自生民以來 未有盛於孔子也).

맹자는 이처럼 공자를 마음속으로 깊이 존경하고 있었다. 공자에 대한 맹자의 존경심은 「만장(萬章)」 하편에서 공자의 인격을 칭송한 말에서도 드러나고 있다.

맹자는 '눈으로는 사나운 빛을 보지 않았고, 귀로는 사나운 소리를 듣지 않았으며, 자기에게 맞는 임금이 아니면 섬기지 않았고, 자기에게 맞는 백성이 아니면 다스리지 않았던 청렴하고 지조 높기로 유명한 백이(伯夷)'와 '하늘이 백성을 내시되 먼저 깨달은 사람으로 하여금 뒤늦게 깨닫는 사람을 일깨워주게 하셨다. 나는 하늘이 낸 백성 가운데 먼저 깨달은 자이다. 따라서 나는 이 도를 가지고 백성을 일깨워줄 것이다'라며 탕왕(湯王)을 도와 은(殷)나라를 세운 이윤(伊尹) 등을 평가한 다음 공자에 대해서는 이렇게 평하고 있다.

공자는 성인으로 때를 알아서 해나간 사람이었다. 공자와 같은 분을 집대성했다고 하는 것이다(孔子聖之時者也 孔子之謂集大成).

집대성.
낱낱으로 된 여럿을 많이 모아 하나의 정리된 것으로 완성하다, 라는 뜻의 고사성어로 공자에 대해서 칭송한 맹자의 표현에서 비롯된 말.

맹자는 이처럼 공자를 사숙하고 있었을 뿐 아니라 자신을 공자의 후계자로 자처하고 있었다. 「등문공(藤文公)」 하편에는 맹자 스스로 자신을 공자의 학문적 계승자라고 자부하는 내용이 나온다.

"옛날에 우(禹)는 홍수를 막아 천하를 평온하게 하였고, 주공(周公)은 오랑캐를 회유하고 맹수들을 몰아내어 백성들을 편안하게 하였고, 공자는 『춘추』를 지어 어지러운 신하들과 도적들을 두려워하게 했었다. 나도 사람의 마음을 바로잡고 사설(邪說)을 없애고, 비뚤어진 행동을 막고 음탕한 말들을 몰아냄으로써 세 분의 성자를 계승하려 한다. 내 어찌 논쟁을 좋아하겠느냐. 나는 부득이해서 그러는 것이다."

이 말은 맹자 스스로 임금 우와 주공과 공자, 이렇게 세 성인의 계승자임을 드러내고 있음인데, 여기에는 맹자의 특징을 가리키는 중요한 문구가 나온다.

그것은 맹자가 공자를 계승하기 위해서 논쟁을 즐겨 했다는 내용이었다. 맹자는 '나도 하고 싶지 않지만 어쩔 수 없이 논쟁을 할 수밖에 없다'는 식으로 자신의 입장을 변호하고 있다.

실제로 맹자는 공자와는 달리 '논쟁하기를 즐겨하고(好辯)' 전투적이었다. 후세 사람들은 맹자를 '유가의 투장(鬪將)'으로까지 부르고 있다.

실제로 맹자는 유가의 심오한 이론적 역량을 보여주기 위해서 끊임없이 논쟁을 벌이고, 싸우고, 그리고 이겼다. 맹자의 사상은 이 논쟁을 통해 더 심오해질 수 있었을 뿐 아니라 유학은 질적으로도 더 풍부한 내용을 갖출 수 있었다.

이는 맹자가 태어난 시대적 배경과 무관하지 않다.

맹자가 태어난 것은 기원전 372년. 공자가 죽은 것이 기원전 479년이었으니, 정확히 공자가 죽은 지 107년 만에 태어난 것이다. 그러나 불과 1세기의 시차였는데도 시대는 급변하고 있었다.

이는 사마천이 『사기』에 기록한 내용을 통해 미루어 짐작할 수 있다.

> 당시에 천하는 전국이라는 제후의 상쟁시대였기 때문에 유학 따위는 알아주지 않았다.

춘추전국시대.

이는 주나라가 오랑캐의 침입을 받아 수도를 낙양으로 옮긴 기원전 770년에서 진나라가 중국을 통일한 기원전 221년까지를 말하는 고대 중국의 변혁기다. 이 시기는 한, 위, 조나라 들이 진나라를 삼분해서 독립한 기원전 403년을 경계로 '춘추시대'와 '전국시대'로 구별된다.

'춘추시대'와 '전국시대'로 나누어진 것은 바로 공자가 『춘추』라는 사기를 통해 역사를 기록했기 때문으로 공자는 춘추시대 때의 사람이고 맹자는 전국시대 때의 사람인 것이다.

불과 백여 년의 시차에도 불구하고 공자가 살았던 춘추시대와 맹자가 살았던 전국시대는 천양지차의 시대적 배경을 보이고 있다.

공자가 살았던 춘추시대 때에는 140여 개의 제후국이 존재하고 있었다. 이처럼 강국과 약소국이 혼재하고 있어 끊임없이 약육강식의 국지전은 벌어지고 있었으나 그래도 제정일치의 종교적 권위를 가진 천자 주 왕실에 대한 봉건주의적 존경심은 아직 사라지지 않고 있었다. 따라서 강자와 약자의 국가적 병합은 있었지만 주나라를 무너뜨리고 천하를 통일하려는 야망을 가진 제후국은 존재하지 않았던 것이다. 그러나 맹자가 살았던 전국시대는 전혀 양상이 달랐다.

이미 진(秦), 초(楚), 연(燕), 제(齋), 한(韓), 위(魏), 조(趙)의 전국칠웅(戰國七雄)이 성립되었으므로 각국의 군주들은 스스로 왕이라 칭하고 부국강병을 위한 인재등용에 타국 출신이나 서민 할 것 없이 모두 발탁하여 천하통일을 꿈꾸는 폭풍 전야의 시기였다.

이러한 부국강병책은 철제 농기구의 사용과 소와 쟁기를 이용한 우경(牛耕)으로 급속한 농업의 발전을 이루었고, 화폐의 사용으로 눈부신 경제의 발달도 함께 가져왔다. 급속한 사회와 경제의 변동과 함께 나타난 질서의 붕괴는 약 3백 년간에 걸쳐 이른바 '제자백가(諸子百家)'를 탄생시켰으며, 새로운 가치관과 질서에 대한 활발한 논쟁을 벌여 중국사상사에 있어서 여명기를 맞이하게 하는 것이다.

제자백가.

중국 춘추전국시대의 여러 학파를 통틀어 이르는 말로 이들 학파들은 백가쟁명(百家爭鳴)의 논쟁으로 비화되었다. 제자백가들의 자유로운 논쟁과 토론으로 학문과 사상은 더욱 발전하여 '많은 꽃들이 한꺼번에 피어난다는 뜻'인 '백화제방(百花齊放)'의 르네상스시기가 도래하였던 것이다.

그러나 좋게 말하면 문예부흥기의 르네상스이지만 실은 궤변과, 맹자의 표현대로 '사설(邪說)'과 '방자하고 음탕한 말(放淫)'들이 난무하는 혹세무민(惑世誣民)의 암흑시기였다.

맹자는 바로 이러한 전국시대의 한복판에서 태어났으며, 자라날 때부터 백가의 학파들이 서로 자기가 옳다고 주장하는 쟁명 속에서 성장할 수밖에 없었다.

마치 바오로가 빛의 갑옷을 입고 예수 그리스도로 온몸을 무장하고 예수의 전사로 나섰던 것처럼 맹자는 이 백가쟁명의 암흑기에 스스로 유가의 갑옷을 입고 성인 공자로 온몸을 무장하고 공자의 투사로 나선 것이었다.

이것이 맹자를 '논쟁하기를 좋아하는 사람'으로 만든 계기며, 유가의 검객이자 검투사로 불리게 만든 시대적 배경이다.

실제로 맹자의 제자 공도자(公都子)는 맹자에게 어째서 사람들과 논쟁하기를 즐겨 하는지 그 이유를 묻는다. 이 질문에 맹자는 이렇게 해명한다.

"내가 어찌 논쟁하기를 좋아하겠느냐. 어쩔 수 없어서 그런 것이다. 천하에 사람이 생겨난 지는 오래되었고, 세상은 한 번 다스려지고 한 번 혼란해지기를 되풀이해왔기 때문이다."

그리고 나서 맹자는 이렇게 자신의 입장을 변호한다.

"(공자 이후로 세상에는) 성왕이 나오지 않아 제후들은 방자하고 처사들은 마구 이론을 내세우고 양주(楊侏)와 묵적(墨翟)의 의견이 세상에 가득 차서 천하의 언론은 양주에게 돌아가지 않으면 묵적에게 돌아간다. 양주와 묵적의 도가 없어지지 않으면 공자의 도는 드러나지 않으니, 그것은 사설로 백성을 속여 인의(仁義)를 꽉 막아버리기 때문이다. 나는 이 때문에 두려워하여 돌아가신 성인들의 도를 지키고 양주와 묵적을 막으며 방자한 말을 몰아내서 사설을 내세우는 자가 나오지 못하게 하려는 것이다……. 나는 사람들의 마음을 바로잡고, 사설을 없애고, 비뚤어진 행동을 막고, 음탕한 말들을 몰아냄으로써 세 분의 성자(우임금, 주공, 공자)를 계승하려 한다. 내 어찌 논쟁을 좋아하겠느냐. 어쩔 수 없어서 그런 것이다."

맹자는 평소에 공자를 '사람이 세상에 생겨난 이후에 가장 빼어난 인물인 지성'으로 생각하고 있었다. 따라서 공자가 가장 싫어하였던 '말을 잘하고(巧言), 얼굴빛을 좋게 하며(令色), 약삭빠른 구변으로 남의 말을 막고, 달콤한 말을 많이 하는 말재주'가 오히려 유가의 법도에 어긋남을 잘 알고 있었다. 공자는 '강직 의연하고 질박 어눌한 사람은 인에 가깝다(剛毅木訥近仁)'라고까지 말하지 않았던가.

맹자는 자신이 논쟁을 잘하는 호변가(好辯家)나 달변가로 보이는 것에 열등의식을 느끼고 있었던 것처럼 보인다. 왜냐하면 제자 공도자의 질문에 두 번이나 강조하여 '내가 어찌 논쟁을 좋아하겠느냐, 어쩔 수 없이 그런 것이다'라고 변명하고 있는 것을 보면 맹자 자신도 자신의 투사적 모습에 대해 마음의 부담을 느끼고 있었던 듯 보인다.

그러나 맹자의 변명은 설득력을 지닌다.

왜냐하면 맹자가 태어난 전국시대는 그의 변명대로 모든 처사들이 '마구 이론을 내세우는(處士橫議)' 난세였고, 맹자가 걱정하였던 대로 '천하의 언론은 양주에게 돌아가지 않으면 묵적에게 돌아가고 있었던(天下之言不歸楊則歸墨)' 백가쟁명의 시대였기 때문이었다.

맹자의 이러한 변명은 그 당시의 시대적 상황을 극명하게 드러내고 있다.

춘추시대 말기에 유가는 이미 현학(顯學)이라고 불릴 정도로 사상적으로 많은 영향을 끼치고 있었으며 그 세력 역시 가장 막강하였다.

그러나 여러 사상가가 출현하여 논쟁을 벌이면서 현학으로서의 유가는 세력을 잃고 점점 쇠퇴의 길로 접어들고 있어 맹자의 걱정대로 '공자의 도를 드러내지 않으면 천하의 언론이 양주와 묵적의 사설로 돌아갈 위기'에 처해 있었던 것이었다.

특히 수백의 학파 중에서 당대의 중심세력을 이루고 있었던 대표적 유파는 유가를 비롯하여 도가(道家), 묵가(墨家), 법가(法家), 음양가(陰陽家), 명가(名家), 종횡가(縱橫家), 농가(農家), 병가(兵家), 소설가(小說家), 잡가(雜家) 등 10대 학파들이었다.

맹자는 이 대부분의 유파들과 맹렬하게 치열한 논쟁을 벌였으며, 실제로 논전에서 빛나는 승리를 거뒀다.

이 유파들은 상호논박하면서 사상적 발전을 이루었으므로 당시 학술과 문화가 크게 발달하였는데, 맹자 또한 이들과의 논쟁을 통해 유가의 이론을 체계화하고 심오한 사상을 닦아나갈 수 있었던 것이다.

이러한 맹자의 행동은 그의 생애를 통해 점차로 밝혀지겠지만 뛰어난 투장으로서의 언변을 엿볼 수 있는 대표적인 일화를 우선적으로 소개한다.

그 무렵에는 이른바 농가라는 학파도 세력을 떨치고 있었는데, 그 이름이 가리키듯 일반 농민들 사이에서 크게 번창하였던 서민사상이었다.

농가는 맹자와 동시대 인물인 허행(許行)이 창설한 학파였다. 그에게는 수백 명의 추종자들이 있었고 그들은 모두 거친 베로 짠 옷을 입고 멍석을 만들고 돗자리 짜는 일을 생업으로 삼았다.

농가의 주장은 이런 것이었다.

모든 백성들은 직접 농사를 짓고 옷을 짜 입어야 한다. 사회의 모든 갈등은 남보다 더 소유하기 위해 착취하고 빼앗는 데서 생겨난 것이니, 군주 역시 일반 백성과 함께 농사를 지으면서 자급자족해야 한다는 것이었다.

마치 영국의 통치에 대항하기 위해서 스스로 물레를 돌려 옷을 만들어 입고 자급자족해야 한다는 20세기의 성자, 간디의 논리를 연상시키는 사상이었다. 기존의 왕권과 제후들의 통치에 염증을 느끼고 있던 농민들은 농가의 사상에 현혹되었다.

그러나 맹자의 입장은 달랐다. 정신노동(勞心)과 육체노동(勞力)은 엄연히 분리되는 것이 합리적이라고 생각했던 것이다. 맹자는 이렇게 생각하고 있었다.

마음을 수고롭게 하는 자는 남을 다스리고
몸을 수고롭게 하는 자는 남에게 다스림을 받는다.
勞心者治人
勞力者治於人

    맹자는 얼핏 보면 농가의 주장이 만민평등의 이상적인 사상처럼 보이지만 실현불가능의 공염불이라고 보고 있었던 것이다. 맹자의 이러한 주장은 18세기 영국에서 시작된 이른바 산업혁명을 연상시키는 진보적 발상이었다.
    맹자의 주장은 왕권을 강화시키기 위한 궤변을 편 것이 아니라 '사람들은 각자 자기가 맡은 직능의 전문화가 보다 효율적이며 이를 위해서는 반드시 분업화가 이루어져야 한다'는 혁신경제논리였던 것이다.
    맹자가 등(滕)나라에 있을 때 허행의 수제자인 진상(陳相)이 일부러 찾아와 논쟁을 벌인 일이 있다.
    이때 진상이 자신의 스승 허행의 농가에 대해서 설명하고 자급자족에 대한 평등사상을 설법하자, 맹자는 논쟁을 벌이기 시작한다. 싸움을 먼저 걸어 기선을 제압한 사람은 진상이지만 치열한 반격을 개시한 사람은 맹자였다.
    "당신의 선생님 허행은 반드시 곡식 농사를 지어서 먹습니까."
    이에 진상이 대답한다.
    "그렇습니다."

"그렇다면 반드시 천을 짜서 옷을 입습니까."
"아닙니다. 저희 선생님은 갈옷을 입습니다."
"허행은 관을 씁니까."
"관을 씁니다."
"그것을 자기가 직접 짜서 씁니까."
"아닙니다. 손수 농사 지은 곡식과 바꿔서 씁니다."
"허행은 왜 자기가 직접 그것을 짜지 않습니까."
"농사 짓는 데 방해가 되기 때문입니다."
"허행은 솥과 시루로 취사를 하고 쇠로 만든 쟁기로 농사를 짓습니까."
"그렇습니다."
"자기가 직접 그것을 만듭니까."
"아닙니다. 역시 직접 지은 곡식과 바꾸었습니다."

이에 맹자는 맹렬하게 공격하기 시작한다.

"곡식을 가지고 쟁기와 기물을 바꾸어 쓰는 것은 도공과 대장장이를 괴롭히는 일이 아니며, 도공과 대장장이 역시 그들이 만든 쟁기와 기물을 가지고 곡식과 바꿔 먹는 것이 어찌 농부를 괴롭히는 일이 아니겠습니까. 그렇다면 허행은 왜 직접 도공과 대장장이의 일을 하지 않는 것입니까. 모든 것을 자기 집에서 만들어 쓰지 않고 무엇 때문에 귀찮게 여러 장인들과 교역을 하는 것입니까. 어떻게 허행은 귀찮은 것을 꺼리는 것입니까."

이미 두 번의 공격에 치명타를 입은 진상은 마지막 반격을 시도

하며 대답한다.

"여러 장인들의 일이야 원래 농사를 지으면서 같이 할 수 없는 노릇이지요."

이러한 반격에 만만히 물러설 맹자가 아니었다.

맹자는 최후의 일격을 작열시킴으로써 진상을 녹다운시킨다.

"그렇다면 천하를 다스리는 일만은 농사를 지으며 같이 병행할 수 있다는 말인가요."

이 논쟁을 통해 알 수 있듯이 맹자는 뛰어난 언변가였다.

화려한 수사학으로서의 달변가가 아니라 농가가 분업을 부정한다는 핵심을 꿰뚫고 집중적으로 그 약점을 공격함으로써 더 이상 반격할 여지를 주지 않는 논전의 달인이었던 것이다.

맹자의 이러한 주장은 18세기 영국에서 일어나 석탄, 증기 기관, 전기와 같은 새로운 에너지원의 공급이 비공업 인구에게 대량의 식량공급을 가능케 하는 농업생산의 개선을 가져옴으로써 도시와 노동운동의 발전을 함께 이룬 산업혁명의 원동력이었던 경제논리, 즉 직능의 전문화와 분업의 효율성을 연상시키는 신경제논리였던 것이다.

맹자의 위대함은 여기에 있다.

그의 주장은 당대의 허구적 학파들을 유가의 사상으로 격파하였을 뿐 아니라 세월을 뛰어넘는 경세지략(經世之略)이었던 것이다.

그러나 맹자는 비교적 약세였던 농가는 이와 같은 설전으로 격파하지만, 맹자 자신이 '천하의 언론이 양주와 묵적에게 돌아가고 있다'고 우려하였던 대로 유가를 뛰어넘어 최고의 유행학파로 성장한 양주와 묵적에 대해서는 무자비한 방법까지 구사하였다.

특히 묵가의 세력이 걷잡을 수 없이 팽창되어 유가를 위협하자 맹자는 묵가의 '겸애사상(兼愛思想)'에 대해서 '부모도 모르는 짐승의 논리'라고까지 극언한다.

그렇다면 맹자는 어떻게 해서 이처럼 공자의 선봉장이자 유가의 순교자가 되었던 것일까. 공자 사후 1세기나 지나서야 태어난 맹자가 공자를 맹신적으로 추종하고 유가를 전파하고 정립하는 데, 어떻게 일생을 투신하였던 것일까.

물론 맹자는 공자의 손자였던 자사(子思) 계열의 유가문파에 들어가 체계적인 유가교육을 받았다. 사승(師承)관계로 보면 맹자는 공자가 창시한 유가학파와 명백한 계승관계를 맺고 있다.

맹자가 직접 자사에게 배웠다고 주장하는 사람도 있지만 맹자와 자사의 활동시기 역시 120년 정도 차이가 나므로 자사가 직접 맹자를 가르쳤다는 것은 부정확한 주장이다.

사마천도 『사기』에서 맹자에 대해 증언하고 있다.

"맹가(孟軻, 맹자의 이름)는 추(鄒)나라 사람이다. 일찍이 자사의 문인에 나아가 배웠다."

맹자가 공자의 사상적 계승자가 된 것은 이처럼 공자의 손자였던 자사의 문하에 들어가 유가문파에서 체계적인 교육을 받은 이유 때문이기도 하지만 공자의 계승자일 수밖에 없는 태생적 운명 때문이라는 것이 더욱 설득력을 지닌다.

공자와 맹자는 출생에서부터 흡사한 환경을 갖고 있었다.

물론 포의(布衣)의 신분으로 부잣집의 예를 돌봐주는 것으로 먹고사는 미천한 사(士)의 신분이었던 공자와는 달리 맹자는 귀족 출신이었다.

노나라의 권력이 대대로 환공의 서자였던 중손(仲孫)씨, 숙손(叔孫)씨, 계손(季孫)씨 등 '삼환(三桓)'씨에게 집중되어 공자는 항상 이들 권신들과 충돌하고 싸우고 있었다.

공자가 쉰다섯의 나이에 대사구(大司寇)라는 벼슬을 하루아침에 내던지고 13년 동안의 주유열국에 나선 것도 공자의 정치가 노나라의 권신들이었던 삼환씨들과 마찰이 있어 더 이상 조화를 이룰 수가 없었기 때문이었다.

그러나 맹자는 공자와 달리 중손씨의 후손이었다. 중손씨는 맹손(孟孫)씨라고도 불렸는데, 맹자는 바로 이 귀족의 후예였다.

그러나 노나라에서 군림하였던 삼환의 지위도 전국시대에 이르러서는 예전만 못하게 되었으며, 이 무렵 맹자의 아버지는 노나라에서 추나라로 옮겨 살아야 했던 것이다.

귀족의 후손이었지만, 어렸을 때 아버지를 여의고 편모슬하에서 어머니 급(伋)씨와 가난하게 살았다는 점에서는 공자와 동병상련의 소년 시절을 보낸다.

공자는 예순 살의 숙량흘(叔梁紇)과 안징재(顔徵在)라는 젊은 여인과의 야합(野合)에서 태어난 비정상적인 사생아인 데 반해, 맹자는 명문가에서 태어난 귀족이었다.

공자와 맹자 모두 편모슬하에서 가난하게 자랐다는 공통점이 있지만, 맹자는 어렸을 때부터 어머니의 높은 교육열 때문에 한껏 기대를 받으며 성장하였다는 점에서 차이를 보인다.

급씨가 보인 지극한 교육열은 유향(劉向)이 쓴 『열녀전(列女傳)』에 나오는 장면을 보면 미뤄 짐작할 수 있다.

'맹모삼천(孟母三遷)'이란 고사성어는 바로 맹자 어머니의 지극한 교육열을 말할 때 흔히 사용되는 성어로 '어머니가 맹자의 좋은 교육환경을 만들기 위해서 세 번이나 이사를 하였다는 사실'을 기록하고 있다.

맹자의 전기에는 어린 시절 그의 집이 묘지 근처에 있었다고 기록되어 있다. 집 주위로 늘 장례행렬이 지나갔고 장례식도 자주 볼 수 있었다. 그래서 동네 아이들은 그 모습을 흉내 내고는 하였다. 어린 맹자도 일꾼들이 묘지를 파는 흉내를 내며 놀았으며, 자연 상여꾼들이 부르는 노래도 따라 부르게 되었다.

맹자의 어머니는 이대로 두면 아들이 건강하게 자라지 못할까 두려워하여 외진 묘지에서 시장 근처로 이사하였다. 그러자 이번에는 물건을 파는 장사꾼들의 흉내를 내며 노는 것이었다.

싸구려를 외치는 고함 소리와 물건을 흥정하는 맹자의 흉내를 보고 맹자의 어머니는 시장 역시 아들이 성장하기에 좋은 환경이 못 된다는 것을 깨닫는다. 세 번째로 이사한 곳이 바로 학교 근처. 이곳에 와서야 맹자는 글공부하는 흉내를 내고 또 학교에서 가르쳐주는 대로 제구(祭具)를 늘어놓고 제사를 지내는 예를 흉내 내며 놀았다.

맹자의 어머니는 이곳이야말로 자식을 기르기에 더없이 좋은 곳임을 깨닫고 비로소 안심하고 기뻐하였다고 하는데, 이를 통해 교육에는 무엇보다 환경이 매우 중요하다는 사실을 비유할 때는 '맹자의 어머니가 세 번 이사하다' 라는 뜻의 '맹모삼천(孟母三遷)'이라는 고사성어를 인용하는 것이다.

'맹모삼천지교(孟母三遷之敎)'라고도 쓰이는 이 고사는 맹자의 어머니 급씨가 자식의 교육을 위해 얼마나 헌신적이었던가를 말해주는 가장 유명한 일화다.

사마천은「공자세가」에서 '공자는 어렸을 때부터 놀 때에도 항상 예기를 진열하고 놀아 그 예절바른 태도는 선천적인 듯 보였다' 고 기록하고 있다.

맹자가 세 번 이사 끝에 '학교에서 가르치는 대로 제구를 늘어놓고 제사를 지내는 예를 흉내 내며 놀았다' 는 기록은 맹자가 어렸을 때부터 공자의 가르침에 깊은 영향을 받았음을 드러내는 중요한 증거이며 이를 통해 맹자는 태생적으로 공자의 수법(授法)제자가 될 수밖에 없는 운명을 타고났음을 암시하고 있다.

그러나 야합하여 사생아를 낳고 이를 꺼려 아버지의 묘소조차 가르쳐주지 않은 철부지 공자의 어머니와는 달리 명문가의 후손이었던 맹자의 어머니는 집안 생계와 자식의 교육이라는 이중의 고난 속에서도 아들에 대한 기대가 매우 높았고 오직 교육만이 맹자가 훌륭한 사람으로 자랄 수 있는 유일한 방법임을 꿰뚫어보았다.

인류가 낳은 최고의 성인 공자가 왠지 나서기를 꺼려하고 대인관계에 있어 적극적으로 맞서기보다는 기다리고 참고 물러서는 행동을 보인 것과는 달리, 장강대하와 같은 언변으로 제후들을 질타하며 호연지기(浩然之氣)를 보인 당당한 투장 맹자가 탄생할 수 있었던 것은 전적으로 맹자의 어머니가 보인 자식에 대한 기대감과 자신감의 소산일 것이다.

이 두 정반대적 성격은 모두 어렸을 때 어머니가 보인 교육열에서 비롯된 것이니 '세 살 이전에 아이의 인격이 모두 형성된다'는 현대 유아교육의 중요성은 그 어머니의 역할이 얼마나 지대한가를 웅변하는 단적인 예라고 할 수 있을 것이다.

맹자는 어머니로부터 높은 관심을 받고 자신감 넘치는 소년으로 성장하였다.

이를 말해주는 또 하나의 예가 『열녀전』에 전하고 있다.

맹자의 나이가 교육에 전념해야 할 시기가 되었을 때 어머니는 아들을 위해 당시로서는 체계적인 교육방법을 마련하였다. 그러나 처음에 맹자는 별로 노력하지 않았던 듯 보인다.

어느 날 집을 떠나 공부하던 맹자가 느닷없이 집으로 돌아온다. 아마도 집이 그립고 공부가 지겹기도 해서였을 것이다.

그때 맹자의 어머니는 베틀에 앉아서 베를 짜고 있었다. 어머니는 오랜만에 돌아온 아들을 반갑게 맞아주기는커녕 베틀에 앉은 채로 맹자에게 엄하게 물었다.

"공부는 다 했느냐."

"여전히 하고 있습니다."

"그런데 어찌하여 갑자기 돌아왔느냐."

이에 맹자는 변명하였다.

"제 물건이 하나 없어졌습니다. 그래서 그 물건을 찾고자 하여서 돌아왔습니다."

맹자가 대답하자 어머니는 잠자코 곁에 있는 칼을 들어 짜고 있던 베를 단숨에 잘라버렸다.

어린 맹자가 크게 놀라 물었다.

"어인 일로 베를 자르십니까."

그러자 급씨가 나무라기 시작하였다.

"내가 너에게 글공부를 시킨 것은 쓸모 있는 사람으로 키우기 위함이었다. 그런데 지금 너는 노는 데만 정신이 팔려 앞으로 나아갈 생각은 하지 않는구나. 그것은 마치 내가 지금 베어버린 베가 쓸모 없는 물건이 되어버린 것과 같다. 잘라버린 베는 아무짝에도 쓸 수 없는 물건이 아니겠느냐. 네가 지금 잃어버린 물건과 같은 하찮은 일에 정신이 팔려 공부에 전념하는 것을 잊고 돌아온다면 이는 마치 허송세월을 하는 것과 같은 것이다."

이후 맹자는 심기일전 경전공부에 몰두하여 학문과 예의를 두루 익히는 정도를 걷게 되었다고 한다.

이 이야기는 '베를 잘라 아들을 가르치는 일'이라 해서 '단저교자(斷杼敎子)' 혹은 '맹모단기(孟母斷機)'라고 부르는데, 이것은 맹자의 일생에 깊은 영향을 주었다.

즉 공부를 중단하는 것은 다 짠 베를 잘라버리는 일과 같다는 형이상학적인 철학을 인식하게 하였을 뿐 아니라 실제로 베를 짜서 이득을 얻는 이(利)보다 의(義)가 중요함을 어린 맹자에게 가르쳐준 것이다.

이를 통해 알 수 있듯이 맹자의 어머니는 생계의 수단으로 베를 짜서 이를 팔아 자식을 교육시키며 살아가고 있었던 듯 보이는데, 먹고사는 생계보다는 학문에 전념하는 인의가 더 값어치 있는 일임을 몸소 행동으로 보여준 것이었다.

맹자는 두 번째로 이사 간 시장거리에서 물건을 팔고 사는 장사꾼들을 통해 이익의 소중함을 이미 터득하였을 것이다. 그러나 어머니는 유일한 생계수단인 베를 스스로 잘라버림으로써 공리(功利)보다는 인의(仁義)를 실천해 보인 것이다.

어머니의 이런 결연한 태도는 맹자의 사상에 깊은 영향을 끼친다.

『맹자』의 첫 장은 양(梁)나라의 혜왕(惠王)이 맹자에게 묻는 것으로 시작된다.

"그대가 '천 리를 멀다 하지 않고(不遠千里)' 이곳에 왔으니 또한 장차 무엇을 가지고 우리나라를 이(利)롭게 할 것입니까."

이에 맹자는 단호히 대답한다.

"어찌하여 왕께서는 하필이면 이로움을 말씀하십니까. 오직 인의가 있을 뿐입니다. 왕께서 '무엇을 가지고 우리나라를 이롭게 할까' 하고 생각하시면 대부들은 '무엇을 가지고 우리 집을 이롭게 할까' 생각하며, 또한 백성들도 '무엇을 가지고 내 몸을 이롭게 할까' 생각하여 위의 삶과 아래의 삶이 서로 이익을 다투게 되어 나라가 위태롭게 될 것입니다……."

맹자의 이 말은 물론 '군자는 의에 밝고, 소인은 이익에 밝다(君子喩於義 小人喩於利)'는 공자의 가르침에서 비롯된다. 공자는 눈앞의 이익이 닥쳤을 때는 먼저 의를 생각하라는 가르침을 곳곳에서 펼치고 있다.

'이익을 보거든 의를 생각하라(見利思義)' '의롭다는 것을 안 뒤에야 재물을 취하라(義然後取)'라고 말하고는 이렇게 결론을 내린다.

"의롭지 못하게 구한 부귀는 내게는 뜬구름과 같다(不義而富且貴 於我如浮雲)."

『맹자』의 첫 장 첫 구절이 이처럼 공리보다는 인의의 중요성에서부터 시작되는 것은 물론 공자의 가르침을 통해 설법을 펼친 것임을 알 수 있지만 그보다도 자신의 눈앞에서 결연히 베를 잘랐던 어머니의 모습이 맹자에게 얼마나 생생하게 살아 있는가를 보여주는 단적인 예인 것이다.

2

맹자가 태어난 것은 명확하지는 않지만 대략 기원전 372년경으로 추정된다. 기원전 372년은 공자가 죽은 지 107년 후.

맹자의 고향은 『사기』에 기록된 대로 추(鄒). 오늘날 산동성 탈주부(莌州府) 추현(鄒縣)이란 곳이다.

맹자의 생애는 공자와 달리 자세히 알려진 바가 없다.

사마천도 『사기』에서 공자에 대해서는 「공자세가」를 통해 비교적 상세하게 기술하고 있지만 왠지 맹자에 대해서는 「맹자순경열전」에 간단하게 기술하고 있을 뿐이다.

태사공은 말한다.

나는 맹자의 저서를 읽고 양혜왕이 맹자에게 '어떤 수단으로 우리나라를 이롭게 할 수 있겠소' 하고 물음에 그 대답을 접할 때마다 무심코 책을 놓고 '아, 그렇구나. 이득이란 실로 난(亂)의 시작이 되는 것이다' 하고 탄식하지 않을 수가 없었다.

부자(夫子, 공자)가 거의 '이(利, 이득)'에 관하여 말하지 않은 것도 항상 난의 근원을 막으려 생각했기 때문이다. 그러므로 이렇게 말한다.

"이득 보려 일을 하면 원한이 많다."

위는 천자에서 아래는 서민에 이르기까지 이득을 좋아하는 폐단은 조금도 변함이 없다.

사마천의 기록은 바로 『맹자』의 첫 장에 나오는 「양혜왕(梁惠王)」 상편의 내용을 인용한 말. 예로부터 이를 얻기보다는 먼저 의를 추구해야 한다는 공자의 가르침을 자신의 저서 첫 장에 올려놓은 맹자의 태도에 대해 사마천은 이처럼 탄식하고 있었던 것이다. 그러고 나서 사마천은 맹자에 대해 다만 간략하게 기술하고 있을 뿐이다.

　　맹가는 추나라 사람.
　　공자의 손자인 자사(子思)의 문인에 나아가 배웠다. 제선왕(齊宣王)을 섬기려 하였으나 들어주지 않았으므로 양나라로 갔다. 양혜왕은 맹가의 말을 믿지 않았다. 그를 친견해보니 하는 말들이 의미가 너무 멀어서 현실 사정에 어둡다고 생각되었던 것이다. 당시에 진(秦)나라는 상군(商君)을 등용하여 부국강병에 힘쓰고, 초(楚)와 위(魏)나라는 오기(吳起)를 등용하여 싸움에 이기어 적을 꺾고, 또 제선왕은 손자(孫子)와 전기(田忌) 등을 등용하여 제후를 동으로 하여 제나라에 조공을 바치게 하는 등 천하는 바야흐로 합종연횡(合從連衡)에 미쳐 날뛰어 전쟁하고 공격하는 것을 현명한 일로 생각하던 난세였다.
　　그런데 맹가는 오로지 요순의 태평시대와 삼대(夏, 殷, 周)의 제왕의 덕을 부르짖어 시세의 요구에 거리가 멀었기 때문에 어디에 가서 말을 하여도 용납되지 않았다. 물러와서 제자 만장(萬章) 등과 함께『시경(詩經)』『서경(書經)』등을 강술하고 중니(仲尼, 공자)의 뜻한 것을 펴서『맹자(孟子)』7편을 저술하였다.

이상이 사마천이 맹자에 대해 기록한 내용의 전문이다.「공자세가」에 기록된 공자의 생애에 비하면 형편없이 짧은 단편적인 내용만을 담고 있음인 것이다.

그러나 이 기록을 통해 유추해보면 맹자 역시 공자와 매우 비슷한 생애를 보냈음을 알 수가 있다.

우선 공자가 사십대에 이르기까지 그의 고향 노나라에서 사(士)의 직업에 종사하면서 유(儒)라는 신분을 바탕으로 그의 제자들과 함께 학문에 전념하여 유가(儒家)를 이룩하기 시작한 면학시기를 거쳤다면, 맹자도 사마천의 기록처럼 공자의 손자인 자사 계열의 문하에 들어가 유가를 배우고 자신을 공자의 계승자로 생각하는 면학시기를 거친 듯 보인다.

또한 공자가 쉰다섯 살의 나이에 노나라의 대사구란 벼슬을 집어던지고 자신의 정치적 이상을 실현할 나라와 임금을 찾아 13년 동안이나 주유하였던 제2기를 보냈던 것처럼 맹자도 『사기』에 기록된 대로 제(齊), 양(梁), 진(秦)나라를 돌아다니며 공자처럼 '제왕의 덕'을 부르짖으며 순회하였던 주유시기를 거친다.

공교롭게도 13년에 걸친 천하주유에도 불구하고 '상갓집의 개(喪家之狗)'처럼 현실정치의 벽에 부딪쳐 초라하게 고향으로 돌아온 공자처럼, '하는 말들이 의미가 너무 멀어서 현실 사정에 어둡다고 생각한' 군주들과 '전쟁에 미쳐 날뛰는 광분을 현명한 일로 생각하는' 당시 시대상황에 막혀 '어디서 말을 하여도 용납되지 않았던 맹자'는 하는 수 없이 고향으로 초라하게 돌아오는 운명을 겪지 않으면 안 되었던 것이다.

공자가 예순여덟 살에 고향으로 돌아와 일흔셋의 나이로 죽을 때까지 6년간 오로지 제자들을 가르치며 동양정신의 교과서라고 할 수 있는 저술에 전념함으로써 지성에 이를 수 있었던 제3기의 은둔 강학기를 거쳤다면 맹자도 사마천의 기록처럼 언제인지는 불분명하지만 '물러와서 만장을 비롯한 제자들에게 『시경』과 『서경』을 강술하며 교육에 전념' 하는 한편 공자의 뜻한 바를 펴서 역시 유가의 교과서인 『맹자』를 펴냄으로써 아성에 이를 수 있는 생애를 보낸 것이다.

　이처럼 공자와 맹자는 1세기의 시대적 차이만 있을 뿐 일란성 쌍둥이와 같은 비슷한 생애를 보낸다.

　맹자도 엄격한 어머니의 훈도를 거쳐 자사 계열에서 유가를 배움으로써, 일찍부터 명성을 떨쳤던 듯 보인다.

　삼십대에 벌써 멀리서부터 유가를 배우러 제자들이 쇄도하였던 공자처럼, 맹자도 추나라의 고향에 머물러 있을 때 이미 당대의 스승으로 손꼽히고 있었다.

　맹자의 이런 면학시기에 대한 자세한 기록은 없지만 「고자(告子)」 하편에 나오는 내용을 보면 이미 맹자는 그 무렵 사방에 명성을 떨치고 있어 다른 나라에서까지 학생들이 찾아와 배움을 청했음을 미루어 짐작할 수 있음인 것이다.

　어느 날 맹자가 살던 추나라의 바로 옆에 있던 임(任)나라 사람 옥려자(屋廬子)가 맹자를 찾아온다.

　옥려자는 그 무렵 제법 유명하던 학인처럼 보이는데, 어느 날 자신을 찾아온 사람과 토론을 벌이다가 그만 말문이 막히고 만다. 그

토론의 내용은 이렇다.

    한 사람이 옥려자에게 물었다.
    "예를 지키는 것과 먹는 것 중 어느 것이 더 중요한가."
    "예를 지키는 것이 더 중요하다."
    그러자 그 사람은 다시 묻는다.
    "여색(女色)을 추구하는 것과 예를 지키는 것 중에 어느 것이 더 중요한가."
    옥려자는 대답한다.
    "예를 지키는 것이 더 중요하다."

  먹는 것과 여색보다 예가 더 중요하다고 옥려자가 대답하자 찾아온 문인이 기다렸다는 듯이 반격한다.
  "예에 맞게 먹으면 굶어서 죽고, 예에 맞게 먹지 않으면 먹을 수 있다 하더라도 반드시 예에 맞게 먹겠는가. 또한 친영(親迎)을 하면 아내를 얻지 못하고, 친영을 하지 않으면 아내를 얻게 된다 하더라도 반드시 친영을 하겠는가."
  문인의 질문은 정곡을 찌른 말이었다.
  즉 먹는 것보다 예가 중요하다면 과연 굶어죽더라도 예를 지킬 수가 있겠는가. 예에 어긋나더라도 먹을 수 있다면 먹는 것이 더 자연스러운 행위가 아니겠는가. 또 신랑이 신부를 맞아 데려오는 육례(六禮), 즉 친영을 먼저 치르고 여인을 취할 수 없다면 그까짓 예를 버리고 아내를 얻는 편이 훨씬 현명한 방법이 아니겠냐는 내용이었던 것이다.

이에 옥려자는 말문이 막힌다. 말문이 막힌 옥려자는 하는 수 없이 다음 날 추나라로 가서 그 사실을 맹자에게 아뢴다. 그러자 맹자는 일언지하로 대답한다.

"이에 대한 대답에 무슨 어려움이 있겠는가."

이 내용을 미루어 보면 옥려자 역시 예를 중시하였던 유가의 문인처럼 보인다. 자신을 찾아온 사람과 격론을 벌이다 마침내 말문이 막히자 어쩔 수 없이 맹자를 찾아온 것이다. 이 일화를 통해 알 수 있듯이 맹자는 이미 젊은 시절에 유가의 수장으로 손꼽히고 있었으며, 사방에서 찾아오는 제자들에게 가르침의 설법을 펼치고 있었음이 분명하다. 맹자는 옥려자에게 '이에 대한 대답에 무슨 어려움이 있겠는가(何難之有)'라고 단숨에 대답한 후 이렇게 말한다.

"그 아랫부분을 헤아리지 아니하고 그 윗부분만 나란히 놓는다면 사방 한 치 되는 나무를 가져가도 잠루(岑樓, 높은 다락집)보다 더 높게 할 수 있다. 쇠가 깃털보다 무겁다는 것은 어찌 한 갈고리의 쇠와 한 수레의 깃털을 말하는 것이겠는가. 먹는 것 중에서 중요한 것과 예를 지키는 것 중에서 가벼운 것을 취하여 비교한다면 어찌 먹는 것이 중요할 뿐이겠으며, 여색을 추구하는 것에서 중요한 것(아내를 얻는 것)과 예를 지키는 것 중에서 가벼운 것을 취하여 비교한다면 어찌 여색을 추구하는 것이 중요할 뿐이겠는가."

맹자의 대답은 실로 통렬하다.

아랫부분의 근본을 보지 아니하고 한 치의 나무만 보고 그것이 잠루보다 높다고 주장하는 것은 궤변에 지나지 않는다는 일갈이었다.

즉 비교할 것을 비교하라는 것이었다. 먹는 것의 중요함을 어찌 예와 비교할 것이며, 인간으로서 지켜야 될 예를 버리고 여색을 더 값어치 있다고 생각하여 감히 비교할 수 있느냐는 그 비교함 자체가 어리석음을 질타하고 있는 것이다.

그러고 나서 맹자는 이렇게 말한다.

"가서 그 질문에 대답하라(往應之曰)."

그런 후 맹자는 사자후와 같은 말을 토해낸다.

"형의 팔을 비틀어서 그에게서 먹을 것을 빼앗으면 먹을 수 있고, 비틀지 아니하면 먹을 수 없는 경우에도 곧바로 팔을 비틀겠는가(紾兄之臂 而奪之食則得食 不紾則不得食 則將紾之乎). 또한 동쪽 집의 담장을 넘어가서 그 집의 처자를 끌어오면 아내를 얻고, 끌어오지 못하면 아내를 얻지 못할 경우에도 담을 넘어 들어가 곧바로 끌어오겠는가(踰東家牆而摟其處子則得妻 不摟則不得妻 則將摟之乎)."

이러한 통렬한 사자후를 통해 맹자가 비유의 천재임을 알 수 있다.

마치 제자들이 예수에게 '왜 비유를 들어 말씀하십니까' 하고 묻자 예수가 '내가 비유를 들어 말하는 이유는 그들이 보아도 보지 못하고, 들어도 듣지 못하고 깨닫지도 못하기 때문이다' 라고 대답하였던 것처럼 맹자는 그 무렵 수없이 날뛰는 제자백가의 소피스트들과 격렬한 토론을 벌여 논쟁에서 이기기 위해 사용하였던 비유법의 천재였던 것이다.

소피스트.

그리스철학에서 기원전 4, 5세기에서 활동한 그리스의 강연자, 문필가와 같은 현인들을 가리키는데, 공교롭게도 전국시대 때의 제자백가들과 시대적으로 거의 일치하고 있다. 처음에는 이성적인 논증으로 전통적인 사고방식을 비판하여 '지혜 있는 사람'으로 존경받았으나 차츰 '선에 대해서는 아무것도 모르면서 선한 사람인 체하는 기술'만을 변론술을 통해 가르치자 소크라테스나 플라톤으로부터 궤변론자라는 비난을 받던 대상들이었다. 맹자가 살았을 당시에도 바로 이러한 소피스트들이 수없이 존재하고 있었던 것이다.

'먹는 것과 여색을 추구하는 것과 예의를 지키는 것, 그 어느 것이 중요한가'라는 교묘한 궤변으로 옥려자의 말문을 막아버린 사람도 그러한 소피스트 중의 한 사람이었을 것이다.

이 이야기가 『맹자』의 「고자(告子)」 하편에 나오고 있으므로 아마도 옥려자를 궁지에 몰아넣은 사람은 고자(告子)의 문인인 것처럼 보인다.

고자.

고자의 이름은 고불해(告不害)로, 맹자와 동시대를 살았던 사상가다.

고자는 '타고난 것을 본성이라고 한다(生之謂性)'라고 주장하고 '타고난 본성대로 사람이 살아가는 것이 가장 자연스러운 행위'라고 말하였다. 고자의 성론(性論)은 「고자(告子)」 상편 제1장에 압축되고 있다.

"성(性)은 버드나무와 같고 의(義)는 나무로 만든 그릇과 같으니 사람의 본성을 가지고 인의(仁義)를 만드는 것은 버드나무를 가지고 그릇을 만드는 것과 같다."

고자는 평소에 '음식을 좋아하고 색을 좋아하는 것이 성이다(食色性也)' '성은 선함도 없고 불선함도 없다(性無善無不善也)'라고 말함으로써 사람은 마땅히 타고난 본성, 즉 생리적 욕망이 시키는 대로 살아가야 한다고 주장하였다.

고자는 사람에게는 음식을 좋아하는 식욕과 여색을 좋아하는 성욕이 있는데, 이러한 본능은 자연적이고 생리적인 것이므로 감히 선하다고 말할 수 없고, 악하다고 말할 수도 없다고 주장하였다.

따라서 고자는 성은 버드나무와 같으니 그 버드나무로 그릇을 만들면 무엇이든 담을 수가 있다는 것이다. 그 그릇에 선을 담을 수도 있고 악을 담을 수도 있고 무엇이든 담을 수가 있는데, 그중의 하나가 인의라는 것이었다.

즉 그릇은 버드나무를 가공하여 만들어진 것처럼 인의는 사람의 본성을 교정하면 그릇처럼 이루어질 수 있다고 보았으며, 이로써 사람을 단지 그릇과 같은 도구로 보았던 것이다.

고자의 모순점은 생명의 본능과 식욕, 성욕을 성(性)으로 규정했는데, 이것들은 짐승들과 같은 본능이라는 점에서 사람과 짐승의 경계가 없어져버려 사람을 다만 '버드나무로 만들어진 그릇'과 같은 무기물로 보고 있다는 점이었다.

맹자는 사람이 식욕과 성욕을 가진 동물과 다름없는 존재라 할지라도 '인의'가 있으므로 '사람과 금수가 구분(人禽之辨)'될 수 있다고 생각하고 있었으므로 고자의 말에 맹렬히 반격한다.

"자네는 버드나무의 성질을 따르고서도 나무그릇을 만들 수 있겠는가. 버드나무를 해친 뒤에야 나무그릇을 만들 수 있을 것이며, 만일 장차 버드나무를 해쳐서 나무그릇을 만든다면 또한 사람을 해쳐서 인의를 만든다는 것인가."

맹자의 이 말은 고자의 이름이 '불해'라는 점에서 착안하였던 명언 중의 하나다.

고자라는 이름은 '남을 해치지 않는다'는 뜻을 담고 있는데, 어찌하여 너는 '버드나무를 해쳐서 나무그릇을 만든다면 사람을 해쳐서 인의를 만든다는 것이냐(如將戕賊杞柳而以爲桮棬 則亦將戕賊人 以爲仁義與)'라고 반문함으로써 실제로 고자가 '사람을 해치는 장인(戕人)'이라는 사실을 통렬하게 비난하고 있는 것이다. 그리고 나서 맹자는 이렇게 질타한다.

"인의를 실천하는 데 해를 입는 것은 반드시 그대의 말 때문일 것이다(率天下之人而禍仁義者 必子之言夫)."

사람의 본성 중에는 본능만 있을 뿐 인의가 없기 때문에 반드시 강제적인 외부의 힘의 지배를 받아야 되며, 인의는 외부에 있기 때문에 굳이 인의에 따를 필요가 없다는 고자의 말에 공자로부터 배워온 '인의'의 신봉자 맹자가 만만히 물러설 수가 없었던 것이다.

고자와 맹자의 격렬한 싸움은 『맹자』에서 상편과 하편으로 나누어질 만큼 상당한 분량을 차지하고 있다.

그중에서도 불꽃 튀는 혈전으로 가장 유명한 것은 상편의 두 번째 장면이다. 평소에 '성은 선함도 없고 불선함도 없다'고 주장한 고자는 '고여 소용돌이치는 물(湍水)'의 비유를 통해 이를 설명하였다.

"성(性)은 고여서 맴돌고 있는 물과 같다. 이 물은 동쪽으로 터놓으면 동쪽으로 흐르고, 서쪽으로 터놓으면 서쪽으로 흐른다. 인성이 선과 불선으로 나누어짐이 없는 것은 물이 동서로 나누어짐이 없는 것과 같다."

고자의 말은 실로 교묘한 궤변에 지나지 않는다.

고여 있는 물은 동쪽으로 터놓으면 동쪽으로 흐르고 서쪽으로 터놓으면 서쪽으로 흐르듯 선한 행위든 악한 행위든 하나의 현상에 불과할 뿐 물 자체하고는 상관없다고 주장하고 나선 것이다.

이에 속아 넘어갈 맹자가 아니었다. 맹자는 고자가 주장한 '고여 소용돌이치는 물(湍水)'의 비유법부터 통타한다.

맹자는 먼저 '고여 소용돌이치는 물'의 성격을 인정한다. 고여 있는 물은 과연 동서로 나누어짐이 없음을 인정한다. 그러나 물의 본성은 고여 있는 것이 아니라 '높은 데서 낮은 데로 흘러가는 수직적인 것에 있음'을 맹자는 꿰뚫어보고 있었던 것이다. 그리하여 맹자는 다음과 같이 반격한다.

"물은 진실로 동서로 나누어짐이 없지만 상하로 나누어짐이 없는 것인가. 인성이 선한 것은 물이 아래로 내려가는 것과 같으니 사람은 선으로 나아가지 아니함이 없으며, 물은 아래로 내려가지 않음이 없다. 지금 물을 쳐서 튀어 오르게 하면 이마보다 높이 올라가게 할 수 있으며, 거꾸로 쳐서 흐르게 하면 산에 오르게 할 수 있지만 이것이 어찌 물의 본성이겠는가. 사람으로 하여금 불선을 하게 할 수 있는 것은 그 성(性)이 이와 같은 것이다."

맹자는 '고여 있는 물'의 비유법으로 '선도 불선도 없다'는 고자의 궤변을 '높은 데서 낮은 데로 흐르는 물의 본성을 통해 사람에게는 누구나 물이 위에서 아래로 흐르듯 선한 데로 나아가려는 본성이 있으며, 물론 물이 역류하여 거꾸로 낮은 데서 높은 데로 올라갈 수는 있지만 이는 물의 본성이 아니니 불선으로 나아가려는 인성은 물이 거꾸로 역류하는 것처럼 자연스럽지 못한 행위'라고 고자의 궤변을 통해 오히려 자신의 인의론을 강조하고 있는 것이다.

결론적이지만 맹자는 평생을 통해 당대의 제자백가들과 혈투를 벌여 이 모든 싸움에서 통쾌한 승리를 거둔다.

정곡을 찌르는 비유법과 직관의 검으로 하나씩 하나씩 당대의 고수들을 격파해 나가는 맹자의 모습은 마치 무협영화에서 강호의 무림고수들을 찾아다니며 유가의 고수로서 지존(至尊)이 되어가는 장면을 보는 것처럼 드라마틱하기까지 하다.

결국 고자의 '먹는 것과 여색을 추구하는 것을 인성'으로 보는 쾌락설, 즉 '인생의 목표는 본능이 이끄는 대로 먹고 마시고 여색의 쾌락을 추구하는 데 있으며, 도덕이나 인의는 다만 그것을 실현하기 위한 수단'이라는 쾌락주의(快樂主義)는 맹자로부터 여지없이 난타당함으로써 무림시대의 뒤안길로 사라져버린다.

이것이 바로 맹자의 사상이 오늘을 사는 21세기에도 여전히 유효 기간이 지나지 않은 진리임을 여실히 보여주는 산증거인 것이다.

그러나 과연 고자의 쾌락주의는 역사의 뒤안길로 사라졌음일까.

아니다.

오직 먹고 마시고 현세의 즐거움과 성의 쾌락을 추구하는 찰나주의가 판을 치고 있는 오늘날의 세기말적인 현상은 고자의 재림 때문이 아닐 것인가. '선에 대해서는 전혀 모르면서도 오직 선한 사람처럼 보이게 하는 말의 기술'만이 난무하고 있는 요즘은 오히려 소피스트가 난무하던 고대 그리스의 재현이 아닐 것인가.

이러할 때 고자를 격렬히 비판하고 난 뒤 자신의 입장을 피력한 맹자의 말은 곰곰이 음미해볼 가치가 있을 것이다.

생선도 내가 먹고 싶은 바이고 곰의 발바닥도 또한 내가 먹고 싶은 바이지만 두 가지를 동시에 먹을 수 없다면 생선을 놓아두고 곰의 발바닥을 먹을 것이다. 사는 것도 내가 바라는 바이고 의(義)도 또한 내가 바라는 바이지만 두 가지를 동시에 가질 수 없다면 사는 것을 놓아두고 의를 가질 것이다. 사는 것도 내가 원하는 바이지만 사는 것보다 더한 것이 의다. 그러므로 삶을 구차하게 얻으려 하지 않을 것이다. 죽는 것도 또한 내가 싫어하는 것이지만 싫어하는 바도 죽는 것보다 더한 것이 있다. 그러므로 걱정거리가 있어도 피하지 않는 것이 있다.

맹자의 이 말은 '사람은 누구나 살고 싶어하지만 의가 더욱 중요하기 때문에 의를 버리고서까지 구차하게 살려고 하지 않는다. 사람은 누구나 죽음을 싫어하지만 불의(不義)를 싫어하기 때문에 죽음에 이르는 고통이 오더라도 이를 두려워하지 않을 것이다' 라고 말함으로써 진리를 향한 자신의 순교정신을 강변하고 있다. 그러고 나서 맹자는 말한다.

인(仁)은 '사람의 마음' 이고 의(義)는 '사람의 길' 이다. 그 길을 놓아두고 말미암지 아니하면 그 마음을 놓아버리고 찾을 줄 모르니 아아, 슬프다. 사람은 닭과 개가 나간 것이 있으면 찾을 줄을 알지만 마음을 놓아버린 것이 있으면 찾을 줄을 모른다. 학문의 길이란 다른 것이 없다. 그 놓아버린 마음을 찾는 것일 뿐이다.

이렇듯 맹자는 고향인 추나라에서부터 이웃 나라에서까지 가르침을 받으러 찾아올 만큼 이미 학문에 명성을 떨치고 있었다. 맹자는 추나라에서 공자처럼 사(士)란 벼슬에 종사하면서 제자들을 가르치고 있었던 듯 보인다.

그러던 어느 날 맹자는 제세구민(濟世救民)의 뜻을 품고 여러 나라를 주유할 것을 결심한다.

일찍이 제자 공손추와 대화를 나누다가 '선생님은 어느 쪽입니까' 하고 묻자 맹자는 '벼슬해야 될 때는 벼슬하고, 그만두어야 할 때는 그만두며, 오래 머물러야 될 때는 오래 머물고, 빨리 떠나야 될 때는 빨리 떠나는 것이 공자이시다. 모두 옛 성인이시오니 나는 아직 그런 것을 행할 수는 없지만 원하는 것은 오직 공자를 배우는 것이다'라고 대답한다.

이처럼 '공자를 배우는 것(願則學孔子)'을 자신의 천업으로 삼았던 맹자였으므로 고향에서 어느 정도 학문이 무르익자 천하를 유세하면서 공자처럼 자신의 정치적 이상을 펼쳐 보일 것을 결심하였던 것이다.

공자가 13년간의 주유열국을 떠난 것은 그의 나이 쉰다섯 살 때인 기원전 497년. 그러나 맹자가 천하주유를 시작한 것은 시기가 불분명하다. 다만 맹자가 만났었던 수많은 왕들의 재위 연도를 미루어 추정하여볼 때 맹자가 고향을 떠난 것은 대략 삼십대 후반에서 사십대 초반으로 여겨진다.

또한 맹자가 돌아다닌 열국의 순서에 대해서도 의견이 분분하다. 제나라에 간 것이 먼저인지 양나라에 간 것이 먼저인지 하는 문제와 제나라에 간 것이 한 번인지 두 번인지 하는 것 역시 일치되는 견해가 없다. 다만 맹자가 여러 나라를 돌아다니던 시절에 이미 상당한 사회적 명망과 지위를 얻고 있었고, 따르는 제자들도 많았던 것처럼 보인다.

이 점은 맹자가 공자보다 열국으로부터 더 환영을 받았음을 미루어 짐작게 한다. 제자 팽경(彭更)은 이 무렵 맹자의 모습을 이렇게 묘사하고 있다.

"스승이 길을 떠날 때면 뒤쪽에는 언제나 수십 척의 마차가 뒤따랐으며, 수백 명의 수행원이 줄을 이어 참으로 장관이었다."

맹자가 처음으로 찾아간 나라는 제나라로 추정된다. 맹자가 제나라에 간 것은 두 번이었는데, 첫 번째는 위왕(威王) 때였고, 두 번째는 선왕(宣王) 때였다.

공자 역시 서른다섯 살 되던 해 제나라로 첫 번째 출국을 단행한다. 그것은 그 무렵 제나라가 재상 안영이 다스리던 최고의 강국이자 경제적으로도 번영을 누리던 문화국이었기 때문이었다. 특히 제나라의 수도 임치(臨淄)는 성 안의 가구 수만 7만으로 길마다 수레의 바퀴가 서로 맞부딪치고, 행인의 어깨가 서로 맞닿을 정도라 해서 '곡격견마(轂擊肩摩)'로 불리던 화려한 도시였다.

그것은 1세기가 지나 맹자가 살던 때도 마찬가지였다.

제나라의 선왕은 선비들을 좋아하여 수도 임치에 직하학궁(稷下學宮)을 세우고 천하에 이름난 선비들을 널리 초빙하여 거처를 마련해두고 돌보아주었던 것이다.

맹자가 제나라를 주유열국의 첫 번째 나라로 선택했다는 기록은 아무 곳에도 없으나 「이루(離婁)」 하편에 나오는 맹자와 광장(匡章)의 우정에 관한 에피소드를 통해 맹자가 제나라를 첫 번째로 방문한 것이 대략 서른여덟 살 이전으로 추정되며, 따라서 제나라가 맹자의 첫 번째 출국지임이 밝혀지는 것이다.

그 무렵 제나라에는 광장이란 장수가 있었다. 용맹한 사람이었지만 평판이 매우 나빴다. 광장이 아버지와 싸워 불효하였다는 이유 때문이었다. 광장이 아버지와 싸운 이유는 어머니가 남편인 광장의 아버지에게 부정한 죄를 지었으며 이로 인해 아버지가 직접 어머니를 살해하였던 데서 비롯되었다.

광장은 아무리 어머니가 부정한 죄를 지었다고는 하지만 어머니를 죽인 아버지를 용서할 수 없었으며, 이로 인해 아버지와 싸우고 결국 쫓겨나 아버지를 봉양할 수 없게 되었기 때문이었다. 광장은 제나라에서 불효자라고 낙인찍히게 되었는데, 이상하게도 맹자는 평판이 나쁜 광장과 교유하고 있었다. 교유할 뿐 아니라 예의까지 갖추는 것이었다. 이에 못마땅한 제자 공도자가 맹자에게 묻는다.

"광장은 온 나라 사람들이 모두 불효자라고 칭하는 나쁜 사람입니다. 그런데 선생님께서는 어찌하여 그와 함께 놀러 다니시고, 또 게다가 예모까지 갖추시니 감히 무슨 까닭인지 묻겠습니다."

이 말을 듣고 맹자가 대답한다.

"세속에서 이른바 불효라는 것은 다섯 가지다. 첫 번째 불효는 사지를 게을리하여 부모를 봉양하지 않는 것이오, 두 번째 불효는 장기 두고, 바둑 두며, 술 마시기를 좋아하여 부모를 봉양하지 않는 것이고, 세 번째 불효는 재물을 좋아하며 처자만을 사랑하고 부모를 봉양하지 않는 것이며, 네 번째 불효는 듣기 좋은 말과 화려한 것만 보려 하는 욕망에 따름으로써 부모를 욕되게 하는 것이오, 다섯 번째 불효는 용기를 좋아하여 잘 다투며 사나워서 부모를 위태롭게 하는 것이 그것인데, 장자(章子, 광장)는 이 중에서 하나라도 해당되는 것이 있는가. 장자는 아버지와 아들이 서로 착하게 되기를 요구하다가 아버지에게 쫓겨나 효를 다할 수 없게 된 것뿐이다. 이에 장자는 자신이 어떻게 아내와 자식들의 봉양을 받을 수 있겠는가에 생각이 미쳐 아내를 내보내고 아들을 물리쳐서 종신토록 봉양받지 않았으니, 마음에 결정하기를 '이처럼 하지 아니하면 이는 죄 중에서 큰 것이다' 라고 생각하였으니 이런 사람이 바로 장자인데, 어찌 그를 불효하다 할 수 있겠는가."

이러한 답변을 통해 맹자가 세평에 흔들리지 않는 심지를 가졌음을 알 수 있다.

어머니가 비록 부정한 일을 지었다고는 하나 아버지에게 살해되자 이의 부당함을 탓하다가 쫓겨나게 되자 자신도 가솔을 거느릴 자격이 없다며 가정을 해체하였던 광장은 맹자의 눈으로 보면 '용기 있는 사람' 이었던 것이다.

실제로 광장이 '용기 있는 사람' 이라는 사실은 전한(前漢)시대 때의 유향(劉向)이 쓴 『전국책(戰國策)』을 보면 잘 알 수 있다.

광장이 제나라 장수가 되어 진나라와 싸웠다. 왕은 광장의 어머니가 마잔(馬棧)에 묻힌 것을 생각하고 '전승을 거두면 반드시 그대의 어머니 묘를 이장해주겠다' 라고 말하였다. 그러나 광장은 말하였다.

"저의 어머니의 묘를 이장할 수 없습니다. 어머니는 아버지께 죄를 지었고, 아버지는 어머니의 묘를 어떻게 하라는 말씀 없이 돌아가셨습니다. 제가 어머니의 묘를 이장하면 이는 돌아가신 아버지를 속이게 되는 것이니 감히 이장할 수 없습니다."

진나라와 전쟁할 때 제나라의 정탐병이 왕에게 광장이 진나라에 투항하였다고 세 번씩이나 고했다. 이 말을 들은 왕은 이렇게 대답하였다.

"돌아가신 아버지도 속이지 않는 광장인데 어찌 살아 있는 나를 속이겠는가."

얼마 후 광장은 과연 대승을 거두고 돌아왔으며, 제나라의 왕은 그의 어머니 묘를 이장해주었다. 이로써 광장의 효성은 드러났을 뿐 아니라 맹자의 말처럼 사람들도 더 이상 광장을 불효자라 부르지 않게 되었다.

제나라와 진나라가 『전국책』의 기록대로 전쟁을 한 시기는 대략 위왕 23년(기원전 335년)이다. 맹자가 광장과 교유할 때는 제나라 사람들이 광장을 불효자라고 부르던 시기였으므로 진나라와 전쟁을 하기 이전이 된다. 따라서 맹자가 서른여덟 살 이전에 제나라에 갔음을 알 수 있다.

맹자는 제나라에 두 번 찾아갔던 것으로 알려져 있다.

첫 번째 시기는 위왕 때였고, 두 번째 시기는 선왕 때였다. 그러나 위왕 때의 기록은 별로 나오지 않고 위왕의 아들이었던 선왕 때의 기록만 실려 있을 뿐이다. 그러나 이 무렵 맹자와 제나라 왕의 세가였던 순우곤(淳于髡)과의 설전은 유명한 일화로 남아 있다.

순우곤.

그는 천한 신분 출신이었고, 몸도 작고, 학문도 잡학에 지나지 않았으나 기지가 넘치는 변설로 제후를 섬겨 사명을 다하고 군주를 풍간(諷諫)하였던 전국시대를 통틀어 최고의 변설가라고 할 수 있다.

　순우곤은 군주와의 토론에서조차 한 번도 지지 않을 정도로 뛰어난 말솜씨를 지녔던 해학가였다. 순우곤은 이 뛰어난 익살로 제나라의 임금 위왕의 총애를 독차지하고 있었다.

　그러나 순우곤은 맹자와의 설전에서 보기 좋게 패배한다. 이를 통해 알 수 있듯이 맹자가 주유열국을 단행하였던 것은 공자처럼 자신의 정치적 이상을 현실정치에 접목시키기 위해서 자신을 인정해줄 군주를 찾아 헤매기 위함이기도 했지만 또한 전국시대 때 각국에서 활약하고 있던 제자백가의 사상가들뿐만 아니라 순우곤을 비롯한 세객들과 직접 설전을 벌임으로써 맹자의 눈으로 보면 '부모도 모르는 짐승의 논리'를 펴고 있는 사이비 사상가들을 유가의 맹장으로서 격파하기 위함이었던 것이다.

　맹자의 주유천하는 공자와 달리 두 가지 이상의 목적을 갖고 떠난 다목적용 출사(出師)였다.

　순우곤과 맹자의 그 유명한 설전은 다른 백가들과는 달리 순우곤이 잡학가일 뿐 추종자를 거느린 사상가는 아니라는 점에서 매우 이례적이다.

　순우곤은 그 무렵 제나라 위왕에게 최고의 명신으로 인정받고 있었다. 한갓 세객에 지나지 않은 순우곤이 위왕의 총애를 받게 된 것은 오직 순우곤의 뛰어난 혓바닥 때문이었다.

　제나라 위왕 8년에 강대국 초나라가 대군을 이끌고 제나라를 침략해왔다. 이에 다급해진 위왕은 순우곤에게 황금 1백 금과 수레

10대, 말 40필을 예물로 주면서 조(趙)나라에 가서 도와줄 원군을 요청하라고 명령하였다. 그러자 예물을 본 순우곤이 하늘을 바라보고 크게 웃었다. 위왕이 그 이유를 묻자 순우곤은 대답하였다.

"대왕 때문에 웃은 것은 아닙니다. 신이 동쪽에서 오다 보니 길가에서 농사가 잘되게 해달라고 신에게 기도하는 농부를 보았습니다. 제물을 보니 돼지다리 한쪽과 술 한 바가지에 지나지 않았는데, 축문을 읽어서 하는 말이 '과일도 풍성하게 해주시고, 땔감도 풍족하게 해주시고, 오곡도 풍년이 들게 해주십사' 라는 내용이었습니다……."

순우곤은 계속 웃으며 말을 이었다.

"저는 다만 그 농부가 바치는 것은 적게 하면서도 바라는 것은 많다고 생각했기 때문에 웃은 것입니다."

순우곤의 대답은 재치가 번득이는 변설이었다.

즉 제물을 적게 바치면서도 바라는 것이 많은 농부의 예를 들어 조나라에게 원군을 청하기에는 터무니없이 적은 예물을 바치는 임금의 어리석음을 질타하는 내용이었던 것이다.

순우곤의 이 말에서 '돈제일주(豚蹄一酒)'란 고사성어가 나온 것. '돼지발굽과 술 한 잔' 이란 말로 작은 물건으로 많은 성과를 얻으려는 어리석음을 비유하는 뜻이었던 것이다.

무슨 뜻인지 알아차린 위왕은 당장 황금 1천 일(溢)과 진주 10꾸러미, 수레 1천 대, 말 4천 필을 예물로 준비시킨다. 이를 가지고 조나라로 간 순우곤은 순조롭게 조왕을 설득하여 10만의 정병과 전차 4백 대를 이끌고 돌아올 수 있었으며, 이 소식을 들은 초나라의 군사는 야음을 타서 철수하고 말았던 것이다.

결국 피 한 방울 흘리지 않고 초나라를 물리친 일등공신 순우곤을 위해 위왕은 크게 기뻐하며 주연을 베풀었다. 거나하게 주연이 무르익자 위왕이 순우곤에게 물었다.

"그대는 술을 얼마나 마시면 취하는가."

아무리 마셔도 취하지 않는 순우곤을 빗대어 물었던 질문이었다.

이에 순우곤이 대답한다.

"신은 한 되를 마셔도 취하고, 한 말을 마셔도 취합니다."

"한 되만 마셔도 취한다면서 어찌 한 말을 마실 수 있단 말인가. 무슨 뜻인지 말해줄 수 있겠는가."

순우곤이 대답하였다.

"만약 대왕 앞에서 술을 받았는데 법을 집행하는 사람이 곁에 서 있고, 어사가 뒤에 자리잡고 있다면 제가 두려운 마음에 엎드려 술을 마셔야 할 것이니 한 되도 못 마시고 취할 것이며, 친척 중에 어른들을 모신 자리라면 어렵고 또 그들의 시중을 들어야 하므로 두 되도 못 마시고 취할 것입니다. 오랜 벗을 만나 옛날이야기를 하고 회포를 풀며 마신다면 대여섯 되쯤 마실 수 있을 것입니다만 동네 남녀들과 노름을 하며 마신다면 여덟 되쯤 마실 수 있을 것입니다. 그리고 해가 지고 취기가 돌아 남녀가 같이 맞붙어 앉아 신발이 흐트러지며 '술잔과 접시가 어지럽게 흩어지고' 집 안의 등불을 내걸 무렵이 되어 안주인이 손님들을 모두 보낸 뒤 제집에서 속옷의 옷깃을 헤칠 때 은근한 향내가 풍긴다면 아마도 그때는 한 말이라도 마실 수 있을 것입니다. 그 때문에 술이 극에 달하면 어지러워지고, 즐거움이 극에 달하면 슬픔이 생겨난다 했으니, 모든 일이 이와 마찬가지입니다."

순우곤의 말은 최고의 명언이다.

뛰어난 말솜씨를 통해 순우곤은 왕으로 하여금 법을 집행하는 사람들, 어사와 같은 사람들과 함께 술을 마시고 싶지 않고, 임금과 단둘이서 독대하여 대작하고 싶은 심정을 교묘하게 나타내 보인 것이었다.

위왕은 이 말을 듣고 크게 깨달은 바가 있어 당장 주연을 파했으며, 이후 술자리가 있게 되면 순우곤을 곁에 앉혔다고 한다.

순우곤의 이 말에서 '배반낭자(杯盤狼藉)'라는 성어가 나온 것. '술잔과 접시가 이리저리 흩어져 어지러움'을 의미하는 이 말은 『사기』의 「골계열전(滑稽列傳)」에 나오는 말로 술을 마시고 한참 신명나게 노는 모습을 가리키는 뜻을 갖고 있다.

이처럼 순우곤은 당대 최고의 세객(說客)이었다.

세객.

교묘하고 능란한 말솜씨로 각국을 유세하고 다니는 사람으로 그 무렵 제국의 군주가 저마다 패자(覇者)를 지향하여 패도정치를 펼쳤던 전국시대 때 책사나 모사(謀士) 출신의 세객들이 즐비했는데 그중 언변으로는 순우곤이 제일이었다.

순우곤의 능란한 말솜씨는 다른 기록에도 엿보인다.

제나라 왕이 순우곤을 시켜서 초나라에 따오기를 헌상케 하였다.

도문을 나서서 가는 도중에 새장을 바라보니 따오기가 새장에 갇힌 모습이 너무나 처량해 보였다.

따오기의 모습에서 아이디어를 얻은 순우곤은 따오기를 날려 보내고 빈 새장을 가지고 초나라 왕을 만났다. 초나라 왕은 빈 새장만을 들고 온 순우곤에게 화가 나서 큰 소리로 꾸짖어 말하였다.

"그대는 사신으로 오는 주제에 빈 새장만을 들고 왔단 말인가."

그러자 순우곤은 이렇게 대답하였다.

"제나라 왕께오서는 저를 시켜 초나라 왕께 따오기를 헌상케 하셨습니다. 물가를 지날 때 따오기가 목말라하는 것을 차마 눈 뜨고 볼 수 없어 새장에서 꺼내어 물을 먹였는데, 달게 마시던 따오기가 갑자기 도망을 가고 말았습니다. 너무나 아찔하여 저는 배를 찌르고 자살하려 했습니다만 그렇게 하면 저의 임금님을 한갓 금수로 인해서 선비를 자살하게 했다고 오히려 비난하지나 않을까 두려워서 그만뒀습니다. 따오기는 모습이 비슷비슷한 다른 새가 많아 딴 새를 한 마리 구해 살짝 대치할까도 생각했습니다만 이것은 불신 행위로 우리 임금님을 속이는 게 되기 때문에 그만뒀습니다. 한편 다른 나라로 도망칠까도 생각했습니다만 그렇게 하면 두 나라 군주의 선린이 두절되므로 그것이 마음 아파 역시 그만뒀습니다. 그래서 여기까지 와서 잘못으로 저지른 죄를 고하고 머리를 조아려서 대왕께 벌을 받으려 하는 바입니다."

순우곤의 말을 듣고 초왕이 말하였다.

"과연 훌륭한 인물이로다. 제나라 왕에게는 이런 신의의 신하들이 많이 있었구나."

초나라 왕은 순우곤에게 후히 상을 내렸으며, 사신으로 간 순우곤은 기대 이상의 외교적 성과를 거둘 수 있게 되었던 것이다.

이를 통해 알 수 있는 것은 순우곤은 따오기가 불쌍해서 놓아준 것이 아니라 자신의 신의를 거짓으로 꾸미기 위해서 일부러 따오기를 놓아주었다는 점이다. 순우곤의 이러한 위계는 백성(따오기)을 위한다는 정치를 펴면서도 실제로는 자신의 권력과 영달을 꾀하는 정치의 속성을 엿볼 수 있게 한다.

순우곤은 이처럼 뛰어난 변론으로 마침내 제나라의 대부가 될 수 있었다. 제나라의 위왕이 위나라를 치려 하자 간하였던 순우곤의 진언도 명언에 속한다.

"옛날 한자로(韓子盧)란 매우 발 빠른 명견이 동곽준(東郭逡)이란 재빠른 토끼를 뒤쫓았습니다. 그들은 십 리에 이르는 산기슭을 세 바퀴나 돈 다음 가파른 산꼭대기까지 다섯 번이나 올라갔다 내려오는 바람에 개도 토끼도 지쳐 쓰러져 죽고 말았습니다. 이때 이것을 발견한 전부(田夫, 농부)는 힘들이지 않고 횡재를 하였습니다. 지금 제나라와 위나라는 오랫동안 대치하는 바람에 군사도 백성도 모두 지치고, 사기가 말이 아니온데, 서쪽의 조나라와 남쪽의 초나라가 이 기회를 보아 전부지공(田夫之功)을 거두려 하지 않을지 그게 걱정이옵니다."

순우곤이 말하였던 '전부지공(田夫之功)'이란 이렇듯 '양자의 다툼에 엉뚱한 제3자가 힘들이지 않고 횡재함'을 비유한 것이다. 순우곤의 말에서 '개와 토끼의 다툼'이란 '견토지쟁(犬兎之爭)'의 성어가 나온 것. 이 말은 '어부지리(漁父之利)'와 같은 뜻을 지니고 있다.

순우곤의 뛰어난 변설을 알아볼 수 있는 또 하나의 일화가 남아 전하고 있다. 그 말은 '유유상종(類類相從)'이다. 원래 이 말은『주역(周易)』의「계사(繫辭)」편에 나오고 있는데, 그 전거는 이렇다.

"삼라만상은 그 성질이 유사한 것끼리 모이고, 만물은 무리를 지어 나누어진다. 거기서 길흉이 생긴다(方以類聚物以群分吉凶生矣)."

그러나 이 말이 더욱 유명해진 것은 순우곤 때문이었다.

제나라의 선왕은 수도 임치에 직하학궁을 세워 천하에 이름난 선비들을 널리 초빙하여 거처를 주고 대부의 녹봉을 주었다. 최고로 번성할 때는 천 명이 넘는 선비들이 학궁에 넘쳐날 정도로 모여들어 있었다.

그러나 제나라의 선왕은 이에 만족지 아니하였다. 선왕은 순우곤에게 각 지방에 흩어져 있는 인재를 찾아 등용토록 하였다. 며칠 뒤에 순우곤이 돌아왔는데, 한꺼번에 일곱 명의 인재들을 데리고 왕 앞에 나타난 것이었다.

추연(鄒衍), 신도(愼到), 전병(田騈), 환연(環淵)과 같은 당대 최고의 선비들이었다. 그러나 선왕은 이렇게 말하였다.

"귀한 인재를 한꺼번에 일곱 명씩이나 데리고 오다니 너무 많지 않은가."

그러나 순우곤은 자신만만한 표정으로 대답하였다.

"같은 종의 새가 무리지어 살듯 인재도 끼리끼리 모이는 법입니다. 그러므로 신이 인재를 구하는 것은 마치 강에서 물을 구하는 것과 같습니다."

순우곤의 이 말에서 '유유상종'이란 성어가 나왔지만 오늘날에는 '끼리끼리 모인다'는 배타적 카테고리의 부정적 의미로도 자주 쓰이는 말이다.

이처럼 순우곤은 제나라의 위왕과 선왕 양대에 걸쳐 뛰어난 변설로 신망을 받았던 세객이었다. 따라서 순우곤이 제나라에 입국한 맹자에게 라이벌 의식이 있었던 것은 당연했다.

일찍이 순우곤과 같은 유세객 장의(張儀)는 누명을 쓰고 온몸이 다 터진 채 고향으로 돌아와 누워 있을 때 아내가 눈물을 흘리며 '섣부르게 책을 읽고 유세하더니 이런 욕을 당하시는구려' 하고 한탄하자 갑자기 혀를 쑥 내밀고 이렇게 물었다.

"내 혀를 보게, 있나 없나."

난데없는 질문에 울던 아내는 그만 웃으며 대답하였다.

"혀는 붙어 있군요."

그러자 장의는 '그럼 되었네'라고 안심하였다고 전하고 있다. 여기에서 '나의 혀가 있는지 보라(視吾舌尚在不)'라는 유명한 말이 나온 것.

순우곤도 단지 '세 치의 혀'로 당대의 권력을 사로잡고 있었던 설망우검(舌芒于劍)의 설객(舌客)이었다.

그러므로 순우곤에게 있어 대사상가 맹자는 자신의 자리를 위협하는 위험한 존재가 아닐 수 없었다.

일찍이 제나라에 간 공자가 안영으로부터 '대체로 유자는 말만 그럴싸하지 바른 규범을 지키지 못하며 여러 나라를 유세하고 구걸하며 빌리기만 잘하니 나라를 위하는 짓은 못 됩니다'라는 제재를 당해 경공으로부터 홀대를 받은 것처럼 제나라에 간 맹자 역시 순우곤으로부터 강력한 제지를 받아 위왕을 제대로 접견조차 하지 못하였던 것처럼 보인다.

이 무렵 순우곤과 맹자는 전국시대 사상 가장 유명한 논전을 벌인다.

어느 날 순우곤이 맹자를 찾아와 물었다.

"남자와 여자가 물건을 주고받는 것을 직접 하지 아니하는 것이 예(禮)입니까(男女授受不親禮與)."

순우곤의 말은 교묘한 함정을 갖고 있었다.

즉 '수수부친(授受不親)'이란 '손과 손이 마주 닿아서 하나가 된다'는 것을 의미하는 것으로 결국 순우곤의 질문은 '남녀는 서로 손이 닿지 않아야 되는 것이 예입니까' 하고 물었던 것이다. 이에 맹자는 대답한다.

"그것이 예이다."

맹자가 대답하자 세 치의 혓바닥을 가진 순우곤이 비로소 맹자가 자신의 미끼에 걸려들었음을 알고 회심의 미소를 띠며 다시 물어 말하였다.

"하오면 여기 제수나 형수가 물에 빠져 있습니다. 손으로 끌어내야 합니까."

순우곤의 두 번째 질문 역시 교묘한 함정을 갖고 있었다.

즉 맹자의 대답대로 남녀는 유별하여 서로 상대방의 몸에 손을 대지 아니하는 것이 예라면, 그러나 지금 형수 혹은 제수가 물에 빠져 죽어가고 있는데 손을 뻗어 건져 올리자니 무례(無禮)한 일이고, 그렇다고 죽어가고 있는 모습을 그대로 보고 있는 것은 무도(無道)한 일이 아닐 것인가. 그러면 어떻게 해야 할 것인가 하고 묻는 순우곤의 질문은 실로 궤변이 아닐 수 없는 것이다. 맹자는 일언지하로 대답한다.

"제수나 형수가 물에 빠졌는데도 손을 뻗어 끌어내지 아니하면 승냥이나 이리다."

맹자의 대답은 단호하다.

아무리 남녀가 유별하여 손을 댈 수 없는 상대방이라 할지라도 목숨이 위태로울 때 손을 뻗어 건져주지 않는 것은 승냥이나 이리와 같은 짐승의 행위라고 단언한 다음 맹자는 말을 잇는다.

"남자와 여자가 물건을 주고받지 아니하는 것(손이 맞닿아서 하나가 되지 않는 것)은 예이고, 형수나 제수가 물에 빠지면 손으로 끌어내는 것은 권(權)이다."

맹자가 대답한 '권'은 '저울추'를 의미한다.

저울추는 고정되어 있는 것이 아니라 물건의 위치에 따라 이동하는 것이므로 '상황에 따라 달리 대처해야 하는 행동원리'를 가리키고 있음인 것이다.

즉 이 세상에 절대의 원칙은 없으며, 그 상황에 따라 가변적으로 최선의 행동원리를 취하는 것 또한 예임을 맹자는 웅변으로 드러내고 있다.

맹자의 마음을 떠보려던 순우곤은 일격에 무너지고 만다. 그러나 이로써 물러갈 만만한 순우곤이 아니었다. 순우곤은 마침내 최후의 반격을 시도한다.

"지금 천하가 물에 빠져 있습니다. 그런데 어찌하여 선생께오서는 끌어내지 않으십니까. 그 이유는 무엇 때문입니까."

순우곤은 여전히 맹자를 비웃고 있었다.

즉 자신은 지금 제나라의 대부로서 물에 빠진 천하를 손으로 끌어내려고 노력하고 있는데, 그대는 어찌하여 아무런 힘도 발휘하지 못하고 한갓 제나라의 식객으로 무위도식하고 있는가를 비웃는 힐난이었던 것이다. 이에 맹자가 대답한다.

"천하가 물에 빠지면 도(道)를 가지고 끌어내고, 형수가 빠지면 손으로 끌어내는 것인데, 자네는 어찌 손으로 천하를 끌어내려 하는가(天下溺 授之以道 嫂溺授之以手 子欲手援天下乎)."

맹자의 마지막 말은 전국시대 최고의 변론가인 순우곤을 한방에 쓰러뜨린 회심의 일격이었다.

즉 형수가 물에 빠지면 손으로 끌어내면 되지만 천하가 물에 빠져 어지러울 때는 반드시 도(道)로써 천하를 구제해야 하는데, 어찌하여 너는 한갓 손으로 천하를 끌어내려 하느냐는 준엄한 질책이었던 것이다. 맹자는 세 치의 혓바닥으로만 천하를 농락하는 순우곤의 경박함을 꾸짖었던 것이다.

이로써 뛰어난 변설가였던 순우곤은 맹자에게 무릎을 꿇게 된다. 그러나 순우곤은 집요하게도 맹자에게 복수를 꿈꾸고 후일을 도모하고 있었다.

『맹자』에는 순우곤과 맹자의 격렬한 설전이 두 번이나 계속해서 나오고 있다.

첫 번째 설전은 「이루」 상편에 나오는 장면이고, 두 번째 설전은 「고자」 하편에 나오는 장면이다.

그러나 두 장면에는 5, 6년의 시차가 있어 맹자는 위왕 때와는 달리 그의 아들 선왕 때에는 제법 상객 대접을 받았던 듯 보인다.

실제로 선왕은 맹자에게 객경(客卿)의 지위를 주었고, 겉으로는 맹자를 몹시 존경하는 것처럼 행동하였다.

맹자도 선왕에게 큰 기대를 걸고 있었다. 제나라는 강국이었으므로 그곳에서 왕도정치를 실현하는 것은 손쉬울 것이라고 생각했기 때문이었다.

제나라의 선왕이 맹자를 빈객으로 맞아들인 것은 환공이 살아 있을 때에는 춘추오패(春秋五覇) 중의 하나였던 제나라를 다시 번영시켜 패업을 회복하기를 갈망하였기 때문이었다.

그 무렵 전국시대의 상황은 공자가 살았던 춘추시대와는 달리 주왕조의 권위는 쇠미해져서 거의 회복할 가능성이 없었으며, 제나라를 비롯한 전국칠웅이 패권을 다투고 있었다.

장차 통일천하의 전야와 같은 팽팽한 긴장감이 모든 나라를 감싸고 있었다. 따라서 왕도정치를 실현하려고 13년 동안이나 열국을 주유하였던 공자 때와는 달리 패도(覇道)정치가 열국의 이데올로기로 작용하고 있었던 것이다.

패도정치는 유가에서 이르는 인의를 무시하고 오직 무력이나 권모술수로 나라를 다스리고 남의 나라를 힘으로 빼앗아 점령하는 일종의 패권주의였다. 선왕이 맹자를 반갑게 맞아들인 것은 바로 맹자를 통해 과거의 영광을 회복하려는 야망 때문이었다. 그러므로 제선왕이 맹자를 만나자마자 제나라의 환공과 진나라의 문공이 춘추시대 때 어떻게 패업을 이루었는지 물었던 것은 당연한 일이었다.

이때 맹자는 다만 이렇게 대답한다.

"중니(仲尼)의 제자들 중에는 환공과 문공에 대해 얘기한 사람이 없었습니다. 그래서 후세에 전해진 것이 없으니 신이 아직 듣지 못하였습니다. 그러나 그만두지 말라고 하신다면 왕도(王道)에 대해서 말씀드리겠습니다."

맹자의 대답은 선왕의 의중과 정면으로 맞서는 것이었다. 선왕은 패도정치에 대해서 묻고 있는데, 맹자는 인덕을 근본으로 천하를 다스려야 한다는 공자로부터 이어져 내려온 왕도정치에 대해서 말하고 있었기 때문이다. 그러나 선왕은 실망한 내색을 하지 않고 맹자에게 묻는다.

"덕이 어떠하면 왕도를 실현할 수 있겠는가."

그러자 맹자는 대답한다.

"백성을 보호하고서 왕도를 실천하면 이를 막을 수 있는 사람은 없습니다."

환공과 문공처럼 맹주(盟主)가 되고 싶어하는 선왕에게 왕도정치의 핵심을 맹자가 아뢰자 마지못해 선왕은 말을 받는다.

"과인과 같은 사람도 백성을 보호하여 왕도를 실천할 수 있겠는가."

"가능합니다."

"무슨 이유로 나의 가능함을 아는가."

맹자는 대답한다.

"일찍이 신은 호흘(胡齕)에게서 이와 같은 이야기를 들었습니다. 왕께서 당상에 앉아 계시는데 소를 끌고 당하를 지나가는 사람이 있었다고 합니다. 왕께서 이를 보시고 '소가 어디로 가는가' 물으시자 대답하기를 '장차 종(鍾)의 틈에 바르려고 합니다' 하였습니다. 왕께서 '놓아주어라. 나는 소가 벌벌 떨며 죄 없이 사지로 끌려가는 것을 차마 볼 수 없다' 하시니 대답하기를 '그렇다면 흔종(釁鐘)을 폐지하오리까' 하자 '어찌 폐지할 수 있겠는가. 그렇다면 양으로 바꿔라' 하셨다 하니 실제로 그런 일이 있었습니까."

맹자는 제나라의 신하인 호흘로부터 들었던 내용을 선왕에게 확인하기 위해서 묻는다.

실제로 그 무렵 흔종을 처음으로 만들었을 때에는 동물을 죽여 그 피를 발라 신에게 제사를 지내는 풍습이 있었다. 이에 선왕이 그 소문이 사실이었다고 대답한다. 그러자 맹자는 말한다.

"이 마음이 족히 왕도를 실행할 수 있는 근거가 됩니다. 백성들은 모두 왕을 인색한 사람으로 여기지만 신은 본래부터 왕께서 차마 그렇게 하지 못할 것을 알고 있었습니다."

선왕이 흔종을 만들 때 쓰는 제물을 소에서 양으로 바꾼 것은 백성들의 비웃음을 샀다. 그것은 선왕이 소가 불쌍해서가 아니라 인색하여 값싼 양으로 바꾼 것뿐이라고 백성들은 생각하고 있었기 때문이었다. 백성들의 수군댐을 알고 있던 선왕이 이에 대해 변명하려 하자 맹자는 말한다.

"해로울 것이 없습니다. 이것이 바로 인(仁)을 하는 방법이니 소를 보았고 양을 보지 못하였기 때문입니다. 군자가 금수에 대해서 대처하는 모습은 그 살아 있는 것을 보고는 차마 죽는 것을 보지 못하며, 죽는 소리를 듣고는 차마 그 고기를 먹지 못하는 것입니다. 이 때문에 군자는 푸줏간을 멀리하는 것입니다."

얼핏 보면 맹자의 대답은 모순처럼 들린다.

맹자는 선왕의 마음에 일어났던 소에 대한 측은지심(惻隱之心)이야말로 백성을 위한 왕도정치를 펼 수 있는 마음이라고 못박고 있는 것이다. 그러나 죄 없이 죽는 곳으로 끌려가는 소를 불쌍히 여겨 양으로 바꾸었다면 양은 불쌍하지 않단 말인가, 하는 의문이 생긴다. 하지만 맹자는 불쌍한 소를 보았을 때 측은한 마음이 생겼다면 이 마음은 소를 사랑하는 구체적인 행동으로 옮겨갈 수 있지만 보이지 않는 양에 대해서도 똑같이 측은한 마음을 느껴야 한다는 식의 머릿속에서 이끌어낸 합리적인 사고에는 정이 들어 있지 않기 때문에 구체적인 행동으로 옮겨지지 못함을 지적하고 있음인 것이다.

측은지심.

소를 불쌍하게 여기는 마음이야말로 백성을 위하는 왕도정치를 펼 수 있는 지름길이라고 역설하였던 측은지심은 바로 맹자의 핵심 사상인 사단설(四端說)의 근원이다.

맹자의 사단설은 네 가지로 나누어진다.

그 첫 번째는 '남을 사랑하여 측은하게 여기는 마음'인 '측은지심(惻隱之心)'이며, 두 번째는 '불의를 부끄러워하고 미워하는 마음'인 '수오지심(羞惡之心)'이며, 세 번째는 '양보하고 공경하는 마음'인 '사양지심(辭讓之心)', 네 번째는 '옳고 그름을 판단하는 마음'인 '시비지심(是非之心)'이다.

인간의 마음에 들어 있는 네 가지의 본성에 대한 맹자의 주장은 후에 사단칠정론(四端七情論)으로 확대된다. 맹자는 '측은지심'을 그 첫 번째로 꼽음으로써 인간에게는 태어나기 전부터 선천적으로 선(善)을 향해 나아가는 본성이 있다는 그 유명한 성선지설(性善說)이 탄생되었던 것이다.

맹자의 사상적 발전의 단계는 차츰 밝혀질 것이거니와 제나라의 선왕을 만나자마자 소를 불쌍하게 여기는 측은지심이야말로 왕도정치의 근원이라고 설법한 맹자의 말을 통해 맹자의 사상을 엿볼 수 있었다.

마음이 흡족해진 선왕은 맹자에게 묻는다.

"선생이 말씀해주시니 내 마음이 시원해졌소이다. 이 마음(측은지심)이 왕도를 실행하는 데 합당하게 여겨지는 까닭은 무엇인가."

선왕이 묻자 맹자는 그 유명한 답변을 한다.

"왕께서 왕도정치를 실행하지 못하는 것은 하지 아니하는 것이지

하지 못하는 것이 아닙니다."

"하지 아니하는 것과 할 수 없는 것은 어떻게 다른가."

"태산을 옆에 끼고 북해를 뛰어넘는 것을 남에게 말하기를 '할 수 없다'고 한다면 이는 정말 할 수 없는 것이지만 연장자를 위하여 나뭇가지를 꺾는 것을 남에게 말하기를 '나는 할 수 없다'고 한다면 이는 하지 않는 것이지 할 수 없는 것이 아닙니다. 그러므로 왕께서 왕도정치를 실행하지 않는 것은 태산을 옆에 끼고 북해를 뛰어넘는 경우가 아니라 바로 나뭇가지를 꺾는 경우에 불과한 것입니다."

왕께서 왕도정치를 실현하는 것은 나뭇가지를 꺾는 일처럼 쉬운 일이라는 맹자의 설명은 '실현하려는 의지만 있으면 왕도정치는 곧바로 실행할 수 있다. 왕도정치는 백성을 위한 정치이므로 선왕에게 짐승까지도 불쌍히 여기는 어진 마음이 있는 것을 보면 백성을 아끼는 마음이 당연히 있는 것이므로 그 마음을 행동으로 옮기기만 하면 되는 것이다'라는 내용이었던 것이다.

맹자는 선왕에게 구체적으로 왕도정치를 펼 수 있는 방법을 제시한다. 그것은 '내 집 노인을 노인으로 섬긴 뒤 그 마음이 남의 집 노인에게까지 이르며, 내 집 어린이를 어린이로 사랑한 뒤 그 마음이 남의 집 어린이에게까지 이른다면 천하를 손바닥에서 움직일 수 있을 것이다(老吾老 以及人之老 幼吾幼 以及人之幼 天下可運於掌)'라는 설명을 통해 모든 사람이 한마음 한뜻이 되는 사회를 실현하는 것이 왕도정치를 실천하는 구체적인 방법이라는 말을 덧붙인다.

그러나 이 말을 들은 선왕은 여전히 마음이 흡족하지 않았다. 선왕은 여전히 패도정치를 꿈꿔 천하의 패왕이 되고 싶었던 것이다. 이러한 선왕의 마음을 읽은 맹자가 다시 물었다.

"전하께서는 전쟁을 일으켜 군사와 부하들을 위태롭게 하고, 제후들과 원한을 맺은 뒤에야 마음이 편하시겠습니까."

선왕이 대답하였다.

"아니다. 어찌 그것이 마음이 편하겠는가. 과인은 다만 내가 얻고자 하는 것을 구하려 할 뿐인 것이다."

이에 맹자가 정색한 얼굴로 묻는다.

"도대체 전하께서 크게 구하는 것이 무엇입니까."

맹자의 질문에 선왕은 그저 웃기만 했다. 매사에 인의를 강조하는 맹자 앞에서 패왕이 되고자 한다고 고백하는 것이 겸연쩍었기 때문이다. 맹자는 그런 선왕의 의중을 살피며 짐짓 질문을 던진다.

"전하, 기름지고 맛있는 음식과 가볍고 따뜻한 의복이 부족하기 때문이십니까. 아니면 여색이 부족하기 때문이십니까."

"아니다. 과인은 그런 것 때문이 아니다."

선왕이 정색을 하고 고개를 저어 대답하자 맹자는 때를 놓치지 않고 말하였다.

"그러하시다면 전하의 대망을 알 수 있겠습니다. 진나라와 초나라를 점령하여 천하통일을 하여 사방의 오랑캐들까지 복종시키려 하는 것이 아니십니까. 그러나 이와 같은 무력으로 소원을 이루고자 하신다면 이는 '나무 위에 올라 물고기를 구하는 것'과 같은 일입니다."

단호한 맹자의 대답에 선왕이 되물었다.

"아니 그것이 그토록 심한 일인가."

"오히려 그것보다 더 심한 셈이지요. 나무 위에 올라 물고기를 구하는 것은 비록 물고기만 구하지 못할 뿐 다른 재앙은 없습니다. 그러나 갑병(甲兵)을 일으켜 천하의 패자가 되려 하신다면 마음과 힘을 다하여 노력하더라도 뒤에는 반드시 재앙이 있을 것입니다."

연목구어(緣木求魚).

'도저히 불가능한 일을 하려고 헛되이 노력하는 어리석음을 비유하는 말'로 맹자가 선왕에게 설법하였던 '나무 위에 올라가 물고기를 구한다'는 내용에서 유래된 고사성어다.

그러고 나서 맹자는 선왕에게 충고한다.

"지금 전하께서 훌륭한 정치를 펴고 인을 베푸시어 천하의 모든 벼슬하는 사람들로 하여금 모두 전하의 조정에서 벼슬하고 싶어하도록 하며, 경작하는 자들로 하여금 모두 전하의 들에서 경작하고 싶어하도록 하며, 상인들로 하여금 모두 전하의 시장에서 상품을 팔고 싶어하도록 하며, 여행하는 자들로 하여금 모두 전하의 길에 나가고 싶어하도록 한다면 천하에 전하를 미워하던 모든 자까지 다 호소하려 할 것이니 상황이 이와 같다면 누가 감히 막을 수가 있겠습니까."

패도정치를 꿈꾸는 선왕의 마음을 어떻게든 움직여 왕도정치로 바꾸어보려는 맹자의 충정은 두 사람의 대화 곳곳에서 번득이고 있다. 이에 선왕은 어쩔 수 없이 이렇게 대답한다.

"과인은 몽매하여 그대가 말하는 왕도정치에 나아갈 수 없으니 원컨대 그대는 나의 뜻을 도와 밝은 지혜로 과인을 가르쳐달라. 그러하면 비록 과인은 민첩하지 못하지만 장차 시험해보겠노라."

맹자는 기다렸다는 듯이 자신의 경세지략에 대해서 털어놓는다. 선왕의 질문에 대답한 맹자의 경세철학은 오늘날에도 그대로 적용될 수 있는 탁월한 이론이다.

맹자가 2천5백 년 전의 낡은 고인이 아니라 오늘을 사는 현대에서도 필요한 현인임을 말해주는 맹자의 경세철학은 21세기에 어째서 '유교적 자본주의'가 우리 경제가 앞으로 나아가야 할 목표인가를 말해주는 산증거인 것이다. 맹자는 선왕에게 대답한다.

"일정한 재산이 없으면서도 항상 일정한 마음을 가지고 있는 자는 오직 선비만이 그럴 수 있습니다. '일반 백성과 같은 경우에는 일정한 수입이 없으면 이로 인해 항상 일정한 마음이 없어집니다(若民則無恒産 因無恒心).' 진실로 일정한 마음이 없어지면 방자함, 편벽됨, 사악함, 사치스러움 등을 하지 아니함이 없을 것이니 그리하여 죄에 빠질 지경에 이른 뒤에야 쫓아가서 백성들을 벌준다면 이는 백성들을 그물질하는 것입니다. 자리에 있으면서도 백성들을 그물질하면서 어찌 왕도정치를 한다고 할 수 있겠습니까. 이 때문에 현명한 군주는 백성들의 생업을 관장하되 위로는 부모를 섬기기를 충분히 하며, 아래로는 처자를 기르기를 충분히 하며, 풍년에는 일 년 내내 배부르게 하고, 흉년에는 굶어죽는 것에서 벗어나도록 해야 합니다. 그런 후에 백성들을 몰아서 선(善)에 나아가도록 하는 것이니, 그러므로 백성들이 따르기가 쉬울 것입니다. 지금은 백성의 생업을 관장하되 위로는 부모를 섬기기에 부족하며, 아래로는 처자를 기르기에 부족하며, 풍년에는 일 년 내내 고생하고, 흉년에는 죽는 것에서 벗어나지 못하고 있습니다. 이렇게 되면 오직 죽음을 구제하기도 부족할까 우려될 것이니, 어느 겨를에 예의를 실천할 것입니까. 이제 전하께서 왕도정치를 행하고자 하신다면 그 근본으로 돌아가야 할 것입니다."

무항산무항심(無恒産無恒心).

맹자가 선왕에게 왕도정치를 펼 수 있는 경세책(經世策)으로 설법하였던 '무항산무항심', 즉 '일정한 생산소득이 없으면 일정한 마음도 없다'는 이 유명한 명제는 맹자의 핵심사상 중 하나다.

맹자가 주유열국에 나선 후 첫 번째 방문국이었던 제나라의 선왕에게 '무항산무항심'의 경세지략을 설명하였던 것을 시작으로 예순이 훨씬 넘은 나이로 고향인 추나라로 돌아왔을 때 이웃 나라인 소국 등에서 문공(文公)이 맹자를 초빙하여 정치고문으로 삼고 맹자에게 '어떻게 나라를 다스려야 합니까' 하고 물었을 때에도 맹자는 여전히 자신의 경세철학인 '무항산무항심'을 설법하는 것을 보면 '무항산무항심'의 경세지략은 맹자의 사상을 관통하는 핵심철학임을 알 수 있다.

맹자의 '무항산무항심'의 경세책은 '나라를 다스리는 데 있어서 무엇보다 백성들의 경제생활을 안정시키는 것이 중요하다는 사실'을 강조하고 있음인 것이다.

맹자는 '기본적인 생활을 영위할 수 있는 일정한 생업을 보장해 주어야만 백성들의 안정된 마음도 잡아둘 수 있다'고 역설하면서 '일정한 생업'을 보장하는 '항산(恒産)'이야말로 백성들이 방자함, 편벽됨, 사악함, 사치스러움의 죄에 빠져들지 않고 '항심(恒心)'을 지켜나갈 수 있는 유일한 방법임을 강조한다.

안정된 생업을 만들어주지 않고 백성들이 죄에 빠진 후에야 벌을 주는 것은 법망에 걸려들도록 그물질을 하고 있는 것과 같다는 것이 맹자의 주장이었다.

이를 통해 맹자가 현실을 도외시한 채 형이상학적인 도덕만을 부르짖는 세객이 아님을 알 수 있으며, 맹자야말로 인간을 도덕적으로 살게 하려면 무엇보다 먼저 인간다운 삶을 살게 하는 경제적 기반부터 닦아야 함을 강조한 현실주의자인 것이다.

그러나 맹자의 이러한 간곡한 설법에도 불구하고 선왕은 끝내 맹자의 왕도정치를 수용하지 않았다.

선왕은 맹자에게 객경의 지위를 주고 다른 나라에 맹자를 조문객으로 보낼 때에는 부사(副使)까지 딸려 보내어 존경하는 듯 보였지만 실은 모양새를 갖추는 것에 지나지 않았다.

선왕은 직하학궁에 거처하는 천 명의 학자들을 우대하는 모습을 통해 자신의 포용력을 과시할 뿐 아니라 맹자를 곁에 둠으로써 맹자의 명성을 통해 자신의 위상만을 높이려는 얄팍한 계산에만 몰두하고 있었던 것이다.

이러한 선왕과 맹자와의 괴리감에는 여전히 순우곤이 깊게 개입

되어 있었다.

제나라의 경공과 공자 사이에 안영이 개재되어 두 사람의 관계가 소원할 수밖에 없었던 것처럼 선왕과 맹자 사이에는 순우곤이 장애물로 존재하고 있었던 것이다.

전국시대 최고의 세객이었던 순우곤이 선왕과 맹자의 사이를 이간질하였다는 역사적 기록은 없다. 그러나 사마천은 『사기』에서 순우곤의 역할에 대해 강력한 암시를 하고 있다.

"순우곤은 제나라 사람. 박문·강기하였는데, 전문으로 배운 학문은 없었다. 임금에게 간하는 데 있어서는 제나라 안영의 인격을 흠모하고 그것을 본받고 있었다."

안영은 일찍이 경공에게 대를 이어도 공자의 학문은 다 배울 수 없고 당대에는 그의 예를 다 터득할 수 없습니다. 임금께서는 지금 공자를 써서 제나라의 풍속을 개량하려 하시나 이는 백성을 위하는 길이 못 됩니다'라고 극간하여 경공과 공자의 사이를 떼어놓았던 대정치가. 그러므로 『사기』에 기록된 대로 '임금에게 간하는 방법에 있어서는 안영의 인격을 흠모하고 그것을 본받고 있었던 순우곤'으로서는 공자와 같이 왕도정치만을 주장하고 있는 맹자를 선왕의 곁에서 떼어놓아야 할 필요가 있었던 것이다.

그뿐인가.

순우곤은 이미 맹자와 예에 관한 설전을 통해 참담한 패배를 맛보지 않았던가.

세 치의 혓바닥으로는 그 누구에게도 지지 않았던 순우곤은 그 유일한 패배를 통해 '전문적으로 학문'을 하지 않았던 학문적 열등의식을 느꼈을 것이며, 또한 언젠가는 반드시 수치심을 씻겠다는 강렬한 복수심을 불태웠을 것이다.

『사기』에는 순우곤이 자기와 유유상종하였던 신도, 환연, 접자, 추연들의 무리들과 직문학파(稷門學派)를 창시하였다고 기록하고 있다.

직문학파는 선왕이 만들었던 직하학궁에 머무는 선비들이 결성한 학파였다. 그러나 이들은 사상적으로나 이념적으로 결집된 학파가 아니라 다만 벼슬을 하기 위한 일종의 사적 이익단체인 파벌에 지나지 않았다. 『사기』에도 이들의 특징을 기록하고 있을 뿐이다.

"직문학파였던 이들은 책을 저술하여 치란(治亂) 나라의 홍망을 얘기하고 세상의 임금들에게 벼슬을 청했는데, 여기에서 낱낱이 다 언급할 수는 없다."

직문학파의 선비들은 본능적으로 맹자와 각을 세우며 대립할 수밖에 없었던 것이다. 더욱이 이들은 대부분 황로(黃老)의 도덕을 배운 사람들이었다. 황로란 노자를 말하는 것으로 『사기』에는 이들이 도가의 추종자임을 암시하고 있다.

"이들은 모두 황로의 도덕을 배우고 그로 말미암아 터득한 것이 있어 그 주요한 뜻을 저술하였다."

그중에서도 순우곤은 이 직문학파의 수장이었다.

선왕은 자기로서는 지키기 어려운 왕도정치를 설법하는 맹자보다는 노자의 도가를 숭상하며 자신의 비위를 좀처럼 거스르지 아니하고 재치 있는 세 치의 혀로 즐겁게 해주는 순우곤의 무리들을 더 애중했는데, 그것은 당연했다.

사마천도 선왕의 이러한 속마음을 「맹자순경열전」에서 이렇게 기록하고 있음이다.

"그러므로 선왕은 그들을 칭찬하여 순우곤을 비롯하여 이 모든 선비들을 열대부(列大夫)라고 칭하게 하고, 저택을 변화한 거리에 세워 그들을 높은 문이 있는 큰 집에 들여서 존경하고 천하 제후의 빈객들에게 보여 제나라가 천하의 어진 선비들을 불러 우대하고 있음을 자랑하게 하였다."

사마천도 순우곤의 세 치의 혓바닥에는 감탄하고 있었으며, 순우곤을 '상대방의 마음을 살펴 그 얼굴빛을 보기를 힘썼다'고 평가하고 있다. 이 말은 결국 순우곤은 상대방의 얼굴빛을 보고 남의 마음이나 일의 낌새를 재빠르게 알아챌 수 있는 당대 최고의 눈치꾼임을 암시하고 있음이다.

사마천은 순우곤의 탁월한 눈치에 대해서 재미난 일화를 전하고 있다.

어떤 빈객이 순우곤에게 양나라의 혜왕을 뵙도록 하였다. 순우곤의 소문을 들은 혜왕도 흥미를 느껴서 두 번이나 친견하였다. 그러나 순우곤은 끝내 아무런 말도 하지 않았다. 순우곤이 돌아가자 혜왕은 자신에게 순우곤을 추천했던 빈객을 불러 꾸짖으며 말하였다.

"그대는 순우선생을 추천하며 옛날의 관중과 안영도 이에 미치지 못한다고 말하였는데, 순우는 과인을 만나고도 한마디 말도 하지 않았다. 그렇다면 과인은 그와 말할 상대가 못 된다는 것인가. 그렇지 않다면 어찌된 까닭인가."

혜왕의 꾸지람을 들은 빈객이 어이가 없어 순우곤을 만나 혜왕의 말을 전하고 물으니 순우곤은 머리를 끄덕이며 대답한다.

"과연 그렇소. 나는 과연 임금을 뵈었으나 한마디도 하지 않았소이다."

빈객은 어리둥절해서 다시 물었다.

"그 이유가 무엇이오."

그러자 순우곤은 대답하였다.

"내가 처음으로 임금을 뵈었을 때 임금의 마음은 말을 타고 달리는 데 있었소. 두 번째로 임금을 뵈었을 때 임금의 마음은 음악에 끌려 있었소. 임금의 마음이 다른 곳에 가 있는데 내가 무슨 말을 할 수 있단 말이오. 설혹 내가 말을 한다 하더라도 이를 귀담아듣지 않을 것이 아니겠소."

순우곤의 말을 들은 빈객은 그 까닭을 혜왕에게 보고하였다. 혜왕은 크게 놀라며 말하였다.

"아, 순우곤은 진실로 성인이오. 선생이 처음으로 찾아왔을 때에는 좋은 말을 바친 자가 있어 그것을 보고 싶어했고, 그다음엔 마침 구자(謳者, 가수)를 데리고 있었으므로 음악을 들으려고 하던 차에 선생이 왔던 것이오. 과인은 좌우를 물리면서도 내심은 말과 음악에 끌리고 있었소. 정말 그대로였소."

그 뒤에 순우곤이 다시 혜왕을 만나게 되어 한번 입을 열자 사흘 낮 사흘 밤을 계속해서 이야기를 하되 피곤한 줄 몰랐다. 혜왕은 재상의 자리를 맡겨 대우하려 하였으나 순우곤은 사퇴하고 나라를 떠나기로 하였다. 그리하여 안락한 좌석이 있는 사두마차와 비단 한 묶음에 구슬을 덧붙여서 황금 1백 일을 주었다. 순우곤은 평생토록 벼슬하지 않았다.

『사기』에 나와 있는 사마천의 기록을 살펴보면 순우곤은 '상대방의 마음을 살펴 그 얼굴빛을 꿰뚫어보는 최고의 눈치꾼' 이자 '한번 입을 열면 사흘 낮 사흘 밤을 계속해서 이야기할 수 있는 재담꾼' 임을 알 수가 있다.

순우곤은 평생토록 공식적인 벼슬을 하지 않고 오직 열대부란 명예직에 머물렀으나 세 치의 혓바닥으로 선왕의 마음을 사로잡고 유일하게 선왕과 독대할 수 있었던 최측근이었던 것이다.

그러한 순우곤이 한때 선왕의 마음을 사로잡기에 성공하였던 것처럼 보였던 맹자를 눈엣가시처럼 생각하지 않았을 리 없었다. 특히 전문적으로 학문한 적이 없었던 콤플렉스를 가진 순우곤으로서는 유가의 맹장이자 공자의 적손이었던 맹자가 자연 증오의 대상이었을 것이다.

하물며 1차 설전에서 비참하게 맹자에게 패배하지 않았던가. 언젠가는 맹자에게 통쾌한 복수를 꾀하리라고 절치부심하고 있던 순우곤에게 드디어 절호의 기회가 찾아온 것이다.

기원전 316년, 맹자의 나이 쉰일곱 살 되던 해.

제나라와 이웃한 연(燕)나라에서 전란이 일어났다.

연나라의 왕 쾌(噲)가 대신이었던 자지(子之)에게 왕위를 넘겨준 것이었다. 그러자 연나라는 극도로 혼란해졌고 내전이 일어나 2년 만에 수만 명이 죽고 백성들의 원성이 자자하였다. 제나라의 선왕은 군대를 동원하여 연나라를 쳐서 50일 만에 연나라를 전부 점령하였다. 이 전쟁 중에 왕 쾌는 비참하게 죽고, 자지는 행방불명이 된다. 그리고 얼마 지나지 않아 진, 조, 초 같은 나라들이 연합하여 제나라를 칠 준비를 한다.

이미 패도정치를 꿈꾸는 선왕의 속셈을 알고 선왕에게 '진나라와 초나라를 점령하고 오랑캐를 복속시켜 천하에 군림하려는 욕망은 나무 위에 올라가 물고기를 구하는 연목구어(緣木求魚)'와 같은 어리석은 짓이라고 역설하였던 맹자가 아니었던가.

그러한 간곡한 설득에도 불구하고 연나라의 혼란을 틈타 군대를 동원하여 50일 만에 점령한 선왕의 불의를 지켜본 맹자의 마음은 어떠하였음인가.

제나라가 연나라를 점령하자 진, 조, 초의 강력한 제후국들은 연합군을 결성하여 제나라를 공격할 준비를 시작한다. 제나라는 비록 연나라를 정복하였으나 이로 인해 강력한 제후국들과 국가의 운명이 걸린 대전을 치르지 않으면 안 되는 절대 위기에 직면하게 된 것이었다.

그러자 선왕은 뒤늦게 맹자에게 자문을 구한다. 맹자의 나이는 쉰아홉 살, 이때의 장면이 『맹자』의 「양혜왕(亮蕙王)」 하편에 나온다.

제나라가 연나라를 쳐서 이겼다.
선왕이 물었다.
"어떤 이는 과인에게 (연나라를) 취하지 말라 하며, 어떤 이는 과인에게 취하라 한다. 만승(萬乘)의 나라를 가지고 만승의 나라를 50일 만에 점령, 함락하였으면 사람의 힘으로는 이러한 일에 이르지 못할 것이다. 취하지 않는다면 반드시 하늘의 재앙이 있을 것이니 취하는 것이 어떠하겠는가."

맹자에게 했던 선왕의 질문을 보면 선왕은 다중인격을 가진 복합적 인간처럼 보인다. 선왕은 은근히 맹자의 마음을 떠보고 있는 것이다.
일찍이 맹자가 선왕에게 '이와 같은 소행으로 욕심을 추구한다면 하늘로부터 재앙을 받을 것입니다' 라고 경고했던 기억을 빗대어 '50일 만에 연나라를 정복한 것은 하늘의 도움 없이는 이루어질 수 없는 것이니, 취하지 않는다면 하늘의 재앙이 있지 않겠는가' 하고 은근히 비꼬고 있는 것이다. 이를 통해 선왕이 꿈꾸는 것은 오직 패도정치의 야망뿐이라는 사실을 알 수 있다. 그러나 맹자는 물러서지 않고 분명하게 대답한다.
"취해서 연나라 백성들이 기뻐하지 않으면 취하지 마십시오. 옛 사람 중에 그렇게 하신 분이 계시니, 문왕이 바로 그러한 분이십니다. 만승의 나라를 가지고 만승의 나라를 치는데, 밥을 도시락에 담고 장을 병에 담아서 왕의 군대를 맞이한 것은 어찌 다른 이유가 있겠습니까. 이는 물과 불을 피하기 위해서입니다. 만일 물이 더욱 깊고, 불이 더욱 뜨거울 것 같으면 (민심은 다른 데로) 옮겨갈 뿐입니다."

맹자의 대답은 오직 임금의 눈치를 살피고 임금의 비위를 거스르지 않는 재담만을 나누는 순우곤과는 정면으로 대치된다.

맹자는 옛날 문왕은 천하의 삼 분의 이를 점령하고 있으면서도 은(殷)나라 백성들이 문왕의 백성이 되기를 희망하지 않았으므로 은을 받들었던 고사를 통해 은근히 선왕의 정복을 꾸짖고 있다.

그러자 선왕은 자신의 다급한 마음을 털어놓는다.

선왕은 맹자에게 연나라를 쳐서 정복하였음을 은근히 자랑하고 싶어서 그런 첫 질문을 던진 것이나 맹자가 이에 대한 반론을 제기하자 마침내 진, 초, 조 세 제후국들이 연나라를 구원하기 위해서 연합군을 파견하여 정면으로 이 세 나라의 군사들과 대적하지 않으면 안 되는 위기상황을 설명하고 맹자의 자문을 구하려 한 것이다.

선왕은 맹자에게 이렇게 물어 말하였다.

"제후국들이 과인을 치려고 논의하는 자가 많으니 이에 어떻게 대응해야 하는가."

그러자 맹자는 대답한다.

"신은 70리로 천하의 정치를 한다는 것을 들었으니, 탕(湯)이 그러합니다. 천 리를 가지고 남을 두려워한다는 것은 아직 듣지 못하였습니다.『서경(書經)』에 이르기를 탕왕이 첫 번째 정벌을 갈(葛)에서 시작하였는데, 천하가 믿었으므로 동쪽을 향하여 정벌하니 서이(西夷)가 원망하고, 남쪽으로 정벌하니 북추(北秋)가 원망하며 '어찌 우리는 나중에 하는가' 하였으니, 백성들이 큰 가뭄에 구름과 무지개를 바라는 것처럼 하였기 때문이었습니다. 시장에 가는 자가 그치지 않았으며, 밭 가는 자가 멈추지 않거늘 그 임금을 죽이고 그 백성을 위로하니 단비가 내린 것 같아서 백성들이 크게 기뻐하였으니『서경』에 이르기를 '우리 임금님을 기다렸는데, 이제야 임금이 오시니 만물이 소생하게 되었도다' 하였습니다."

맹자의 이 대답은 탕임금처럼 어진 정치를 하면 사방 70리의 작은 땅을 가지고 정치를 시작하더라도 천하의 사람들이 우러러보고 몰려올 것이므로 결국 천하를 손에 얻게 될 것이다.『서경』에 의하면 탕은 첫 정벌을 갈에서 시작했는데, 천하 사람들이 그 정당성을 믿고 좋아했기 때문에 동쪽을 정벌하면 서쪽 사람들이 자기들을 나중에 정벌한다고 원망하고 남쪽을 정벌하면 북쪽 사람들이 자기를 나중에 정벌한다고 원망하였다. 이는 백성들이 큰 가뭄에 구름이나 무지개를 바라듯이 탕임금이 오기를 바랐기 때문이라는 내용인 것이다.

그리고 나서 맹자는 선왕에게 충고한다.

"지금 연나라가 그 백성을 학대하거늘 왕께서 가서 정벌하시니, 연나라 백성들은 자기들을 물과 불에서 구해줄 것이라고 생각하여 도시락밥과 병에 담은 간장을 가지고 왕의 군대를 맞이하였는데, 만약 그 부형을 죽이고 그 자제들을 구속하며 그 종묘(宗廟)를 부수고, 중요한 제기들을 옮겨간다면 어떻게 되겠습니까. 천하의 모든 사람은 본래 제나라가 강한 것을 두려워하는데, 지금 또 땅을 배로 넓히고서 어진 정치를 하지 아니하면 이는 천하의 무기를 움직이도록 하는 것입니다. 왕께서 속히 명령을 내리시어 노약자들을 돌려보내고, 중요한 제기들을 가지고 오는 것을 중지시키고 연나라의 백성들과 논의하여 임금을 세운 뒤에 떠나면 그래도 중지시킬 수 있을 것입니다."

맹자의 충고는 구구절절 옳은 말이었다.

맹자는 왕에게 곧장 군대를 철수하고 연나라 백성들과 의논해서 새 군주를 세울 것을 권유하였으나 패왕을 꿈꾸고 있던 선왕은 맹자의 권유를 무시하고 계속 군대를 연나라에 주둔시킨다.

결국 연나라 사람들이 들고일어나 제나라 군대를 나라 밖으로 내쫓아버렸다. 맹자가 걱정했던 대로 물이 더욱 깊고, 불이 더욱 뜨거워지자 연나라 백성들의 민심이 일제히 옮겨간 것이었다.

이런 정황을 본 순간 맹자는 선왕이 더 이상 자신에게 배우려는 의지가 없음을 깨달았다.

그렇지 않아도 맹자를 조문객으로 보낼 때 부사 한 명을 딸려 보냈는데, 사신의 권한은 완전히 부사의 손아귀에 달려 있어 난처한 입장에 빠졌었던 맹자가 아니었던가. 선왕에게 자신이 더 이상 쓸모가 없어져 무용지물이 되었음을 깨달은 맹자는 제나라를 떠나기로 결심한다.

맹자는 제나라에 대해서 큰 기대를 갖고 있었다.

이런 맹자의 마음은 제자 공손추의 질문에 '제나라를 가지고 왕업을 이루는 것은 손을 뒤집는 것처럼 쉬운 일이다' 라는 맹자의 답변을 통해 잘 드러나고 있음이다.

맹자가 제나라에 두 차례에 걸쳐 머물렀던 기간은 5, 6년. 그동안 맹자는 선왕을 통해 왕도정치를 이루기 위해서 부단히 노력하였다. 그러나 선왕이 받아들일 여지가 없음을 깨닫게 되자 맹자는 어쩔 수 없이 제나라를 떠날 수밖에 없었던 것이다.

결론적이지만 맹자의 예언은 그대로 적중된다.

연나라 왕 쾌가 왕위를 상국인 자지에게 넘겨주자 태자 평은 이에 불만을 품고 있다가 반란을 일으켰으나 성공하지 못하였다. 이러한 혼란을 틈타 제나라의 선왕은 군대를 보내 연나라를 정복하려 하였으나 제나라의 군사들이 공격하는 과정에서 방화와 약탈을 자행하였으므로 연나라의 군대와 백성들의 저항을 받고 2년 뒤에 연나라에서 철수하게 되었던 것이다.

이때 선왕은 맹자의 말을 듣지 않은 것을 뒤늦게 후회하여 '나는 맹자에게 매우 부끄럽다(吾甚慙於孟子)' 라고 말하였다고 「공손추(公孫丑)」 하편은 기록하고 있다.

그뿐인가.

연나라 사람들은 제나라의 군사들을 자기 나라에서 쫓아버린 것만으로는 만족하지 않았다. 태자 평은 백성들로부터 왕으로 추대되어 왕위에 오르니 그가 바로 소왕(昭王).

그는 연나라가 초토화된 뒤에 즉위하였기 때문에 많은 현인들을 초빙하여 제나라에 대한 원수를 갚고 선왕의 치욕을 씻고 싶어하였다. 그래서 모사 곽외(郭隗)에게 이렇게 말한다.

"과거 제나라는 우리나라의 혼란을 틈타 공격해왔소. 우리나라가 지금은 작고 약하기 때문에 널리 인재를 구해서 나라를 부강하게 하여 선대의 치욕을 씻고 싶소. 이것은 나의 소망이오. 추천할 만한 인재가 있거든 말해주시오. 내가 직접 모시러 가겠소."

이에 곽외는 말하였다.

"옛날 말을 좋아하는 임금이 있었는데, 그는 천 금을 주고 말을 구하려 하였습니다. 그러나 3년이 지났지만 아무런 소득이 없었습니다. 매일 불만에 차 있는 임금을 본 한 신하가 말하였습니다. '이 일을 신에게 맡겨주십시오.' 임금이 그 일을 맡기자 신하는 천리마를 구하러 길을 떠났습니다. 석 달이 채 지나지 않아 그는 하루에 천 리를 달릴 수 있는 좋은 말을 찾았습니다. 막상 이 말을 사려고 했을 때 그 말은 그만 죽고 말았습니다. 그는 한참을 생각하다가 5백 금을 주고 죽은 말의 뼈를 사가지고 돌아왔습니다. 임금은 천리마의 뼈를 보고 매우 화가 나서 그 신하를 꾸짖어 말하였습니다. '내가 원하는 것은 살아 있는 말인데 너는 어찌하여 무슨 소용이 있다고 죽은 말의 뼈를 사왔느냐. 5백 금을 낭비한 것이 아니겠느냐.' 그러자 그 신하는 웃으면서 대답하였습니다. '전하, 노여움을 푸십시오. 5백 금을 낭비한 것이 아닙니다. 전하께서 죽은 말의 뼈를 아주 비싼 값에 사들였다는 소문이 널리 퍼지면 사람들은 전하를 진심으로 좋은 말을 아끼는 군주로 믿게 되어 반드시 좋은 말을 바치는 이가 있게 될 것입니다.' 과연 일 년이 지나자 어떤 사람이 세 마리의 천리마를 임금에게 바쳤습니다."

곽외는 말을 이었다.

"지금 왕께서는 천하의 인재를 모으시고 계시는데, 그러기 위해서는 '천 금을 주고 천리마의 죽은 뼈를 산다' 는 '천금매골(千金買骨)' 의 교훈을 잊어서는 안 될 것입니다."

"천금매골이 천하의 인재를 모으는 것과 무슨 상관이 있는가."

모사 곽외의 말을 이해하지 못한 소왕이 묻자 곽외는 대답하였다.

"지금 전하께서 천하의 인재를 모으시는데, 그러기 위해서는 먼저 저로부터 시작해주시기 바랍니다."

곽외는 웃으며 말하였다.

"죽은 말의 뼈를 천 금을 주고 샀다는 임금에 대한 소문이 천리마 세 필을 불러오게 하였다면, 전하께서 부족한 저부터 신임하여 우대해주셨다는 소문이 퍼지게 되면 저보다 더 훌륭한 인재들이 모두 전하께 의지하러 오게 될 것입니다. 비록 신은 죽은 말의 뼈에 지나지 않으나 전하께서 저를 등용하여 천리마처럼 아끼신다면 사방에서 살아 있는 천리마들이 올 것임으로 굳이 각 지방으로 사람을 보내 인재를 찾을 필요가 있겠습니까."

곽외의 의견은 탁월한 것이었다.

곽외의 말에서 '천금매골' 이란 고사성어가 나온 것. 그리고 '임금께서 굳이 어진 선비를 부르시고자 하신다면 먼저 저로부터 시작하여주십시오'라는 말에서는 '청자외시(請自隗始)'란 고사성어가 나온 것이다.

청자외시.

이는 '자기 자신을 자기가 추천한다는 말'로 때로는 '선종외시(先從隗始)'라고도 불린다. 어쨌든 곽외의 작전은 그대로 들어맞는다.

악의(樂毅)라는 무장은 위나라 사람이었으나 소왕이 곽외를 의지하고 새로운 집을 지어주고, 스승인 사장으로 섬긴다는 소문을 전해 듣자 연나라로 와서 상장군이 되었다.

악의는 조, 초, 한, 위, 연의 연합군을 이끌고 당시 최강국이었던 제나라를 토벌하여 수도 임치를 함락시키고 70여 개의 성을 빼앗고 모든 재보를 연나라로 옮겨버렸다.

이때가 기원전 284년.

제나라의 선왕이 연나라를 정벌한 지 불과 34년 후의 일이었으니, 일찍이 맹자가 '지금 어진 정치를 하지 아니한다면 이는 천하의 무기들을 움직이게 하는 것입니다. 왕께서 속히 명령을 내리시어 노약자들을 돌려보내고 중요한 제기를 가져오는 것을 중단시키고, 연나라 백성들과 논의하여 임금을 새로 세운 뒤에 철수하십시오'라고 충고하였던 왕도정치의 경세지략은 34년 후에 그대로 들어맞게 되는 것이다.

이렇듯 패도정치는 일시적으로는 힘으로 정복하여 승리하는 듯 보이지만 한순간의 영광에 불과하며 왕도정치는 얼핏 보면 무능하고 나약한 통치이념처럼 보이지만 마지막에는 승리하여 사필귀정(事必歸正)이니, 제자 베드로가 칼을 빼어 잡으러 온 사람의 귀를 잘라버리자 '칼을 도로 칼집에 꽂아라. 칼을 쓰는 사람은 칼로 망하는 법이다' 라고 말하였던 예수의 말은 진리인 것이다.

어쨌든 맹자는 십만 종의 녹봉과 빈사(賓師)의 대우를 마다하고 제나라를 떠날 결심을 한다.

평소에 맹자는 '나는 맡은 관직도 없고 말한 것에 책임도 없으니 진퇴가 어찌 너그럽고 여유 있지 않겠는가(我無官守 我無言責也 則吾進退豈不綽綽然有餘裕哉)' 라고 말하고 있었다. 나중에는 삼경(三卿)의 지위에 올랐으나 이처럼 맹자는 '나아가고 물러섬' 에 있어 언제나 분명하고 여유가 있었다.

그러나 이러한 맹자도 제나라에 대한 미련은 쉽사리 버리지 못하고 있었다.

그것은 맹자가 제나라의 국경에서 꼬박 3일간을 머물러 있었다는 것에서 알 수 있다.

맹자는 마음속에 또 하나의 환상을 품고 있었다. 그것은 자신이 떠나면 선왕이 크게 후회하여 사람을 보내 자기를 붙잡고 회유하여 다시 불러들일지도 모른다는 기대감을 갖고 있었기 때문이었다. 그만큼 맹자는 제나라의 선왕에게 큰 희망을 품고 있었다.

맹자가 제나라의 선왕에게 얼마나 큰 기대를 갖고 있었는가는 제나라의 신하 경추(景丑)가 맹자에게 '신은 왕(선왕)께서 선생을 공경하는 것은 보았지만 선생이 왕을 공경하는 것은 본 적이 없습니다'라고 말하였을 때 맹자가 정색을 하고 대답했던 것으로 잘 알 수 있다.

"그게 무슨 말인가. 제나라 사람 중에 인의(仁義)를 가지고 왕과 더불어 말할 사람이 하나도 없는데, 이는 인의가 아름다운 것이 아니라고 여겨서가 아닐 것이다. 너희들 마음속에 제나라 왕 같은 사람과는 인의를 말할 가치가 없다고 여기고 있기 때문이다. 너희 제나라 사람들이 이처럼 자신의 왕을 무시하는 것이야말로 공경하지 않는 것이다. 하지만 나는 다르다. 나는 요순의 도가 아니면 왕 앞에서 말한 적이 없다. 나는 제나라의 왕이 요순의 도를 행할 수 있는 사람이라고 본다. 이것이 왕을 공경하는 마음이 아니고 무엇이겠는가. 사실대로 말하면 너희 제나라 사람 중에는 내가 왕을 공경한 것처럼 공경하는 사람은 없다."

이 답변은 맹자가 선왕이야말로 요순의 도인 왕도정치를 펼칠 수 있는 적임자로 보고 있음을 드러내고 있는 단적인 예인 것이다.

맹자가 제나라의 국경에서 3일 동안이나 머물러 있었던 것은 선왕이 크게 후회하고 자기를 다시 불러들일지도 모른다는 미련을 갖고 있었기 때문이었는데 그러나 이것은 어디까지나 맹자의 환상이었다. 물론 선왕의 사신으로 맹자를 찾아온 사람이 있었다. 그가 바로 순우곤이었다.

순우곤은 맹자를 다시 불러들이기 위해서가 아니라 말은 자진출국이었으나 실제로는 초라한 모습으로 쫓겨나고 있는 맹자의 모습을 조롱하기 위해서 찾아온 것이었다.

순우곤으로서는 맹자가 스승 공자처럼 '상갓집의 개'가 되어 피로하고 지친 모습으로 출국하는 마지막 모습을 지켜보고 싶었기 때문이었다.

순우곤은 일찍이 맹자와의 설전에서 비참한 패배를 맛보지 않았던가. 일생일대의 유일한 패배를 순우곤은 몽매에도 잊지 못하고 있었던 것이다. 따라서 순우곤은 맹자를 위로하기 위해서 온 것이 아니라 맹자의 처지를 비웃고 조롱하며 맹자에게 최후의 일격을 가하기 위해서 일부러 찾아온 것이었다.

맹자도 순우곤의 예방을 받자 정중하게 그를 맞아들였으나 이미 순우곤의 속셈을 꿰뚫어보고 있었다.

두 사람은 두 번째로 날카로운 논전을 벌인다.

전국시대 최고의 말재주꾼 순우곤과 전국시대 최고의 사상가인 맹자의 설전은 오랜 복수를 꿈꾸던 순우곤의 예봉을 다시 한 번 여지없이 물리치는 맹자의 호연지기(浩然之氣)를 느끼게 하는 명장면이다.

이 장면의 시작은 순우곤의 질문에서부터 비롯된다. 이 장면이 『맹자』의 「고자」 하편에 수록되어 있다.

명예와 실적을 중시하는 것은 남을 위한 것이고 명예와 실적을 경시하는 것은 자기를 위한 것입니다. 선생님께서는 삼경(三卿) 가운데 계셨으나 명예와 실적이 위와 아래에 모두 더해지지 아니하였는데도 이처럼 떠나시니 어진 사람도 본래 이와 같습니까.

순우곤의 말은 촌철(寸鐵)이었다. 비록 짧은 질문이었지만 사람을 죽일 수 있는 살기마저 띤 공격이었던 것이다.

즉 명예와 실적을 중시하여 현실정치에 뛰어들어 왕도정치를 펴는 것은 국가와 백성을 위하는 길이며, 그러한 명예와 실적을 버리고 초야에 숨어 초연하게 학문에 정진하는 것은 오직 자신의 수양을 위한 길이다. 그러나 그대는 제나라에 두 차례나 입국하여 오랜 생활을 삼경(三卿) 가운데 머물러 있으면서 정치에 뛰어들었음에도 불구하고 명예는 물론 실적 또한 제대로 거두어본 적이 없지 않은가.

실제로 그대가 그처럼 간곡히 설득하였지만 제나라의 선왕은 무단으로 연나라를 공격하여 점령하지 않았던가. 또한 연나라에서 철수하라 극간하였지만 선왕은 이를 철저히 무시하지 않았던가. 그러므로 그대는 제나라의 명예에도 실적에도 아무것도 보태준 것이 없다.

그런 허송의 세월을 보냈는데, 이제 와서 홀연히 제나라를 떠나려 한다면 과연 그것이 어진 군자의 길이라고 말할 수 있겠는가. 그것은 비겁한 현실도피의 길이요, 도주가 아니겠는가, 라는 것이 순우곤의 공격이었다.

그뿐인가.

순우곤은 맹자와의 첫 번째 설전에서 '천하가 물에 빠지면 도를 가지고 끌어내고 형수가 빠지면 손을 갖고 끌어내는 것인데, 그대는 어찌하여 손으로 천하를 끌어내려 하는가'라는 답변으로 결정타를 얻어맞지 않았던가. 세 치의 혓바닥으로 천하를 구하려는 것은 마치 손으로 천하를 끌어내려 하는 것과 같다는 준엄한 맹자의 답변을 빌려 순우곤은 이처럼 재반격을 시도했던 것이다.

즉 그대가 아무런 명예와 실적을 얻지 못하고 도망치듯 제나라를 떠나는 그것이 과연 천하를 구하려고 도를 펼치는 행위인가를 묻는 다목적 질문이었던 것이다.

순우곤의 질문에 맹자는 대답한다.

"낮은 지위에 있으면서도 어진 입장으로 못난 임금을 섬기지 않는 것은 백이(伯夷)였고, 다섯 번 탕왕에게 나아갔고 또 다섯 번 걸(桀)왕에게 나아간 자는 이윤(伊尹)이었으며, 더러운 임금을 싫어하지 않고 낮은 관직도 사양하지 않은 사람은 유하혜(柳下惠)였으니, 이 세 분의 길은 같지 않았으나 그 귀결된 곳은 오직 하나였다. 이 하나라는 것은 무엇인가. 바로 인(仁)이라고 하는 것이다. 군자는 역시 어질 뿐이니 어찌 반드시 같은 길을 간다고 말할 수 있겠는가."

맹자의 대답 중에 나오는 백이와 이윤 등은 평소에 맹자가 존경하여 자주 인용하던 성인들이었다. 『맹자』에는 그들의 이름이 10여 차례 인용되고 있다.

백이는 왕위를 버린 후 서백(西伯) 문왕의 명성을 듣고 그에게 의탁하였으나 아들 무왕이 죽은 문왕의 위패를 수레에 싣고 주왕을 정벌하려 하자 '아버지의 장례가 끝나기도 전에 군사를 일으키는 것은 불효이며, 신하로서 군주를 공격하는 것은 불인(不仁)이다' 라고 말렸지만 무왕이 듣지 않고 은을 멸망시키자 수양산에 들어가 고사리를 캐먹고 지내다가 굶어죽은 의인으로 유가에서는 이를 청절지사(淸節之士)로 부르며 공경하는 전설상의 성인이었다.

또한 이윤은 은나라의 탕왕에게 다섯 번이나 불려가서 재상이 되어 천하를 평정하는 데 공헌하였고, 또한 걸왕이 불러도 다섯 번이나 나아가 벼슬을 하며 이렇게 말하였다.

"누구를 섬긴들 임금이 아니겠느냐, 누구를 부린들 백성이 아니겠느냐."

이윤은 자신이 '하늘이 낸 백성 중에 먼저 깨달은 자'임으로 비록 도랑 속에 빠진 듯 살았으나 천하를 다스리는 중대한 사명을 완수함으로써 성인의 삶을 산 사람이었던 것이다.

또한 유하혜는 더러운 임금을 섬기는 데 부끄러워하지 않았고, 작은 벼슬도 사양하지 않았다. 나아가서는 자기의 우수한 능력을 감추려 하지 않았고, 반드시 정당한 방법으로 일하였고, 버려져도 원망하지 않았으며, 곤궁에 빠졌어도 분노하지 않았다.

'너는 너고 나는 난데, 네 곁에서 벌거벗고 있은들 네가 어찌 나를 더럽힐 수 있겠느냐' 하며 자기의 맡은 소임을 다했던 것이다.

이렇듯 백이와 이윤, 그리고 유하혜는 각각 성인군자였으나 그 사는 방법은 이처럼 판이하였다.

백이는 굶어죽었으므로 절(節)의 표상이요, 이윤은 얼핏 보면 변절자처럼 보였으나 충(忠)의 표상이요, 유하혜는 깨끗함과 더러움을 가리지 않은 속인이었으나 화(和)의 표상이었던 것이다.

그러나 이 세 성인이 '귀결되는 것은 오직 하나였으니, 이 하나가 바로 인(仁)이라는 것' 이 맹자의 결론이었다. 그러므로 그대 순우곤이 내게 명예와 실적에 대해서 따지고 있지만 '나는 오직 군자의 길을 가고 있을 뿐'이라는 것이 맹자의 대답이었던 것이다.

이에 만만하게 물러설 순우곤이 아니었다.

순우곤은 재차 공격을 시도한다.

"노나라 목(穆)왕 때 공의자(公儀子)가 정치를 담당하였고 자유(子柳)와 자사(子思)가 신하가 되었지만 노나라가 쇠퇴해진 것이 더욱 심해졌으니 현명한 자가 국가에 무익한 것이 이와 같습니까."

순우곤의 두 번째 질문도 교묘한 올가미를 갖고 있었다.

공의자는 이름이 휴(休)로 널리 알려진 노나라의 박사였다. 뛰어난 현인으로 이는 자유와 자사 역시 마찬가지였다. 그러나 이들을 등용한 노나라는 쇠망기에 접어들어 전국시대에는 간신히 명맥만을 유지하고 있는 소국으로 전락해버리고 말았던 것이다.

순우곤은 공의자의 예를 들어 널리 알려진 공의자와 같은 현명한 사람도 결국 나라에 무익한 존재가 되었으니, 그대 맹자가 아무리 현인이라고 하지만 결국 제나라에서는 무용지물이 아니었던가를 비꼬는 힐문이었다.

이에 맹자는 대답한다.

"우(虞)나라는 백리해(百里奚)를 쓰지 않아서 망했고, 버려진 백리해를 진나라의 목공은 구해 써서 마침내 패자가 되었다. 현명한 자를 쓰지 않으면 망하는 것이 어찌 나라가 쇠퇴한 정도로만 그칠 수 있겠는가."

맹자의 대답은 순우곤의 말을 전면으로 반박한다.

즉 현명한 자를 쓰지 않으면 나라가 망하는 것이니 나라가 쇠퇴하는 정도로 그칠 수 없음을 오히려 강변하고 있는 것이다.

그 순간 순우곤의 입가에 미소가 떠올랐다. 냉소였다.

자신의 무능함을 비웃고 있는 순우곤 앞에서 오히려 자신을 백리해에 비교하고 있는 맹자가 아닌가.

그뿐인가. 맹자는 자신을 전설 속의 성인이었던 백이와 이윤과 같이 어진 길을 걷는 군자에 비유하고 있음이 아닌가.

"아, 그렇습니까."

순우곤은 고개를 숙여 예를 갖추며 말을 이었다. 그로서는 오랫동안 준비해두고 있었던 최후의 비수였다. 상대방의 급소를 찌르는 정침(頂針)이었다.

"그럼 선생님, 한 가지만 더 여쭙겠습니다."

그러고 나서 순우곤은 맹자의 치명적인 약점을 찌른다.

"옛날에 왕표(王豹)가 기수(淇水)가에 거처하자 하서(河西) 사람들이 노래를 잘하였고, 면구(綿駒)가 고당(高唐)에 살아 제나라 서쪽 사람들이 노래를 잘했으며, 화주(華周)와 기량(杞梁)의 아내가 그 죽은 남편에게 곡을 잘하여 나라의 풍속을 바꾸었습니다. 이처럼 안에 가지고 있으면 반드시 밖으로 드러나는 것이니, 그 일을 잘했는데도 효과가 없는 것을 저는 일찍이 보지 못했습니다. 이 때문에 (이 세상이 아직도 혼란한 것을 보면 이는) 현명한 자가 없기 때문일 것입니다. 있다면 제가 반드시 알 것입니다."

순우곤의 질문은 비상과 같은 독성을 갖고 있었다.

즉 왕표는 위나라 사람으로 노래를 잘하였던 명인이었고, 또한 면구 역시 제나라 사람으로 뛰어난 구자(謳者)였다.

구(謳)란 동요, 찬송가, 민요 등과 같이 여러 사람들이 함께 부르는 노래로, 그들이 살던 지방 사람들은 자연히 왕표와 면구를 따라서 노래를 잘하게 되었다.

또한 화주와 기량은 제나라의 대부였는데, 두 사람 다 이웃 나라와 싸우다 전사하였다. 그러자 두 사람의 아내는 슬피 울었고, 제나라 사람들은 애절히 우는 두 아내의 울음소리를 통해 나라의 풍속이 바뀌었던 것이다.

특히 기량이 전사한 뒤 기량의 아내가 보인 행동은 유명하다.

제나라의 장공(莊公)은 전장에서 돌아오던 중 기량의 처를 만나자 사람을 시켜 길에서 조문토록 하였다. 그러나 기량의 처는 길에서 조문을 받을 수 없다 하여 결국 장공은 기량의 빈궁(殯宮)에 가서 예를 갖추어 조문하였던 것이다.

『좌씨춘추』에 나오는 이 유명한 고사에서 밝히고 있듯이, 기량의 처는 떳떳하게 전사한 자신의 남편이 미천한 서민의 대접을 받아 길에서 조문받기를 거절하고 결국 장공으로 하여금 직접 기량의 집에 와서 조문케 함으로써 돌아간 남편에게 예를 갖추도록 하였던 것이다.

이에 증자(曾子)는 『예기(禮記)』에서 '기량의 처는 예를 알고 있다(尙不如杞梁之妻 之知禮也)' 라고 극찬한다.

'기량지처(杞梁之妻)' 란 고사성어는 바로 이러한 내용에서부터 비롯된 것.

그뿐인가. 기량의 처 맹강(孟姜)은 상여를 붙잡고 죽은 남편의 두 눈에서 핏물이 흘러나올 만큼 슬피 울고, 울음소리가 십 리 밖까지 들릴 만큼 곡을 잘해 나라의 풍속을 바꾸어버린 것이다.

순우곤이 이처럼 노래의 달인 왕표와 면구의 예를 들고 화주와 기량의 아내에 대한 예를 든 것은 '안으로 가지고 있으면 반드시 밖으로 드러나는 것(有諸內 必形諸外)'을 강조함으로써 맹자를 공격하기 위함이었던 것이다.

즉 그대 맹자가 아무리 자신을 백이와 백리해로 비교하고 있다고 하더라도 안으로 가진 것이 없으므로 이 혼란한 세상에 아무것도 기여한 바가 없지 않은가. 한갓 하찮은 가수라 할지라도 그 지방 사람들이 노래를 잘 부르게 할 수 있으며, 한갓 하찮은 아녀자라 할지라도 죽은 남편을 위해 곡을 함으로써 풍속을 바꾸는데, 그대 맹자는 스스로를 감히 백이와 백리해와 비교하고 있으면서도 아무런 영향을 주지 못하고, 여전히 세상이 혼란한 것을 보면 그대는 현명한 자가 아니지 않은가, 라는 노골적인 공격이었다.

그뿐인가.

순우곤은 이렇게 조롱한다.

"(현명한 사람이) 있다면 제가 반드시 알 것입니다(有則髡必識之)."

이 말은 맹자에게 날린 필살의 일격이었다.

그대가 아무리 현명한 사람인 척해도 사이비에 지나지 않는다. 만약 그대가 현명한 사람이라면 내가 반드시 알 수 있을 것이다. 그러나 내가 보기에 그대는 한갓 말만 그럴듯하게 하는 유자에 지나지 않을 뿐이다.

맹자는 재빠르게 순우곤의 속셈을 간파하였다.

자신은 물론 스승 공자까지 한껏 조롱하고 있는 순우곤을 향하여 맹자는 마침내 제2의 결정타를 날린다.

"일찍이 공자께서 노나라의 사구가 되셨는데, 그 생각이 쓰이질 않았다. 이어서 제사를 지내는데, 제사 고기가 이르지 않자 면류관을 벗지도 않으시고 떠나시니 지혜롭지 못한 사람들은 고기 때문이었다고 생각하고, 지혜 있는 자들은 예가 없기 때문이었다고 생각하였으나 공자께서는 하찮은 죄로써 구실을 삼아 떠나고자 한 것이고, 구차하게 떠나려고 하지 않으신 것이다."

맹자가 인용한 공자의 고사는 여러 가지 함축적인 의미를 지니고 있다.

공자에 의해서 노나라가 잘 다스려지자 이를 두려워한 제나라에서는 춤추는 무희들과 좋은 말을 노나라에 보내어 곡부성 밖에서 일반에게 공개토록 하였다. 놀이를 좋아하는 노나라의 경공과 실권자인 계환자와 공자의 사이를 이간질시키려는 교묘한 계략이었다. 과연 제나라의 계책대로 계환자는 평복을 입고 여러 번 가서 구경을 한 다음 경공에게 이야기하니, 두 사람은 함께 샛길로 몰래 가서 하루 종일 구경하는 데 정신이 팔려 정사를 돌보지 않게 되었던 것이다.

성미 급한 자로가 '이제 그만 노나라를 떠나셔야 하겠습니다' 라고 말을 하자 그래도 공자는 신중하게 대답한다.

"곧 노나라에서는 교제(郊祭)를 지내게 되어 있다. 만약 그 제사를 지내고 제육(祭肉)을 대부들에게 나누어준다면 나는 그래도 노나라에 머물도록 하겠다."

교제는 하늘에 지내는 제사.

그러나 경공과 계환자는 마침내 무희들과 말을 받아들이고 사흘 동안 정사를 돌보지 않는다. 그리고 교제를 지내고도 제육을 대부들에게 나누어주지 않았다.

이에 공자는 노나라의 도성을 떠나 남쪽 둔(屯)으로 간다. 이때 한 사람이 '왜 죄도 없는 선생님이 떠나십니까' 하고 물으니 공자가 노래한다.

    여인들의 입은 사람들을 쫓아낼 수도 있고
    여인들의 고자질은 사람들을 패망시키고 죽일 수도 있네
    그러니 한가히 노닐면서 여생을 마쳐야지.

맹자가 순우곤의 힐난에 공자의 제육 이야기로 답변하였던 것은 공자의 위대함을 드러내기 위함이었다.

공자가 제육이 이르지 않자 떠난 행동에 대해 사람들은 '한갓 고기 때문에 화를 냈기 때문'이라고 비웃었으며, 학식이 많은 학자들은 임금에 대한 무례(無禮) 때문이라고 비난하였지만 맹자는 공자가 '진리를 실현할 수 없는 상황에서 떠나는데 자기 나라 임금과 대부의 약점을 공공연하게 드러내는 것은 고국의 잘못을 외국에 널리 알리는 것이 되므로 제육이라는 작은 허물을 핑곗거리로 삼아서 떠난 것'이라고 답변하였던 것이다.

맹자의 이 말은 한갓 소인배나 조무래기들은 감히 큰 인물의 원대한 이상을 알지 못한다는 의미를 함축하고 있음이다.

즉 공자가 제육을 핑계 삼아서 고국을 떠난 것에 대해서 '공자가 고기에 눈이 멀었다'라고 비난하거나 '공자가 임금에 대해서 무례하였다'고 비난하는 것은 '제비나 참새는 큰 기러기나 백조의 뜻을 알 수 없다'는 뜻의 '연작부지홍곡지지(燕雀不知鴻鵠之志)'에 다름이 아니라는 결론을 내린 것이었다.

그러고 나서 맹자는 이렇게 일갈한다.

"군자가 하는 것을 중인들은 원래 알지 못한다(君子之所爲 衆人固不識也)."

졸지에 중인이 되어버린 순우곤.

초라하게 쫓겨나듯 출국하는 맹자를 멀리서 찾아와 먼젓번의 패배를 씻고 복수를 꾀했던 순우곤은 이로써 삽시간에 소인배로 전락하는 비참한 패배를 맛보게 된다.

혹을 떼러 왔다가 또 하나의 혹을 붙이고 돌아가는 신세가 되었던 순우곤은 유가의 투장 맹자에게 이처럼 초개처럼 베어져 역사의 뒤안길로 사라진다.

순우곤이 돌아간 뒤 맹자는 마침내 제나라에 대한 미련을 완전히 끊어버린다.

마지막 환상이 깨지자마자 맹자는 두 차례에 걸쳐 오랫동안 빈객으로 지낸 제나라를 떠나게 되는 것이다.
이러한 맹자의 모습을 사마천은 『사기』에서 묘사하고 있다.

> 제나라의 선왕을 섬기려 하였으나 들어주지 않았으므로 양나라로 갔다. 양혜왕도 맹자의 말을 믿지 않았다. 맹자를 친견해보니 하는 말들의 의미가 너무 멀어서 현실 사정에 어둡다고 생각되었기 때문이었다.
> (…)
> 또 제나라의 선왕은 손자(孫子), 전기(田忌) 등을 등용하여 제후를 동으로 향하여 제나라에게 조공을 바치게 하는 등 천하는 바야흐로 합종연횡에 미쳐 날뛰어 싸움하고 공격하는 것을 현명한 일로 생각하고 있던 혼돈의 시대였다.

사마천은 이러한 맹자의 모습을 「맹자순경열전」에서 다음과 같이 기록하고 있다.
"중니는 진나라와 채나라에서 굶주려 배추 잎새와 같은 얼굴이 되었으며, 맹자는 제나라와 양나라에서 지극히 곤궁하였다."
사마천의 기록처럼 지극히 곤궁하였던 맹자는 마침내 제나라를 떠난다.
이때가 기원전 312년, 맹자의 나이 예순 살 때의 일이었다.
맹자가 주유열국에 나선 시기는 정확히 알려지지는 않았지만 대략 서른여덟 살 무렵. 맹자가 제나라에서 출국하였던 것은 예순 살

때의 일이었으니 맹자의 천하주유는 이 무렵 20여 년이 넘게 계속되고 있었다.

그동안 맹자는 송나라와 등나라 그리고 양나라를 거쳐 또다시 제나라로 돌아와 한결같이 왕도정치를 부르짖고 있었다.

공자의 주유열국은 13년 동안 한 번도 고향에 돌아오지 않았던 여정이었으나 맹자는 그보다 훨씬 긴 장기외유였음에도 불구하고 두어 차례 고향으로 돌아오곤 하였던 것으로 보인다.

맹자가 쉰여섯 살 되던 해 어머니가 죽는다. 이때 맹자는 제나라에서 경상이 되었으나 곧바로 고향으로 돌아와 삼년상을 치른 후 다시 제나라로 재차 입국하였다.

어머니도 죽고 제나라에서 쫓겨나다시피 하여 출국하는 맹자의 심정은 어떠하였을까. 이미 예순 살의 노인이 된 맹자.

맹자가 찾아가고 있는 송나라는 제나라와 비교가 되지 않는 작은 규모의 나라로 땅은 협소하고 인구는 적었다. 게다가 이웃한 강국들의 위협 때문에 나라가 처한 환경은 바람 앞의 등불처럼 위태로웠다. 그러나 송나라의 임금은 분발해서 강국이 되려 하지 않고 온종일 술과 여자에 파묻혀 지낼 뿐이었다. 또한 그의 주위에는 온통 아첨하는 소인배뿐이었다.

희망도 없고 자신의 왕도정치도 펼 수 없는 소국 송나라를 찾아가는 예순 살 노인 맹자의 모습은 어떠하였을까, 사마천이 기록하였듯 '배추 잎새와 같은 초라한 모습' 이었을까. 아니면 '상갓집의 개' 처럼 처량한 몰골이었을까.

그러나 아니었다.

맹자의 모습은 대장부다운 기상으로 당당하고 호연하였다. 한마디로 호연지기의 모습이었다.

호연지기.

이 말은 일찍이 맹자와 제자 공손추가 서로 대화를 나누다가 '감히 묻겠습니다만 스승께서는 어디에 장점이 있으십니까' 라고 공손추가 물었을 때 맹자가 '나는 나의 호연지기를 잘 기르니라' 라고 대답한 말에서 비롯되었다.

맹자의 사상을 한마디로 함축하는 이 말은 「공손추」 상편에 상세히 실려 있다.

제자 공손추가 어느 날 맹자에게 묻는다.

"선생님께서 제나라 경상의 자리에 오르셔서 도를 행할 수 있게 되신다면 이로 말미암아 패업을 이루거나 왕업을 이룬다 하더라도 이상하지 않을 것입니다. 이와 같다면 마음이 동요되십니까, 동요되지 않으시겠습니까."

그러자 맹자가 대답하였다.

"아니다. 나는 이미 마흔 살이 되었으니 마음이 동요되지 않는다."

공자는 나이 마흔 살을 '불혹(不惑)' 이라 말하였고, 맹자는 나이 마흔 살을 '부동심(不動心)' 이라 말하였으므로 공손추는 다시 묻는다.

"마음이 동요되지 않도록 하는 데 무슨 방법이 있습니까."

공손추는 만장(萬章)과 더불어 쌍벽을 이루던 맹자의 제자. 『사기』에는 '물러나와 제자 만장들과 『서경』을 강술하고 공자의 뜻한 바를 펴서 『맹자』7편을 저술하였다' 고 기록되어 있어 만장을 수제자로 지칭하고 있지만 정작 『맹자』에는 공손추와 더불어 대화를 나누는 내용이 두 장이나 게재되어 있을 만큼 또 하나의 으뜸제자였던 것이다.

공손추는 스승이 제나라의 경상의 자리에 올라 도를 행하게 되었으므로 이제 왕업이나 패업을 이루게 되는 것은 분명한 일로, 만약 이루게 되면 마음이 기뻐서 동요할 것인지 어떨지를 물었던 것이다.

이에 맹자가 '나는 마흔 살이 되었으니 마음이 동요되지 않는다(不動心)'라고 대답하자, 문득 공자가 말하였던 '나이 마흔 살 불혹(四十而不惑)' 이란 말을 떠올렸다.

공손추는 공자의 '사십이불혹' 과 스승 맹자의 '사십이부동심' 이 어떻게 다른가를 묻고 '마음이 동요하지 않도록 하는 방법' 에 대해서 물었던 것이다.

물론 '불혹' 과 '부동심' 은 둘 다 '어떠한 유혹이나 고난을 받더라도 마음이 흔들리지 않는다' 라는 동일한 뜻을 갖고 있으나 면밀히 분석하면 엄연한 차이를 보이고 있다.

공자의 '불혹' 은 '외부적 상황에 쉽사리 넘어가지 않는다' 는 뜻을 지니고 있고, 맹자의 '부동심' 은 '스스로 마음이 흔들리지 않는다' 는 의미를 지니고 있음인 것이다.

즉 '불혹'은 객관적 상황에 따른 주체의 반응이며, '부동심'은 주관적 상황에 따른 주체의 반응인 것이다.

이에 대해 맹자는 부동심에 상세한 설명을 더한다.

여기에서 그 전문을 소개할 필요는 없거니와 그 대답의 요지는 '오직 한 가지 일에만 관심을 집중시키는 것'이 부동심을 얻는 유일한 방법이라는 것이었다.

그러고 나서 맹자는 맹시사(孟施舍)의 예를 들어 부동심을 설명한다.

"맹시사가 용기를 기르는 방법을 '이기지 못하는 것을 이기는 것처럼 보는 것이니, 적을 헤아린 뒤에 이길 것을 고려한 뒤 공격한다면 이는 적군을 두려워하는 것이다. 어찌 반드시 이기는 것만을 할 수 있겠는가. 오직 두려워하지 않을 뿐이다'라고 말한 것이다."

맹자의 말은 이기고 지는 결과에 상관하지 않고 오직 공격하는 것에만 신경을 집중시킴으로써 부동심을 터득한 맹시사의 예를 통해 '뜻(志)은 기운(氣)을 거느리는 장수이니, 뜻을 잘 간직하면 자연 기운은 난폭하게 되지 않을 것이며, 따라서 뜻이 한결같으면 기 또한 한결같을 것이다'라는 설명으로 '마음의 지(志)'와 '몸의 기(氣)'를 집중시켜 한결같은 한마음 한몸으로 통일시키는 것이 부동심을 터득하는 방법이라고 답변하는 것이다.

그러자 공손추가 묻는다.

"감히 묻겠습니다. 선생님께서는 어디에 장점이 있으십니까."

이에 맹자는 『맹자』에 나오는 구절 중 가장 유명하며 맹자의 인생을 한마디로 함축시켜 보여주는 다음과 같은 답변을 내린다.

나는 말을 알며, 나는 나의 호연지기를 잘 길렀다(我知言 我善養吾浩然之氣).

맹자의 바로 이 대답에서 그 유명한 '호연지기'란 고사성어가 태어난 것이다.

결국 맹자의 이 대답은 공손추가 질문하였던 '부동심'을 터득하는 방법에 대한 결론이었다.

맹자는 내가 한결같은 '부동심'을 갖출 수 있었던 것은 첫 번째로 '말을 아는 것(知言)'과 두 번째로 '호연지기를 잘 길렀기 때문'이라고 결론을 내린 것이다.

그러자 공손추는 다시 묻는다.

"감히 묻겠습니다. 무엇을 호연지기라 합니까."

맹자는 한마디로 대답한다.

"그것은 말로 하기 어렵다(難言也)."

그 어떤 제자백가의 사상가들과도 논전을 벌여 단 한 번도 패배하지 않았던 백전백승의 투장 맹자도 '호연지기'에 대해서는 '말로 설명하기 어렵다'고 일단 물러서지 않는가.

말로 설명하기 어려운 '호연지기'.

이는 불교에서 말하는 '문자로 표현될 수 없고(不立文字), 말로 설명할 수 없어 따로 전해야 하는(敎外別傳)' 불법의 진리와도 같은 맥락을 갖고 있다.

따라서 맹자의 '호연지기'는 유교의 심법(心法)이라고 할 수 있는데, 이는 불교의 선(禪)에서 온 정신을 집중시켜 화두를 타파함으로써 '마음을 볼 수 있는(見性)' 것처럼 맹자가 말하였던 '호연지기' 역시 정신을 집중시켜 온 마음을 기(氣)와 의(義)로 가득 채워야 하는 유교의 선법이라고 말할 수 있는 것이다. 이렇듯 맹자는 유가에 있어 서슬이 퍼런 선객이자 검객이었다.

그리고 나서 맹자는 호연지기를 설명하기 시작한다.

"호연지기는 지극히 크고 강한 것이니, 곧은 마음으로써 잘 기르고 해침이 없으면 하늘과 땅에 가득 차게 된다. 또한 호연지기는 의로움과 도에 달려 있는 것이니, 이것이 없어지면 쭈그러든다. 호연지기는 의로움을 거듭하여 만들어지는 것이지 갑자기 하루아침에 생겨나는 것은 아니다. (…) 그러므로 반드시 호연지기를 기름에 있어 효과를 미리 성급하게 기대하지 말고 마음에도 잊지 말아야 하며 억지로 조장하지도 말아야 한다."

맹자의 대답은 한마디로 난해하다.

그러나 자세히 살펴보면 '호연지기'를 기르는 것은 마치 풍선을 입김으로 채우는 것과 유사함을 잘 알 수 있다. 이 우주만물은 하나의 거대한 풍선이며, 나의 몸 역시 지극히 크고 강한 풍선이다.

이 풍선을 가득 채우는 것은 오직 바르고 정직한 마음의 입김인 것이다. 남을 해치는 마음이나 사악한 마음의 입김으로는 불어지지 않는다. 오직 의로운 마음에서만 입김이 나와 풍선이 채워지는 것이다. 사악한 마음으로 입김을 불면 풍선은 쭈그러들 뿐이다.

천지와 내 몸은 혼연일체니 내 몸을 의로운 호연지기로 가득 채우면 곧 천지를 가득 채우는 것이 된다. 그러나 입김은 성급하게 하루아침에 채워지는 것이 아니다. 조금씩 조금씩 호연지기를 길러 서서히 입김으로 불어야만 채울 수 있는 것이다.

그리고 나서 맹자는 성급하게 호연지기를 기르는 마음을 송나라 사람의 예를 들어 설명하고 있다.

송나라의 한 농부가 있었다. 그는 모를 심고 나서는 그 모가 빨리 자라지 못함을 안타깝게 여겼다. 그래서 꾀를 낸 끝에 그 모를 하나씩 하나씩 손으로 잡아당겨 놓았다. 하루 종일 논일을 하고 집으로 돌아온 농부는 집안 사람들에게 의기양양하게 이렇게 말했다.

"오늘 나는 매우 피곤하다. 내가 모가 자랄 수 있도록 도와주고 왔다."

이 말을 들은 농부의 아들이 깜짝 놀라 급히 논으로 달려가 보니 벼들은 이미 바짝 말라 죽어 있었다.

맹자는 송나라의 농부에 관한 일화를 예로 들고 나서 이렇게 말하였다.

"천하에는 벼 싹이 자라나도록 억지로 조장하지 않는 자가 적다. 유익함이 없다고 생각해서 (호연지기를) 기르지 않고 그냥 내버려

두는 자는 비유하자면 볍씨를 뿌리고 김매지 않는 자이고, (호연지기를) 억지로 조장하는 자는 벼 싹을 뽑아놓는 자이니, 이는 비단 유익하지 못한 데 그치는 것이 아니라 도리어 해를 끼치는 것이 된다."

맹자의 이 말에서 '조장(助長)'이란 말이 나온 것.

문자대로 하면 '남을 돕는다'는 뜻이지만 '억지로 힘을 가해 자라게 한다'는 말로 겉으로는 도와주는 것처럼 보이지만 결국 해를 입히는 행위를 비유하는 말이었다.

맹자의 이 말에서 '잊어버리지도 말고 억지로 조장하지도 말라'라는 뜻의 '물망불조장(勿忘不助長)'의 문장이 나온 것.

주자(朱子)는 맹자의 핵심철학인 '호연지기'에 대해서 이러한 해설을 내리고 있다.

　　호연(浩然)이란 성대하게 유행하는 모양이다. 기란 바로 이른바 '몸에 가득 차 있다'는 것으로서 원래는 스스로 호연하되 수양을 제대로 하지 못했기 때문에 부족하게 되는 것이다. 오직 맹자는 이것을 잘 길러 그 본래 상태를 회복해야 한다는 것이다. 지언(知言)을 하면 도의에 밝아서 천하의 일에 의심스러운 바가 없고, 기를 기르면 도의에 배합되어서 천하의 일에 두려운 바가 없으니, 이 때문에 큰일을 당하여도 '마음의 동요가 없게 되는 것(不動心)'이다.

다산 정약용(丁若鏞)은 맹자의 호연지기에 대해서 다음과 같이 주석하고 있다.

    본래 호연지기는 마구 생성시킬 수 없으며, 억지로 기를 수도 없는 것이다. 오직 도로 말미암아 의를 행하여 날로 쌓고, 달로 쌓으면 마음이 넓어지고 몸에 살이 쪄서 하늘을 우러러보고 땅을 굽어보아도 부끄러움이 없게 된다. 이에 빈천(貧賤)이 그 마음을 근심하지 못하게 하고, 위무(威武)로도 굴복시키지 못하여 기가 하늘과 땅에 가득 차는 데까지 이르게 된다.
    호연지기는 곧 호기(浩氣)를 기르는 오묘한 비결이다.
    호연지기는 밖에서 닥쳐와서 취할 수 없는 것이다. 오직 내 안의 도의(道義)가 쌓여서 저절로 그렇게 되는 것이니, 이것이 본래의 법이다. 만일 일이 있을 때를 당하여 스스로 기필(期必)하여 호연지기를 바라려 하면 이것은 이른바 알묘(揠苗)하는 격이다. 그러므로 맹자께서 경계하여 이르기를 '반드시 일이 있을 때에 미리 기필하는 바를 정하지 말고 다만 마음속으로 바르고 곧은 도리를 잊지 말고 절대로 자라기를 도와서 알묘의 병을 범하지 말라' 라고 하셨으니, 이것이 호기를 기르는 법이다.
    아아, 뜻이 깊고도 묘하다.
    몸소 행하고 마음으로 터득한 사람이 아니면 어찌 이런 경지에 이를 수 있겠는가.

    주자의 해석이나 정약용의 주석이 모두 맹자의 호연지기에 미치고 있는 것을 보면 그만큼 호연지기의 뜻이 난해함을 알 수가 있고, 그만큼 호연지기의 뜻이 중요함을 알 수가 있다.

맹자 스스로도 한마디로 설명하기 어렵다고 난색을 표했던 호연지기.

따라서 오늘날의 우리도 이해하기 어려운 말이겠지만 호연지기란 의와 도가 쌓여 충만함으로써 저절로 생기는 것이므로 오직 정도를 행하여 절도를 지키는 사람에게만 나타나는 대장부의 기상이라고 이해하면 될 것이다.

오늘날에는 그저 공명정대한 인격에서 우러나오는 호방한 마음이나 또한 도의에 뿌리를 박고 공명정대하여 무엇에도 구애됨이 없는 도덕적 용기를 가리키는 말로 흔히 쓰이고 있지만 군자가 반드시 지켜야 할 덕목인 호연지기야말로 오늘을 사는 우리들이 반드시 지향해야 할 '인간의 길' 일 것이다.

스승 맹자가 스스로 말하였던 자신의 장점 '말을 아는 것(知言)' 과 '호연지기를 잘 기른다' 는 대답 중에서 우선 호연지기에 대해 질문하였던 공손추는 다시 두 번째로 맹자에게 묻는다.

"무엇을 지언이라 합니까."

맹자가 대답한 말을 아는 것, 즉 '지언' 이란 말은 깊은 뜻을 함축하고 있다.

'말을 잘하는 것' 과 '말을 아는 것' 은 확연히 구별된다.

맹자가 살던 시대에는 주로 말을 잘하는 세객들이 큰 세력을 떨치고 있었다.

맹자와 두 번이나 맞서 싸워 두 번 다 패배하였던 전국시대 최고의 세객인 순우곤의 예에서도 잘 알 수 있겠지만 『사기』에 나와 있는 대로 '천하는 바야흐로 합종연횡에 미쳐 날뛰어 전쟁하고 공격하는 것을 현명한 일로 알고 있었던 광기의 시대'였던 것이다.

따라서 전국을 돌아다니면서 세 치의 혓바닥으로 나라를 연합하여 약소국을 치고 이간질시키는 종횡가(縱橫家) 등도 판을 치고 있었다.

이는 오늘날의 정치도 마찬가지여서 세가 불리하면 서로 연합하고 유리한 세력을 좇아 이념이 맞지 않는데도 불구하고 합종(合從)하는 풍토는 바로 이러한 종횡가의 술법을 그대로 답습하고 있는 것이다.

원래 '합종연횡'은, 전국시대 때의 뛰어난 유세객으로 6국이 동맹하여 진나라에 대항하자고 주장한 소진(蘇秦)의 '합종책(合從策)'과 장의(張儀)의 '연횡책(連衡策)'에서 나온 전국시대를 움직인 대표적 책략이었다.

장의는 일찍이 초나라에서 화씨벽(和氏璧)이란 구슬을 구경하다가 훔쳤다는 누명을 쓰고 얻어맞은 후 집에 돌아와, 울고 있는 아내에게 갑자기 혀를 쏙 내밀고 '내 혀를 보게, 있나 없나(視吾舌尙在不)' 하고 물었던 바로 그 사람.

아내가 '혀가 붙어 있다'고 하자 장의는 '그럼 되었네'라고 안심하면서 '지금 몸이야 어찌되었든 내 혀만 있으면 충분히 천하를 움직일 수 있다'고 호언장담하였던 최고의 유세객이었던 것이다.

그러나 맹자는 이러한 유세객들을 경멸하고 있었다. 특히 장의에 대해서는 남편을 배신하는 처첩(妻妾)으로까지 비유하면서 맹비난 하였다.

맹자가 세 치의 혓바닥으로 말을 잘하는 유세객들을 얼마나 혐오 하였던가는 『맹자』의 「등문공」 하편에 나오는 내용을 보면 잘 알 수 있다.

하루는 경춘(景春)이 맹자에게 물었다. 경춘은 종횡가에 속했 던 세객. 따라서 경춘은 왕도정치만을 부르짖고 있는 맹자에 대 해서 은근히 반감을 갖고 있었다.

"공손연(公孫衍)과 장의야말로 진실로 대장부가 아니겠습니 까. 그들이 한번 화를 내면 제후들이 두려워하고, 편안히 조용해 지면 천하가 잠잠해집니다."

경춘의 말은 이상주의를 부르짖는 맹자보다 뛰어난 말솜씨와 계책으로 제후들을 설득하여 서로 공격하여 정벌하게 함으로써 막강한 실권을 가지고 있었던 종횡가들을 대장부라고 평함으로 써 은근히 맹자를 마음속으로 비웃고 있었던 것이다. 이러한 속 셈을 모르고 있을 맹자가 아니었다.

맹자는 다음과 같이 대답한다.

"아니다. 이를 어찌 대장부라고 할 수 있겠는가. 그대는 예를 배우지 않았는가. 장부가 관례(冠禮)를 행할 때 아버지가 훈계를 하고, 여자가 시집을 갈 때에는 어머니가 훈계를 하는데, 갈 적에 문 앞에서 전송하면서 말하기를 '너희 시댁에 가거든 반드시 공경하고 반드시 조심하여 남편을 어기지 말라'고 하니 순종함을 정도(正道)로 삼는 것은 첩부(妾婦)의 도리인 것이다."

관례란 남자가 스무 살이 되었을 때 갓을 쓰게 하는 성인식으로 스무 살이 넘어 성인이 되면 시집가는 딸에게 어미가 훈계를 하듯 예로써 남을 공경하고 나라에는 충성해야 함이 마땅한 정도라는 사실을 깨달아야 한다는 것이다. 그리고 나서 맹자는 이렇게 설명한다.

천하의 넓은 집에 거처하며, 천하의 바른 자리에 서며, 천하의 바른 도리를 행하며, 뜻을 얻으면 백성과 함께 도를 행하고, 뜻을 얻지 못하면 홀로 그것을 행하여 부귀가 방탕하지 못하고 빈천(貧賤)이 뜻을 바꾸지 못하게 하며, 위무(威武)가 절개를 굽히게 할 수 없는 것. 이를 대장부라고 하는 것이다.

맹자가 장의를 비롯한 당대 최고의 실권자들이었던 종횡가들을 부국강병을 추구하는 제후들의 야심을 충족시키는 책략을 제시함으로써 이 세상을 전쟁의 도가니로 몰아넣는 악인이자 변절자라고 질타하는 이 명백한 대답은 맹자가 얼마나 '호연지기의 대장부'를 지향하고 있는가를 보여주는 산증거인 것이다.
육체적인 삶을 추구하는 사람은 부귀를 얻으면 그보다 더 큰 기쁨이 없으므로 그 기쁨을 주체하지 못하고 방탕하게 되며, 빈천하게 되면 그보다 더 큰 고통이 없으므로 거기에서 벗어나기 위해서 무슨 짓이든 하며, 목숨보다 더 소중한 것이 없으므로 위협이 있을 때에는 생명을 부지하기 위해서 갖은 비굴한 짓이라도 하게 되는데, 종횡가들은 오로지 부귀와 권력에만 집착함으로써 절의를 헌신짝처럼 버리는 소인배이지 절대로 대장부일 수는 없다는 것이 맹자의 답변이었던 것이다.

이미 순우곤과의 설전을 통해서 알 수 있었듯이 맹자가 세 치의 혓바닥으로 천하를 농락하고 있는 세객들과 종횡가들을 얼마나 혐오하고 있었던가를 알 수 있는 장면인 것이다.

이는 맹자의 스승인 공자도 마찬가지였다.

공자는 일찍이 이렇게 말하지 않았던가.

이래서 나는 말만 번지르르한 자는 싫어한다(是故惡夫佞者).

녕자(佞者).

아첨하는 말솜씨가 좋은 사람을 가리키는 말로 공자 역시 말을 잘하는 사람들을 혐오했을 뿐 아니라 『사기』는 공자가 '말을 잘 못하는 바보'처럼 보였으며, 또한 '함부로 말하는 법이 없었다'고 기록하고 있을 정도다.

따라서 부동심을 얻기 위해서는 '호연지기를 기르는 것(養氣)'과 '말을 아는 것(知言)'이라고 맹자가 대답하자 공손추는 '도대체 무엇을 지언이라고 합니까' 하고 물었던 것이다.

이는 매우 중요한 의미를 지니고 있다.

맹자의 제자들은 스승이 말하기를 좋아하는 사실에 많은 의문점을 갖고 있었다.

제자들은 스승이 호변가(好辯家)라고 생각하고 있었던 것이다. 바보처럼 말을 아끼고 심지어 '군자는 말을 더듬기는 하지만 행동은 민첩하게 한다(君子欲訥於言而敏於行)'라고 말하였던 공자와는 달리 끊임없이 제자백가들과 쟁명을 벌이는 스승의 태도를 제자들은 이해하지 못하고 있었다.

따라서 『맹자』의 「등문공」 하편에는 이러한 장면까지 등장하고 있지 않는가.

> 공도자가 묻는다.
> "바깥 사람들이 모두 선생님께서 변론하기를 좋아한다고 일컫는데 어째서 그러한지 감히 묻겠습니다."
> 그러자 맹자는 대답한다.
> "내 어찌 변론하기를 좋아하겠는가. 나는 부득이해서 그런 것이다(予豈好辯哉 予不得已也)."

스스로를 말하기를 좋아하는 호변가가 아니라고 해명하는 맹자. 그는 어쩔 수 없이 부득이하게 말할 수밖에 없는 자신의 입장을 이렇게 변명하고 있다.

"천하에 사람이 생겨난 지는 오래되었고, 세상은 한 번 다스려지고 또 한 번 혼란해지기를 되풀이해왔다. (…) 공자 이후로 세상에는 성왕(聖王)이 나오지 않아 제후들은 방자하고 처사들은 마구 의논을 내세우고 양주와 묵적의 언론이 세상에 가득 차서 천하의 언론은 양주에게 돌아가지 않으면 묵적에게 돌아간다. 양주와 묵적의 도가 없어지지 않으면 공자의 도는 드러나지 않으니 그것은 사설이 백성을 속여 인의를 틀어막기 때문이다……. 나는 이 때문에 두려워하며 돌아가신 성인들의 도를 지키고 양주와 묵적을 막으며, 방자한 말을 숨아내어 사설을 내세우는 자가 나오지 못하게 하려는 것이다……. 나는 사람들의 마음을 바로잡아 사설을 없애고 치우친 행동을 막고 방자한 말을 숨아내 세 분의 성인을 계승하려 하는 것이니, 내가 어찌 변론하는 것을 좋아하겠는가. 나는 어쩔 수 없어서 그런 것이다."

맹자의 대답 속에 나오는 양주와 묵적은 전국시대 때 최고로 유행하였던 사상가. 맹자의 설명대로 맹자가 주유열국하고 있을 때에는 이들 양주와 묵적의 사상이 천하에 가득 차서 천하의 언론은 양주에게 돌아가지 않으면 묵적에게 돌아가고 있었던 것이다.

그러나 맹자의 눈으로 보면 이들 양주와 묵적의 사상은 비뚤어진 사설에 지나지 않았던 것. 맹자는 이들의 사도(邪道)를 없애지 않으면 공자의 도가 드러나지 않으니 '어쩔 수 없이 부득이하게 논쟁할 수밖에 없다'고 두 번이나 자신의 입장에 대해서 해명을 하고 있었던 것이다.

이 장면을 보면 맹자 자신도 '말을 좋아하는 호변가'로 불리고 있다는 사실에 어느 정도 불편한 심기를 갖고 있었던 것처럼 보인다.

맹자는 다만 '비뚤어진 사설을 없애고(息邪說)' 또한 '방자한 말을 몰아내기 위해서(放淫辭)' 어쩔 수 없이 논쟁을 벌일 수밖에 없었던 것이다.

이러한 양주와 묵적의 사상과의 치열한 논쟁은 뒤에 상세히 다루어질 것이거니와 부동심을 얻기 위해서는 '호연지기(養氣)'와 동시에 '말을 알아야 한다(知言)'는 스승의 대답을 듣자 공손추는 마침내 맹자에게 그 까닭을 물었던 것이다.

"그렇다면 무엇을 지언이라 합니까."

이에 대해 맹자는 대답한다.

"비뚤어진 말에서 그 가리어진 바를 알며, 지나친 말에서 그 빠져 있는 바를 알며, 사악한 말에서 그 떨어져 있는 바를 알며, 회피하는 말에서 그 곤궁한 말을 아는 것이니, 그 마음에서 생겨나 정치에 해를 끼치며, 그 정치에서 비롯되어 그 일에 해를 끼친다."

맹자는 자신이 호변가(好辯家)가 아니라 지언가(知言家)임을 명백하게 선언하고 있다.

맹자는 말의 병폐를 네 가지로 나누고 있다.

즉 비뚤어진 말의 '피사(詖辭)'와 지나친 말의 '음사(淫辭)'와 사악한 말의 '사사(邪辭)'와 회피하는 말의 '둔사(遁辭)'로 나누고 있는 것이다.

말이 비뚤어지게 나오는 것은 이기적인 욕심으로 가려져 있기 때문이며, 말이 지나치게 격해지는 것은 자신의 세속적인 명예나 욕망이 손상을 입을 때 마음의 평정을 유지하지 못하기 때문이며, 말이 사악해지는 것은 자기의 이익을 위해서 수단과 방법을 가리지 않기 때문이며, 말이 회피되는 것은 책임을 면하기 위한 것이나 진실을 속이려는 거짓말의 속임수이기 때문이다. 인간의 입에서 나오는 말은 모두 마음에서 나오는 것이므로 대부분 이 말의 해독에서 벗어나지 못하고 있다.

예수가 '너희는 그저 예 할 것은 예 하고, 아니요 할 것은 아니요 라고만 하여라. 그 이상의 말은 악에서 나오는 것이다' 라고 말하였던 것은 바로 대부분의 말이 마음속의 악에서부터 비롯되기 때문인 것이다.

맹자는 자신은 '말을 알고 있는 사람' 이므로 이러한 말의 해독에서 벗어나 있음을 분명하게 선언한다.

그러고 나서 맹자는 이렇게 자신의 입장을 밝힌다.

"성인께서 다시 일어나더라도 반드시 내 말을 따를 것이다(聖人 復起 必從吾言矣)."

그리하여 기원전 312년, 맹자는 홀연히 제나라를 떠난다.

이때 맹자의 나이는 예순 살.

서른여덟 살 무렵에 시작된 맹자의 주유천하는 이미 20여 년 이상 계속되었고, 노경에 접어들었으나 제나라를 떠나는 맹자의 뒷모습은 그러나 대장부다운 당당한 기상을 갖고 있었다.

한마디로 호연지기의 모습이었다.

이러한 맹자의 모습은 '머물러야 할 때는 오래 머물고, 빨리 떠나야 할 때는 빨리 떠나는 것은 공자이시다. 나는 그런 것을 행할 수 없지만 원하는 것은 공자를 배우는 것이다' 라는 자신의 말을 그대로 실행에 옮긴 단호하고 꿋꿋한 태도였던 것이다.

제2장

성선지설
性善之說

1

기원전 311년.

맹자는 마침내 고향인 추나라로 돌아온다.

이때 맹자의 나이는 예순한 살(맹자의 생년월일은 분명치 않다. 기원전 373년 4월 2일생이라는 설도 있고, 기원전 385년이라는 설도 있고, 기원전 372년이라는 설도 있다. 여기서는 가장 보편적으로 인용되는 372년으로 통일하려 한다).

서른여덟 살 무렵에 주유천하를 시작하였으므로 맹자는 23년 만에 고향으로 돌아온 것이다. 이후 기원전 289년 여든세 살에 숨을 거둘 때까지 맹자는 고향을 떠난 적이 없었다. 고향에서 제자들과 더불어 책을 저술하고 학문에만 정진하였다.

『사기』에도 이 무렵의 맹자를 '물러와서 제자 만장들과『시경』

『서경』 등을 강술하고 공자의 뜻한 바를 펴서 『맹자』 7편을 저술하였다'고 기록하고 있다.

후한 때의 학자 조기(趙岐)는 맹자보다 4백여 년 후대의 유학자인데, 그는 '맹자제사(孟子題辭)'에서 기록하고 있다.

"물러나 평소에 제자들과 논의한 것을 모아 공손추, 만장 등의 뛰어난 제자들에게 주고 잘못된 것은 비판하고, 의문이 나는 것은 질문하게 하였으며, 법도의 말을 스스로 골라 7편을 저술하였다."

이상의 기록을 종합해보면 맹자는 20여 년에 걸친 주유열국에서 돌아와 고향에서 죽을 때까지 책을 저술했으며, 그 일에는 맹자의 뛰어난 제자인 만장과 공손추가 참여했음이 밝혀진다. 특히 『맹자』는 문체의 기백이 호탕하고, 문맥이 일관되며, 사상의 전후가 일치되는 것으로 선진(先秦)시기의 문헌으로는 유일한 것이라 할 수 있다.

이는 청대의 고증학자 최술(崔述)이 『맹자사실록(孟子事實錄)』에서 『맹자』는 맹자의 제자 만장, 공손추 등이 과거의 것을 기억하여 저술한 것이다. 그래서 두 제자의 문답이 7편 중에 유독 많으며, 두 제자는 이 책에서 자(子)라는 호칭을 쓰지 않았다고 서술함으로써 뛰어난 제자 만장과 공손추의 영향에 힘입은 바 크다고 설명하고 있다.

맹자는 주유열국에서 돌아온 후 세상을 버리고 은둔하였다. 스승 공자가 예순여덟 살 때 13년간의 천하주유를 끝내고 고향으로 돌아와 6년 동안 학문에만 정진하였던 것처럼.

공자와 맹자는 이처럼 비슷한 생애를 보냈지만 어떤 면에서는 확연한 차이를 보이고 있다.

공자의 말년은 제자들의 교육에 힘쓰는 한편 만인의 교과서라고 할 수 있는 『시(詩)』『서(書)』『역(易)』『예(禮)』『악(樂)』『춘추(春秋)』 등 육경의 경서를 편찬하였다.

공자는 실제로 정치를 통하여 자신의 이상을 실현시킬 수 없는 현실상황을 직시하며 그 이상의 실현을 후대에 기대하기 위해서 교육과 만인의 교과서인 경전에 몰두하였던 것이다. 그런 의미에서 공자는 '위대한 교육자'라고 부를 만하다.

'이상의 실현을 후대에 기대'한 공자의 예감대로 유가를 계승한 맹자는 공자의 왕도정치를 현실에 접목시키려고 천하를 주유한다.

'원하는 것은 오직 공자를 배우는 것'이라고 선언한 자신의 말처럼 맹자는 공자의 뒤를 좇아 유가의 바통을 쥐고 계주(繼走)를 벌였던 릴레이 주자였다.

그러나 맹자의 사상은 공자의 경우와는 달리 20년이 넘는 주유열국에 의해서 오히려 발전되고 심화될 수 있었다.

공자의 경우 주유열국이 좌절과 고통의 연속이어서 마치 '상갓집의 개'와 같은 처량하고 피곤한 여정이었다면 물론 맹자의 경우도 마찬가지로 좌절의 연속이긴 하였지만 맹자는 공자와 달리 당당하고 호연하였으며, 오히려 이러한 형극의 길로 인해 맹자의 철학은 완성될 수 있었다.

이것은 맹자의 주유열국이 공자와는 다른 성격을 지니고 있었기 때문이었다.

공자의 주유열국이 주로 각 제후국들의 군주와의 관계에서 소외

되는 수직적 불화였다면 맹자는 군신간의 불화는 물론 전국시대 때 각지에 팽배하였던 제자백가들과의 싸움까지 감행해야 하는 이중고의 여정이었다.

맹자가 제나라의 선왕과 벌였던 수직적 불화는 다른 제후국에서도 연속적으로 벌어지던 비극적 상황이었다.

양나라의 혜왕(惠王), 등나라의 문공(文公) 등 각 제후국들과의 관계에서도 맹자는 겉으로는 예우를 받는 것처럼 보이고 심지어 경이나 대부와 같은 관직에 오르기도 했으나 실제로 맹자는 무시를 당하거나 늘 현실정치 무대의 변두리에 놓여 있었다. 제후들에게 맹자는 정치적 장식품에 지나지 않았다.

이러한 상하관계의 수직적 대립보다 더 맹자를 괴롭힌 것은 제자백가들과 벌이는 수평적 혈전이었다.

이미 맹자와 동시대에 살았던 거친 베로 짠 옷을 입고, 멍석을 만들고, 자리를 짜는 일을 생업으로 삼고, 자신이 먹을 음식은 반드시 스스로 지어서 자급자족해야 한다는 '농가(農家)'와 설전을 벌인 것을 필두로 '성은 선함도 없고 불선함도 없으니(性無善無不善也)' 타고난 본성대로 사는 것이 인간의 본능이다. 음식을 좋아하고 색을 좋아하는 것은 인간의 자연적인 본능이니, 본능대로 사는 것이 옳다는 고자(告子)의 인성론을 정면으로 비판한 설전.

순우곤과 같은 전국시대 최고의 세객과 공손연과 장의와 같은 종횡가들을 거꾸러뜨린 맹자의 통렬한 설전 등은 맹자야말로 강호무림들을 찾아다니면서 거꾸러뜨리는 유가의 고수라는 사실을 연상시키는 장면인 것이다.

그뿐인가.

전국시대 때에는 맹자가 걱정하였던 대로 양주와 묵적의 언론이 천하에 가득 차 있었다.

양주와 묵적의 도가 없어지지 않으면 공자의 도는 드러나지 않으니, 맹자는 홀연히 이들 묵적과 양주의 요괴(?)들과도 한바탕 혈투를 벌이지 않으면 안 되었다.

이들 제자백가들과의 치열한 사투는 결국 맹자의 백전백승으로 판결이 났지만 그보다도 중요한 것은 이들과의 생사가 걸린 사투를 통해 맹자의 사상이 점점 심화되고 완성될 수 있었다는 점이었다.

이를테면 공자로부터 배우고 익힌 유가의 무술은 강호무림들과의 실전(實戰)을 통해 보다 더 강화되고 체계화될 수 있었던 것이다. 그리하여 고향으로 돌아올 때의 맹자는 대철학자로서의 기틀을 갖추고 있었던 동방불패(東方不敗)의 영웅이었다.

공자가 주유열국을 끝내고 돌아올 때 아홉 구비나 구부러진 진귀한 구슬을 품 안에 간직하고 돌아왔다면 맹자는 주유열국을 끝내고 돌아올 때 영롱한 진신사리의 결정체(結晶體) 하나를 가슴에 품고 돌아올 수 있었던 것이다.

맹자사상의 결정체.

그것은 맹자의 사상 중에서 가장 핵심적인 성선지설(性善之說)이었다.

성선지설.

사람은 태어날 때부터 선한 본성을 지니고 태어난다는 맹자의 인성론.

일찍이 공자는 『중용』 첫머리에서 사람의 본성은 하늘이 사람에게 부여한 것으로 사람이 태어날 때부터 하늘이 사람에게 준 성품을 갖고 태어났다 하여 '하늘이 명(命)해준 것을 성(性)이라 하고, 성을 따르는 것을 도(道)라 하고 도를 닦는 것을 교(敎)라고 한다(天命之謂性 率性之謂道 修道之謂敎)'라고 말했다. 그러나 공자는 하늘이 내려준 '천명을 인간의 본성'이라고만 말하였지 무엇이 인간의 본성인가에 대해서는 자세히 언급한 바가 없다.

이는 공자의 제자였던 자공(子貢)이 『논어』 「공야장(公冶長)」 편에서 다음과 같이 불평하였던 것을 보면 잘 알 수 있다.

"선생님의 학문과 의표(儀表)에 대하여는 들을 수 있었지만 선생님의 본성과 천도(天道)에 관한 말씀은 듣고 배울 수가 없었다."

자공의 다소 불평 어린 내용을 보면 잘 알 수 있듯이 공자는 '하늘의 길'과 '하늘의 명'에 대해서는 말하였지만 그것의 본질에 대해서는 설명한 적이 없었던 것이다.

따라서 공자의 가르침, 즉 유교는 종교적 성격이 결여되어 있는 것이 사실인 것이다.

공자의 위대한 사상과 행동의 밑바닥에는 하늘 또는 하느님(上帝)에 관한 확고한 믿음이 깔려 있으면서도 공자는 자공의 불평처럼 인간의 본성이나 천도와 같은 형이상학적 문제는 천착하지 않았다.

그러나 맹자는 공자가 던진 천명과 천도에 집중적으로 몰두하였다. 공자의 원시유교가 바로 학문적으로 체계화되고 발전될 수 있었던 것은 오직 맹자 때문이었으니 이는 예수로부터 창시된 초기 기독교가 제3의 제자인 바오로에 의해서 체계화되고 발전된 것과 마찬가지 현상이다.

따라서 유교는 공맹(孔孟)사상으로까지 불리는데, 이는 맹자가 공자의 유가사상을 형이상학으로 이끌어 올린 공적 때문이다.

맹자는 공자가 말하였던 '하늘로부터 물려받은 것을 성(性)'이라고 한다는 명제를 깊이 숙고하여 천성의 본질과 천성의 근본원리를 사유와 직관에 의해서 정립한 위대한 철학자였던 것이다.

그리하여 맹자는 그 유명한 '성선지설'을 주창하게 된다.

맹자는 이 '성선지설'을 자신의 말처럼 제자백가들과 부득이하게 싸우고 논쟁을 벌이면서 조금씩 조금씩 깨닫고 체계화하면서 20여 년이 넘는 주유열국을 끝내고 예순한 살이 되는 노경에 이르러 고향으로 돌아올 때는 가슴속의 결정체로서 갖고 돌아올 수 있었던 것이다.

그렇다.

'성선지설'은 맹자가 20여 년의 구도여행 끝에 깨달은 금강지(金剛智)였다. 이를 통해 맹자는 유가의 여래(如來)가 될 수 있었던 것이다.

맹자사상의 금강석인 성선지설.

이에 대한 실마리는 고자와의 논쟁에서 이미 엿볼 수 있다.

고자는 '타고난 것을 성(生之謂性)'이라고 주장하고 따라서 인간이 타고난 생리적 욕망인 음식과 색을 좋아하는 것은 본성이므로 본성이 시키는 대로 사는 것은 당연한 일이다. '사람의 본성은 선함도 불선함도 없으므로(性無善無不善也)' 본성이 시키는 대로 사는 것은 마치 '고여서 맴돌고 있는 물과 같다. 이 말은 동쪽으로 터놓으면 동쪽으로 흐르고 서쪽으로 터놓으면 서쪽으로 흐른다. 본성이 선과 불선함으로 나누어지는 것이 없는 것은 이처럼 물이 동서로 나누어짐이 없는 것과 같다'고 주장하였던 전국시대 최고의 쾌락주의자.

이에 대해 맹자는 이렇게 고자를 맹비난하고 있었다.

맹자는 '다만 고여서 맴돌고 있는 정지된 호수의 물로 비유함으로써 물의 동서가 없음'을 강조한 고자의 궤변을 질타하고, '물은 높은 데서 낮은 데로 흐른다'는 본성을 강조함으로써 '사람은 물처럼 아래로, 즉 선으로 내려가지 않음이 없다'는 경쾌한 논리로 자신의 성선지설을 강조하고 있었던 것이다.

그러고 나서 맹자는 고자에게 묻는다.

"타고난 것을 성이라고 한다면 하얀 것을 희다고 하는 것과 마찬가지인가."

이에 고자는 대답한다.

"그렇다."

맹자는 다시 묻는다.

"그렇다면 하얀 깃털의 흰 것이 하얀 눈(雪)의 흰 것과 같은 것이며, 하얀 눈의 흰 것이 하얀 옥(玉)의 흰 것과 같은 것인가."

"그렇다."

"그렇다면 개의 성과 소의 성이 같으며, 소의 성이 사람의 성과 같은 것인가."

고자는 만물은 본질적으로 하나니 존재의 본질이라는 시각에서 본다면 개의 본질이나 소의 본질이나 사람의 본질은 같다고 말한 것이고, 맹자는 개나 소의 본질과 사람의 본질은 다른 것이므로 그것을 동일시하는 것은 마치 '말의 하얀 것을 희다고 하는 것은 사람의 하얀 것을 희다고 하는 것과 다를 것이 없지만 말이 늙은 것을 늙은 것으로 여기는 것이 사람의 나이 많은 것을 나이 많은 것으로 공경하는 것과 어찌 같을 수 있겠는가'라고 질타함으로써 인간은 본질적으로 짐승과 다른 인의예지(仁義禮智)의 천명을 지닌 존재임을 웅변하고 있는 것이다.

즉 동물에겐 본능이 있지만 인간에게는 본성이 있는데, 본능은 자신의 의지에 대한 자각이 없는 생리현상임으로 인의예지의 천명을 가진 인간과는 감히 비교될 수 없으며, 그것을 억지로 비교하려는 것은 '사람과 금수의 구분(人禽之辨)'을 없애는 일이다.

금수에게는 없는 오직 사람만이 가진 내적 본질, 즉 인의(仁義)만이 진정한 사람의 본성이라고 맹자는 주장하였다.

그리고 나서 맹자는 인간이 가진 본성을 네 가지로 구분하고 있다.

"측은지심(惻隱之心)은 사람이 다 가지고 있으며, 수오지심(羞惡之心)도 사람마다 다 가지고 있으며, 공경지심(恭敬之心)은 사람마다 다 가지고 있으며, 시비지심(是非之心) 역시 사람마다 다 가지고 있으니, 측은지심은 바로 인(仁)이요, 수오지심은 의(義)이며, 공경지심은 예(禮)이며, 시비지심은 지(智)이다. 인의예지는 마음 바깥에서부터 나에게 녹아 들어오는 것이 아니라 내가 본시부터 가지고 있는 것이지만 그것을 생각하지 않을 뿐이다."

이처럼 고자와의 논쟁을 통해 맹자는 그 유명한 사단론(四端論)을 비로소 정립하게 된다.

사단론.

이는 맹자의 핵심사상 중 골수로 맹자에 의하면 이 사단은 모든 인간이 다 가지고 있는 것으로 일종의 선천적인 도덕적 능력이다.

이는 성선지설의 근거가 되는 것으로 같은 『맹자』의 「공손추」 상편에는 '공경하는 마음(恭敬之心)'을 '사양지심(辭讓之心)'으로 바꾸어 부르는 것만 다를 뿐이다.

이에 대해서 맹자는 부언한다.

"사람에게는 모두 남에게 차마 하지 못하는 마음이 있다. 남에게 차마 하지 못하는 마음을 가지고 남에게 차마 하지 못하는 정치를 하면 천하를 다스리는 것은 손바닥 위에서 움직일 수 있을 것이다. 사람들에게 모두 남에게 차마 하지 못하는 마음이 있다고 말하는 근거가 되는 것은 지금 사람들이 갑자기 한 어린아이가 우물에 들어가려는 것을 보고는 모두 깜짝 놀라고 측은하게 여기는 마음을 갖고 있는 것이니, 그렇게 함으로써 어린아이의 부모와 교분을 맺으려는 것도 아니며 그렇게 함으로써 널리 명예롭게 되기를 구하려는 것도 아니며, 그 비난하는 소리를 듣기 싫어서 그렇게 하는 것도 아니다. 이로 말미암아 살펴본다면 측은하게 여기는 마음이 없다면 사람이 아니며, 부끄러워하고 미워하는 마음이 없다면 사람이 아니며, 사양하는 마음이 없다면 사람이 아니며, 옳고 그름을 가리는 마음이 없다면 사람이 아닌 것이다."

남에게 차마 하지 못하는 마음(不忍人之心).

이것이 바로 인간의 본성이며, 어린아이가 우물에 들어가는 것을 말리는 것은 명예나 이익이나 목적을 위한 것이 아니라 '측은하게 여기는 마음(惻隱之心)' 때문이니, 이러한 마음이 있다는 것은 사람의 본성이 태어날 때부터 선한 것임을 나타내는 증거라고 맹자는 역설하고 있는 것이다.

그러고 나서 맹자는 다음과 같이 말한다.

"측은하게 여기는 마음은 인의 단서이고, 부끄러워하고 죄를 미워하는 마음은 의의 단서이고, 사양하는 마음은 예의 단서이고, 옳고 그름을 가리는 마음은 지의 단서이다. 사단을 가지고 있으면서도 자기는 할 수 없다고 하는 자는 자신을 해치는 자이고, 자기 임금은 할 수 없다고 하는 자는 자기의 임금을 해치는 자이다. 무릇 사단이 나에게 있는 것을 모두 넓혀서 채울 줄 알면 마치 불이 처음 타오르며, 샘물이 처음 솟아나는 것과 같은 것이니, 진실로 이것을 채울 수 있다면 사해(四海)를 보호할 수 있거니와 진실로 이것을 채우지 못하면 제 부모조차 섬길 수 없을 것이다."

맹자의 이 유명한 사단론은, 네 가지 마음이 각각 다른 종류의 다른 마음이 아니라 '하나의 마음(一心)'임을 가리키고 있다. 맹자는 이 사단론을 통해 유가에서 처음으로 인애(仁愛), 즉 사랑에 대해서 형이상학적인 논리를 정립하였던 것이다.

기독교의 핵심교리는 '사랑'이다. '하느님은 사랑'이니 '원수까지 사랑' 하여야 하며 '하느님이 너희를 사랑한 것처럼 너희도 서로 사랑하여라' 라는 것이 가르침의 핵심인 것이다.

기독교의 '사랑'은 불교에 있어 '자비(慈悲)'로 나타난다.

자비심은 부처가 중생을 불쌍히 여겨 고통을 덜어주고 안락하게 해주려는 갸륵한 마음이다. 부처의 자비심은 부처가 전생에서 굶주린 사자에게 자신의 몸을 던져 보시하는 장면으로 극대화되고 있다. 불교에 있어 자비의 정신은 '자(慈), 비(悲), 희(喜), 사(捨)'의 네 가지 무량(無量)한 마음으로 나타난다.

이를 사무량심(四無量心)으로 표현한다.

그중 첫 번째인 '자무량심'은 선한 중생을 대상으로 하는 마음가짐으로 번뇌에 얽매어 괴로워하는 중생들에게 즐거움을 주는 마음이다. 두 번째인 '비무량심'은 악한 중생을 보고 슬퍼하며 그들의 괴로움을 없애주려는 마음이며, '희무량심'은 청정한 수도를 닦는 중생을 보고 기뻐하고 격려하는 마음으로 점차로 다른 사람에게 널리 퍼지도록 하는 마음이며, '사무량심'은 모든 중생을 평등하게 보아 자타(自他) 애증(愛憎)을 초월하여 자신과 아무런 관계가 없는 사람들에게까지 차별을 없애는 마음을 뜻하는 것이다.

그러나 공자는 이러한 '사랑'과 '자비심'에 대해서 언급한 적은 없었다. 공자의 사상 중에 유일하게 사랑에 해당되는 것은 '인(仁)'

으로 공자는 군자로서 지켜야 할 최고의 목표를 인(仁)이란 덕의 실천이라고 생각하였던 것이다.

"군자로서 인을 버리면 어찌 명성을 이룩하겠느냐. 군자는 밥 먹는 동안일지라도 인을 어기지 말고, 다급한 순간일지라도 반드시 인에 의지하고, 넘어지는 순간일지라도 반드시 인에 의지해야 한다."

공자는 심지어 '인'은 군자에게 있어서 생명보다 더 소중한 것이라 생각하여 이렇게 강조하기도 하였다.

지사(志士)와 어진 사람은 살기 위해서 인을 해치는 일은 없으며, 자신을 죽여 인을 이룩하기도 한다(志士仁人 無求生以害仁 有殺身以成仁).

'옳은 일을 위하여 자기 몸을 희생한다'는 뜻의 '살신성인(殺身成仁)'이란 고사성어는 바로 이러한 공자의 말에서부터 비롯된 것.

그런 의미에서 유교의 핵심교리는 '인(仁)'으로 압축되고 있다. 이러한 인의 마음을 '인애(仁愛)'로 형이상학화시킨 사람이 바로 맹자였던 것이다. 맹자는 공자가 설법한 인의 철학을 인애로 승화시켰으며, 그러한 마음이야말로 '측은지심'이라고 결론 내리고 있는 것이다.

맹자는 '남에게 차마 하지 못하는 마음(不忍人之心)'을 '측은지심'이라고 보았으며, 이 측은하게 여기는 마음이야말로 인간이면 누구나 태어날 때부터 가지고 있는 선한 마음이라고 주창하였던 것이다.

맹자의 사랑학 강좌.

맹자의 사랑학 강좌의 결정체인 '성선지설'은 그러나 약 20여 년에 걸친 주유열국의 와중에서 제자백가들과의 치열한 논쟁의 실전을 통해 터득한 진리였으니, 그런 의미에서 맹자와 싸움을 벌였던 사상가들은 백가쟁명의 용광로 속에서 맹자의 사상에 불을 지펴 담금질함으로써 정제하였던 역설적인 스승들이라고 말할 수 있을 것이다.

2

그중에서 맹자에게 가장 무서운 맞수는 바로 묵자(墨子)였다.

맹자가 대적하였던 수많은 무림고수들은 나름대로 필살기의 무술을 지닌 강적들이었다. 그러나 그중 최고의 상수는 맹자가 묵적이라고 부르던 묵자, 그 사람이었다.

맹자가 이미 대적하였던 고자를 비롯하여 농가, 순우곤과 같은 세객, 장의와 같은 종횡가들은 묵적에 비하면 그야말로 '새 발의 피'에 지나지 않았다. 왜냐하면 이들은 사상가라기보다는 세 치의 혓바닥으로 천하를 농락하였던 떠돌이 궤변론자에 지나지 않았기 때문이었다.

 그러나 묵적은 달랐다.

 맹자가 살았던 전국시대 때에는 유가의 사상보다 묵적의 사상, 즉 '묵가'가 천하를 휩쓸고 있었던 것이다.

 이는 맹자가 '어찌하여 스승께서는 사람들과 논쟁하기를 좋아하십니까' 하는 제자 공도자의 질문에 '내가 어찌 논쟁하기를 좋아하겠느냐. 어쩔 수 없이 그런 것이다……. 양주와 묵적의 도가 없어지지 않으면 공자의 도는 드러나지 않으니 나는 이 때문에 두려워하여 돌아가신 성인(공자)의 도를 지키고, 양주와 묵적을 막으며, 방자한 말을 몰아내며, 사설을 내세우는 자가 나오지 못하게 하려는 것이다' 란 대답을 하였던 맹자의 단호한 의지를 보면 잘 알 수 있는 것이다.

 맹자의 이러한 비장한 각오는 그 무렵 천하를 휩쓸고 있는 묵적과 양주의 도에 대해 사생결단의 싸움을 벌여 유가로서의 순교자가 되겠다는 결연한 의지를 엿보게 한다.

 그중에서도 묵적, 즉 묵자의 사상은 맹자가 공자에게 사제지간으로서 보은을 하기 위해서라도 반드시 거꾸러뜨려야 했던 당대 제일의 검객이었던 것이다.

 묵자.

 그의 생몰연도는 정확지 않으나 대략 기원전 479년에서 기원전 381년으로 알려져 있다. 이 시기는 공자의 탄생시기보다는 70여 년 정도 늦고, 공자가 죽은 바로 그 무렵에 태어난 것으로 추정된다.

또한 묵자가 죽은 바로 그 무렵에 맹자가 태어났으니, 묵자는 공자와 맹자 사이의 1.5세대에 해당하는 과도기적 인물이다.

이에 대해 사마천은 『사기』에서 간단하게 언급하고 있다.

"묵적은 송나라의 대부로서 성을 잘 지키고 비용을 절약하였다. 어떤 사람은 그를 공자와 동시대라고 말하고, 어떤 사람은 공자 이후라고 말하고는 있지만 분명치는 않다."

묵자의 생존시기는 『사기』의 기록처럼 불분명하지만 춘추시대의 말엽에서부터 전국시대에 이르는 그 시대적 격변기에 살았던 사람이라는 점은 분명한 사실이다.

묵자가 태어난 것도 송나라 혹은 초나라라는 설이 있지만 대체로 공자가 태어난 노나라라는 것이 정설로 되어 있다.

한 가지 흥미로운 것은 청말의 계몽사상가이자 문학가였던 대학자 양계초(梁啓超)가 묵자를 '작은 예수(小基督)'라고 하고 사회적으로나 경제사상 면에서는 '큰 마르크스(大馬克思)'라고 부르고 있다는 점이다.

양계초가 묵자를 '작은 예수'라고 비유하였던 것은 탁견이다. 실제로 묵자는 예수와 쌍둥이처럼 닮은 생애와 놀랍도록 똑같은 사상을 부르짖고 있었다.

그런 의미에서 묵자는 중국에서 태어난 '제2의 예수'라고 부를 만하다.

우선 예수가 하느님의 아들로서 가난한 목수의 아들로 태어났듯 묵자도 비천한 집에서 태어났다. 공자와 맹자 등 뛰어난 사상가들

대부분이 비록 몰락하였다고는 하지만 명문가의 후손으로 태어난 것에 비하면 묵자는 천민 출신이었다.

이러한 사실은 초나라가 운제를 이용하여 송나라를 치려 하였을 때 묵자가 그 소문을 듣고 노나라로부터 열흘 밤 열흘 낮을 쉬지 않고 달려갔다는 『묵자』의 「공수(公輸)」편에 나오는 일화를 통해 여실히 드러난다.

"묵자가 돌아가는 길에 송나라를 지났다. 마침 비가 와 그곳 마을 문 안에 들어가 비를 피하려 하였으나 문지기가 그를 들여보내주지 않았다."

비를 피하려고 집 안에 들어가려 하였으나 불가촉천민이라 하여 문전박대당했던 묵자. 실제로 묵자는 초나라의 왕을 만나보고는 이렇게 말한다.

"저는 북방의 천한 사람입니다(臣北方之鄙人也). 듣건대 대왕께서 송나라를 공격하려 하신다는데 정말 그렇습니까."

스스로를 비인(鄙人), 즉 천한 사람이라고 자칭하였던 묵자. 『여씨춘추(呂氏春秋)』「고의(高義)」편에 보면 묵자는 스스로 이렇게 말하였다고 기록하고 있다.

"저는 몸에 따라서 옷을 입고, 배나 채우려 음식을 먹으며, 떠돌아다니는 천한 사람들과 친하게 지내고 있으니, 감히 벼슬을 할 엄두를 내지 못하고 있습니다."

이처럼 자신을 '천한 사람들과 지내고 있는 천한 사람'이라고 표현하고 있는 묵자의 모습은 '내가 이 세상에 죄인을 부르러 왔다'고

성선지설 141

율법학자들에게 선언하고 일부러 병자, 죄인, 세리, 이방인들과 어울렸던 예수의 행동을 떠올리게 한다.

그뿐인가.

많은 학자들은 묵자의 성인 '묵(墨)'이 형벌을 뜻하는 것으로 경형(黥刑), 즉 죄를 지으면 얼굴에 묵형(墨刑)을 하여 먹물로 문신하는 형벌에서 비롯되었으며, 따라서 묵자는 얼굴에 먹물 문신을 하였던 죄인 출신이었을 것이라고까지 추정한다.

또 한편으로는 '묵'은 검정색을 의미함으로 그가 입던 검정색 옷과 그의 얼굴이 검은 데서 비롯돼 붙여진 이름으로 묵자는 인도에서 건너온 브라만 교도이거나 회교도를 믿는 아랍 사람일지도 모른다고 주장하고 있다.

이는 묵자의 사상이 전통적인 중화사상에서 보면 도저히 이해할 수 없는 이교도(異敎徒)적인 사상이자 태생적으로 불가능한 사상이었기 때문일 것이다.

그만큼 묵자의 사상은 비중국적이며, 오히려 범신론(汎神論)에 가깝다.

그런데 아이러니한 것은 묵자가 처음에는 공자의 학문을 연구하였던 유가 출신이었다는 점이다.

『회남자(淮南子)』는 묵자가 '유가의 학문을 공부하고, 공자의 학술을 전수받았으며, 옛 성인의 학문을 닦고, 육예의 이론에 통달하도록' 유가사상을 자신의 기초학문으로 삼았다고 전하고 있다. 이는 공자 사후 노나라에서는 개인적인 강학이 성행하였을 때였으므로 유가를 공부하였던 것은 지극히 자연스러운 일이었을 것이다.

그러나 어느 순간 묵자는 유학에 반기를 들고 유가를 박차고 뛰어나간다. 그것은 일종의 종교혁명과도 같은 것이었다.

종교개혁.

기독교에 있어 본격적인 종교혁명은 마틴 루터에 의해서 진행되었다. '금화가 현금 궤에 떨어지는 소리를 내는 순간 영혼은 연옥을 벗어나 하늘나라에 올라가리라' 하면서 가톨릭 교회가 면죄부를 팔기 시작하자 루터는 1517년 10월 31일 비텐베르크 성문에 '우리의 주님이시며 선생이신 예수께서 회개하라고 하실 때 그는 신자들의 전 생애가 참회되어야 할 것을 요구하셨다' 는 유명한 명제로 시작되는 95개의 논제를 내걸음으로써 종교개혁의 횃불은 순식간에 전 유럽으로 퍼져 나가게 되었다.

묵자는 비록 '유교의 학문을 공부하고 공자의 학술을 전수받았던' 유자였으나 어느 순간 유가를 박차고 혁명을 일으킨 유교에 있어서의 마틴 루터였던 것이다.

묵자가 공자에게 느낀 최초의 불만은 공자가 세상을 올바로 다스리는 데 애쓴 반면 묵자는 그 자신이 천민 출신으로 봉건제도가 지닌 모순으로 부당하게 고난을 겪어야 되는 백성들의 비참한 현실에 눈을 떴던 데 있다.

특히 유가가 통치계급의 입장을 옹호하며 예악을 위주로 하여 서주(西周) 초기의 봉건사회를 재현하려고 노력한다는 사실에 대해서 큰 반감을 갖게 되었던 것이다.

어느 순간 묵자는 사람들의 친소(親疏)와 존비(尊卑) 관계를 엄격히 따져 봉건계급제도를 확고히 하려는 유가의 태도와 예악이나 따지며 귀족이나 제후들에게 기생하는 유가의 비생산성을 공격하기 시작하였다.

묵자의 사상을 전하는 『묵자』라는 책 전체가 유가의 모순에 대항하는 성격을 띠고 있지만 그중에서도 특히 유가에 대한 통렬한 비판은 제목 그대로 「비유(非儒)」편에 집중되어 등장하고 있다.

「비유」편은 원래 상하 두 편으로 나누어져 있었으나 상편은 없어지고, 하편만이 남아 전하고 있다. 이 글에서 묵자는 유가의 비생산성을 공격한다.

또한 그들은 예의와 음악을 번거롭게 꾸미어 사람들을 어지럽히고, 오랫동안 상을 입고 거짓 슬퍼함으로써 부모님을 속인다. 운명을 믿어 가난에 빠져 있으면서도 고상하고 잘난 체하고, 근본을 어기고 할 일은 버리고서 태만하게 편안히 지내며, 먹고 마시기를 탐하면서 일을 하는 것은 게으르다. 그래서 굶주림과 헐벗음에 빠지거나 얼어죽거나 굶어죽을 위험에 놓여 있으면서도 이를 벗어나는 수가 없다. 이것은 마치 거지와도 같으니, 두더지처럼 음식을 저장하며 숫양처럼 먹을 것을 찾고, 발견되면 멧돼지처럼 튀어나온다. 군자들이 이것을 비웃으면 성을 내면서 말한다.

"형편없는 자들아, 너희들이 어찌 훌륭한 선비를 알겠는가."

여름에는 보리나 벼를 동냥하다가 모든 곡식이 다 거둬들여지면 큰 초상집만을 쫓아다니는데, 자식과 식구들도 모두 거느리고 가서 음식을 실컷 먹는다. 몇 집 초상만 치르고 나면 충분히 살아갈 수 있게 된다. 남의 집을 근거로 하여 살찌고, 남의 들을 의지하여 부를 쌓는다. 부잣집에 초상이 나면 곧 크게 기뻐하면서 말하기를 '이것이야말로 입고 먹는 꼬투리이다' 라고 한다.

이러한 유가에 대한 묵자의 비판은 마치 공자에 대한 안영의 비난과 흡사하다. 이를 보면 알 수 있듯이 유가는 안영에서부터 묵자에 이르기까지 백여 년 이상 '허례허식을 일삼는 말만 그럴듯하게 하는 유자의 무리'로 비난받아왔음을 미뤄 짐작케 한다.

이러한 묵자의 태도는 공자의 제자 중 비교적 후학에 속하지만 유학의 전승과 발전에 가장 깊은 영향을 끼쳤던 자하와의 설전에서도 그대로 드러난다.

자하는 공자보다 마흔네 살 아래였고, 만년에는 서하(西河)에 살면서 제자들 교육에 힘썼는데, 공자가 죽을 무렵에 태어난 묵자는 자연 자하에게서 유학을 공부하기도 하고, 논쟁을 하기도 하였을 것이다. 특히 말년에 자하는 아들을 잃고 지나치게 애통해한 나머지 너무 울어 눈이 먼 장님이 되었는데, 자하는 공자가 남기고 간 진귀한 구슬을 간직하고 있었던 수법제자이기도 했다.

그러한 자하의 무리와 묵자가 어느 날 논쟁을 벌인다.

자하의 무리가 묵자에게 물었다.
"군자도 싸우는 일이 있습니까."
묵자가 대답하였다.
"군자는 싸우는 일이 없습니다."
그러자 자하의 무리가 말하였다.
"개나 돼지도 싸우는 일이 있는데, 어찌 선비에게 싸우는 일이 없겠습니까."
묵자가 대답하였다.
"슬픈 일이군요. 말로는 탕임금과 문왕을 일컬으면서도 행동은 개나 돼지에 비유하다니, 슬픈 일이오."

이러한 유가에 대한 비난은 유학과 묵학을 함께 공부한 정자(程子)와의 대화에서도 그대로 드러나고 있다. 이 장면은 『묵자』의 「공맹(孔孟)」편에 두 대목이나 실려 있다.

묵자가 정자에게 말하였다.
"유가의 도에는 천하를 잃게 하기에 충분한 네 가지 주장이 있다. 유가에서는 하늘이 밝지 않고 귀신은 신령스럽지 않다고 하며, 하늘과 귀신에 대하여 아무런 말도 하지 않는데, 이는 천하를 잃기에 충분한 것이다. 또 후히 장사를 지내고 오래 복상을 하면서 관의 겉을 중후하게 하고 많은 수의(壽衣)를 마련하여 장사 지내는 일을 이사하듯 하며, 3년 동안 곡하고 울어서 부축해

준 뒤에야 일어날 수 있고 지팡이를 짚은 뒤에야 다닐 수 있으며, 귀로는 듣는 게 없고 눈으로는 보는 게 없는데, 이는 천하를 잃게 하기에 충분한 짓이다. 또 악기를 연주하고 노래하고 춤추면서 가악(歌樂)을 즐기는데, 이것도 천하를 잃기에 충분한 짓이다. 또 운명이 있다고 하면서 가난함과 부함이나 오래 살고 일찍 죽는 것과 다스려지고 어지러워지는 것과 편안하고 위태로운 것은 정해진 바가 있어서 덜거나 더해줄 수가 없는 것이라 하였는데, 윗사람이 된 자가 그렇게 행동하면 반드시 정사를 다스릴 수가 없을 것이고, 아랫사람들이 그렇게 행동하면 반드시 일에 종사하지 않게 될 것이니, 이것도 천하를 잃기에 충분한 것이다."

스승의 말을 들은 정자가 말하였다.

"너무 심하십니다. 선생님의 유가에 대한 공격은 지나치십니다."

그러자 묵자가 대답하였다.

"유가의 본시 이와 같은 네 가지 주장이 없는데도 내가 이렇게 말한다면 곧 그것은 공격하는 것이 된다. 지금 유가에서 본시 이러한 네 가지 주장이 있는 것인데, 내가 그것을 지적하여 말한다면 곧 이것은 공격이 아니라 모순된 것을 알려주는 것이다."

그러나 유가에 대한 묵자의 공격은 이처럼 학문적인 것만은 아니었다.

어떨 때는 직접 한때 자신의 사부이기도 한 공자에게 직격탄을 날리기도 하였다.

공자가 그의 문하 제자들과 한가로이 앉아 있다가 말하였다.

"순임금은 자기 아버지 고수(瞽叟)를 만나면 불안해하였는데, 이때의 천하는 위태로웠다. 주공단(周公旦)은 훌륭한 사람이 못 되지 않을까. 무엇 때문에 그의 가족을 버리고 객지에 머물러 살았는가."

공자의 행한 짓은 이러한 마음씨에서 나온 것이었다. 그를 따르던 제자들은 모두 공자를 본떴다. 자공과 계로(季路)는 공회를 도와 위(衛)나라를 어지럽혔고, 양화(陽貨)는 노(魯)나라에서 반란을 일으켰으며, 불힐(佛肸)은 중모(中牟) 지방에서 반란을 일으켰고, 칠조개(漆雕開)는 사형을 당하였으니, 어지러움은 이보다 더 클 수가 없다. 후생이 제자가 되면 스승을 목표로 하여 반드시 그의 말을 닦고 그의 행동을 본받으며, 힘이 모자라고 지혜가 미치지 않을 정도가 되어야만 그만둔다. 지금 공자의 행동이 이와 같으니, 유가 사람들은 의심받는 게 당연한 것이다.

묵자는 공자가 평소에는 순임금과 주공을 마음속으로 존경하고 있으면서도 '의심을 품고 있었던 것'을 맹비난하고 있는 것이다.

공자가 의심을 품고 있었으니 그를 따르던 제자들 역시 의심을 품고 나라를 어지럽힐 수밖에 없으며 '지금 공자의 행동이 이와 같으니 유가 사람들은 의심을 받는 것이 당연하다(今孔某之行如此 儒士則何以疑矣)'는 것이 묵자의 결론이었다.

그뿐인가.

공자에 대한 묵자의 비난은 이 정도면 약과라 할 수 있다.

묵자는 공자를 '더럽고 사악하고 거짓된 사람' 이라고 집중폭격을 퍼붓고 있다.

공자는 노나라의 사구가 되고서도 노나라의 공실(公室)은 버려두고 계손(季孫)을 받들었다. 계손은 노나라의 재상 노릇을 하다가 도망을 치게 되었는데, 계손이 고을 사람들과 관문(關門)의 통과를 가지고 다투었을 때 공자는 관문 기둥을 들어올려 그를 도망가게 하였다.

또 공자는 채나라와 진나라 사이에서 궁지에 빠져 싸라기 없이 명아주로 끓인 국만으로 열흘을 지냈다. 제자인 자로가 돼지 고기를 구하여다 삶아주자 공자는 고기가 어디서 났는가를 물어보지도 않고 먹었다. 남의 옷을 벗기어서 술을 받아다 주자, 공자는 술이 어디서 났는가를 물어보지도 않고 마셨다.

마침내 노나라의 애공이 공자를 맞아들이니, 그는 방석이 반듯하지 않아도 앉지 않았고, 고기가 바르게 썰어져 있지 않아도 먹지 않았다. 이에 자로가 나아가 물었다.

"어찌 스승께서는 진나라와 채나라 사이에 계실 때와는 반대가 되는 행동을 하십니까."

이에 공자가 대답하였다.

"이리 오너라. 내가 너에게 이야기해주마. 전에는 그대와 함께 구차히 살아가기에 바빴지만 지금은 그대와 함께 구차히 의로움을 행하려 하고 있다. 잘 들어두어라. 무릇 굶주리고 곤궁할 때에는 함부로 취하여 자신을 살리는 일을 사양하지 않아야 할 것이며 풍부하고 배부르면 곧 거짓된 행동으로라도 스스로를 꾸며야 하는 것이다."

묵자는 이처럼 노나라의 왕실보다는 권력자인 계손에게 아부하였던 공자의 행실과 궁지에 빠져 있을 때는 어디서 났는지 묻지도 않고 돼지고기와 술을 넙죽 받아먹고, 이와는 달리 군주의 대접을 받게 되니 바르게 썰어놓지 않으면 고기를 먹지도 않는 공자의 이중적이고 위선적인 모습을 일일이 열거한 후 다음과 같이 결정타를 날리는 것이다.

"더럽고 사악하며 거짓되기가 이보다 더 큰 게 있겠는가(汚邪詐僞 孰大於此)."

평소에 '세상에 사람이 생겨난 이후로 공자보다 더 빼어난 인물은 나오지 않았다'라고 선언하고 '공자는 성인으로서 때를 알아서 해나간 사람이었다. 공자와 같은 분을 집대성했다고 하는 것이다'라고 말함으로써 '집대성'이란 고사성어를 탄생시켰으며, 오직 소망이라면 '공자를 본받으며 살아가고 싶다'고 자신의 의견을 피력한 유가의 맹장 맹자에게는 참기 어려운 모욕이었을 것이다.

그러므로 성인 공자를 '더럽고 사악하고 거짓된 사기꾼'이라고 맹비난한 묵자에 대해서 맹자는 하늘 아래서는 도저히 함께 살 수 없는 불구대천(不俱戴天)의 원수라고 생각하였음이 분명한 사실인 것이다.

맹자가 '양주와 묵적의 도가 없어지지 않으면 공자의 도는 드러나지 않으니, 나는 양주와 묵적을 막으며, 방자한 말을 몰아내고, 사설을 없애고, 치우치는 행동을 막으려는 것이다' 라고 했던 말은 철천지원수인 묵자와 한바탕 성전(聖戰)을 벌이지 않으면 안 된다는 비장한 각오를 나타낸 출사표(出師表)와 같은 것이다.

실제로『한비자』의「현학(顯學)」편을 보면 이러한 말이 나온다.

"세상에 두드러진 학파는 유가와 묵가인데, 유가의 정점은 공자이고, 묵가의 정점은 묵적이다."

맹자가 살았을 전국시대 때에는 유가보다 묵가가 세상에 가득 차서 맹자의 표현대로 천하의 언론이 묵적 아니면 양주로 돌아가는 절대 위기에 봉착하고 있었다.

그렇다면 묵자는 어째서 유가로부터 뛰쳐나와 종교개혁을 부르짖은 중국판 마틴 루터가 될 수 있었던가.

또한 묵자는 유가라는 기초학문의 바탕에서 어떻게 예수가 부르짖었던 사랑, 즉 겸애의 진리를 발견할 수 있었는가.

그뿐인가.

묵자는 공자가 미처 깨닫지 못한 하늘의 개념을 파악함으로써 하늘의 주재자인 인격적인 상제의 존재를 터득한 사람이었다. 스스로를 '하느님의 아들' 이라고 자칭한 예수처럼 묵자 역시 '만물의 창조자이며 인격적인 주재자' 인 하느님의 존재를 발견하고 동양사상 최초로 '하느님'을 부르짖은 중국에서 태어난 제2의 예수인 것이다.

오히려 묵자가 예수보다 훨씬 앞서 태어났으니 묵자가 그리스도라 불리는 예수보다 5백여 년 앞서 태어난 '전생적 예수'라고 불릴 만하다.

묵자가 유가에서 벗어나게 된 결정적인 동기는 만물의 창조자이고, 주재자인 하늘(하느님)의 존재를 깨달은 후부터였다.

물론 공자 역시 하늘의 존재를 인식한 선지자였다. 그러한 사실은 일찍이 공자가 송나라를 지날 때 환퇴(桓魋)란 자에게 위협을 받았을 때 '하늘이 내게 덕을 부여해주셨거늘, 환퇴가 나를 어찌하겠는가'라고 말하였던 것을 보면 잘 알 수 있다.

또한 공자는 하늘이야말로 이 우주만물의 지배자며, 올바른 도의 근원이라고 생각하여 이렇게 말하기도 하였다.

"하늘에 죄를 지으면 빌 곳도 없게 된다(獲罪於天無所禱也)."

이러한 공자의 하늘에 대한 믿음은 가장 사랑했던 제자 안연이 죽었을 때 '아아, 하늘이 나를 망치는구나. 하늘이 나를 망치는구나' 하고 애통해했던 것을 보아도 잘 알 수 있는데, 묵자는 그러한 공자의 운명으로서의 하늘관에 반기를 들었다.

예부터 중국인들은 하늘에 대한 개념을 대략 다섯 가지로 분류하고 있었다.

그 하나는 물질적인 하늘로 땅과 대비가 되는 것이며, 또 하나는 만물의 창조자이자 주재자로서의 하늘로 이른바 상제나 황천과 같은 인격적인 존재였다. 세 번째는 운명으로서의 하늘로 사람으로서는 어쩔 수 없는 숙명론의 대상이었다. 네 번째는 자연으로서의 하늘로 천체의 운행을 가리키며, 다섯 번째는 의리(義理)로서의 하늘로 곧 우주 최고의 진리를 가리키는 것이다.

그중에서 공자의 '하늘관'은 세 번째인 운명론적인 것이었다.

공자는 하늘이나 하느님을 믿으라고 가르치거나 그에 대해서 구체적으로 설법한 적은 없었다. 공자는 사람마다 갖고 태어나는 천명은 사람으로서는 어쩔 수 없는 타고난 것이라고 생각하는 운명론자였다.

묵자는 공자의 이러한 하늘관에 대해 반기를 들었던 것이다. 정자와의 대화에서 '유가에서는 하늘에 대해서 아무런 말도 하지 않는데, 이는 천하를 잃기에 충분한 것이다'라고 말문을 열었던 묵자는 '유가는 하늘만 믿고 노력을 하지 않는 게으른 운명론자들'이라고 비난하면서 '무소부재(無所不在)'하고 '무소불명(無所不明)'한 하느님의 존재에 대해 이렇게 선포한다.

"또한 내가 하늘이 백성들을 두터이 사랑하고 계시다고 아는 근거가 있다. 곧 해와 달과 별들을 벌려놓음으로써 그들을 밝게 인도하시고 춘하추동의 사계절을 만들어놓음으로써 그들의 기강(紀綱)이 되게 하셨고, 눈과 서리, 비, 이슬 등을 내려줌으로써 오곡과 삼베가 자라고 누에를 칠 수 있게 하여 백성들이 거기에서 재물과 이익을 얻게 하셨으며, 산천과 계곡을 벌려놓고 여러 가지 일들을 펼쳐놓음으로써 백성들의 착하고 악한 것을 살펴보시고 왕공(王公)과 후백(侯伯)들을 마련하여 그들로 하여금 현명한 이들에게는 상을 주고, 포악한 자에게는 벌을 주도록 하셨으며, 쇠와 나무와 새와 짐승들을 취하여 쓰고 오곡과 삼베를 기르고 누에를 길러 백성들이 입고 먹을 재물들을 마련토록 하신 것이다."

묵자의 이러한 '하늘나라의 선언'은 놀랍게도 성경의 창세기 편을 연상시킨다.

'한 처음에 하느님께서 하늘과 땅을 지어내셨다'는 구절로 시작되는 구약성경은 창세기에서 하느님은 빛과 어둠을 나누고, 하늘과 바다와 대륙을 만들고, 곡식과 과일을 만들고, 해와 별을 만들고, 온갖 생물과 동물을 만드는 과정을 드라마틱하게 묘사하고 있다.

이 과정을 통해 하느님은 만물의 창조주며 주재자로서 인격적인 대상임을 명백히 밝히고 있거니와, 묵자가 선언한 하늘나라에 대한 선포도 놀랍게도 창세기를 베낀 듯 닮아 있는 것이다.

즉 하느님은 해와 달과 별을 만들었으며, 춘하추동의 사계절을 만들고, 눈과 비를 내려 오곡을 자라게 하며, 백성들이 그를 통해 일용할 양식을 얻고, 이익을 얻게 하셨다.

그뿐 아니라 하느님은 백성들의 착하고 악한 것을 살펴보시고 현명한 사람에게는 상을 주고, 포악한 자에게는 벌을 주는 전지전능하신 절대자인 것이다. 심지어 백성들을 지배하는 임금이나 귀족들도 하느님이 이를 허락한 결과에 불과한 것이다.

이 놀랍고도 충격적인 묵자의 하늘나라 선언은 마치 세례를 받고 나서 정식으로 공생활을 시작한 예수가 첫마디로 '회개하라, 하늘나라가 다가왔다'고 외친 것과 매우 흡사하다.

그런 의미에서 묵자는 중국 철학사상 가장 특이하고 이질적인 사상가라고 말할 수 있는 것이다.

그렇다면 묵자는 어떻게 해서 공자가 천명한 숙명론적 하늘을 뛰어넘어 절대자인 하느님의 현존을 깨닫게 되었는가.

그것은 자신이 비천한 천민으로 태어나 봉건사회의 계급을 뛰어넘을 수 없는 한계적 상황에서 절대자인 하느님의 존재를 절실히 갈망했기 때문에 가능하였을 것이다.

또한 자신이 신봉하는 유가가 오직 봉건사회를 재현하려는 왕도정치를 부르짖고, 때로는 전쟁까지 마다하지 않고, 때로는 호화롭고 사치스러운 향락에 젖는 것을 용서할 수가 없었던 것이다.

천지를 창조한 창조주의 눈으로 보면 임금이나 제후나 선택된 사람은 없고 만백성이 모두 하늘의 자손인데, 어찌하여 권력은 세습되며, 몇 사람들에게 독점되는가. 이러한 선택받은 소수만을 위해 예와 의와 도를 부르짖는다는 것은 결국 그들의 권력을 강화하는 통치 수단이 아닐 것인가. 이러한 유가들의 모순된 모습들은 묵자의 눈으로 보면 '더럽고 사악하고 거짓된 사기꾼'의 행동이었던 것이다.

묵자는 '숲이나 골짜기 속의 한적하고 아무도 없는 곳이라 할지라도 하늘은 아무것도 몰래하도록 버려두지 않으니, 밝게 반드시 보고 있는 것이다. 그러나 천하의 군자들은 하늘에 대해 특히 서로 경계하는 마음을 모르고 있다. 이것이 내가 천하의 군자들은 작은 것을 알면서도 큰 것을 알지 못한다고 하는 까닭인 것이다' 라고 말함으로써 하늘은 계시지 않는 곳도 없을 뿐 아니라 보지 못하는 것도 없다. 따라서 하늘은 이 세상 천지만물 그 어느 곳에서도 널리 작용하며, 그 작용은 영원불변한 것이라 선언하였으며, 또 묵자는 하늘은 공평하고 사사로운 것이 없어 만백성 위에 평등한 진리라는 사실을 말하고 있는 것이다.

> 하늘의 운행은 광대하고도 사사로움이 없으며
> 그 베푸는 것은 두터우면서도 멈추는 일이 없고
> 그 밝음은 오래되어도 어두워지지 않는 것이다.
> 天之行廣而無私
> 其施厚而不息
> 其明久而不衰

묵자가 '사사로움이 없고 베푸는 것은 두터우면서도 멈추는 일이 없고 밝음은 오래되어도 꺼지지 않는 영원'인 하늘로부터 깨달은 진리는 두 가지였다.

그 하나는 '평화'였고, 또 하나는 '사랑'이었다.

절대자인 하느님 앞에 만인은 평등함으로 굳이 남의 것을 빼앗기 위해서 전쟁을 벌여 사람을 죽이고 살상하는 행위는 하늘의 천도에 어긋나는 일이며, 또 하늘이 모든 것을 아울러 사랑하고 모든 것을 아울러 이롭게 함으로 사람들은 마땅히 서로 사랑하여야 한다는 것이 묵자가 하늘로부터 깨달은 진리의 근원이었다.

'평화'에 대한 묵자의 설법은 『묵자』의 「비공(非攻)」편에 상세히 실려 있다.

'비공'이란 제목이 암시하듯 묵자는 '남을 공격해서 전쟁을 벌여서는 절대로 안 된다'는 신념을 갖고 있었다.

이러한 확고한 신념은 묵자를 말로만 전쟁을 반대하였던 다른 사상가들과는 달리 약소국이 강대국의 침입을 받으면 부하들을 직접 이끌고 대신 침입자를 격퇴시키는 강경책을 쓰도록 하였다. 강대국 초나라가 약소국 송나라를 공격하려고 하였을 때 보인 묵자의 단호한 태도는 이러한 묵자의 결연한 의지를 엿보게 한다.

그때 강대국 초나라는 공수반(公輸盤)이라는 기술자를 고용해 운제(雲梯)라는 새로운 공격무기를 개발하여 시험 삼아 약소국 송나라를 공격하려 하였다.

운제는 높은 사닥다리로 지금까지는 속수무책이었던 성벽을 뛰어넘는 최신식 공성(攻城)기계였던 것이다.

이 소식을 들은 묵자는 열흘 낮 열흘 밤을 쉬지도 않고 달려가서 초나라의 수도 영(郢)에 도착한 후 먼저 기술자인 공수반을 찾아가 물었다고 한다.

"북쪽에 나를 모욕하는 자가 있는데, 그대가 나를 위해 그를 죽여줄 수가 있겠는가."

느닷없는 질문에 공수반은 불쾌한 표정으로 대답했다.

"나는 의리를 중시하기 때문에 살인 같은 일은 하지 않소이다."

그러자 묵자는 곧 이렇게 따졌다.

"한 명의 사람도 죽이지 않는 것이 의리라고 생각하면서 어째서 죄 없는 초나라 백성들을 한꺼번에 죽이려 하시오."

고개를 꺾고 한참을 생각하던 공수반은 답변을 못한 채 묵자를 초왕에게 안내하였다.

묵자는 초왕에게 말하였다.

"저는 북방의 천한 사람입니다. 듣건대 대왕께서 송나라를 공격하려 하신다는데, 정말 그렇습니까."

초왕이 할 수 없이 '그렇다'고 대답하자 묵자가 말하였다.

"새 수레를 가지고도 이웃집 헌 수레를 훔치려 하고, 비단옷을 입고서도 이웃집 누더기를 훔치려 하는 사람이 있다면 대왕께서는 그를 어떤 사람이라고 생각하시겠습니까."

"그야 도벽이 있는 사람이겠지."

초왕의 대답이 떨어지자마자 묵자는 정색을 하고 다시 물어 말하였다.

"그렇다면 그것과 사방 5천 리가 되는 넓은 영토에다 모든 것이 풍부한 초나라가 사방 5백 리밖에 안 되는 초라한 송나라를 치려고 하는 것은 무엇이 다릅니까."

난처해진 초왕은 헛기침을 하면서 이렇게 얼버무렸다.

"과인은 다만 공수반의 새 기계를 한번 시험해보고 싶었을 뿐이다."

초왕의 말을 들은 묵자는 이렇게 말하였다.

"정히 그러하시다면 소인이 여기서 그 운제의 공격을 막아 보이겠습니다."

이렇게 제의한 묵자는 초왕 앞에서 공수반과 모의전쟁을 벌이게 되었다. 묵자는 허리띠를 풀어 성 모양을 만들고 나무 조각으로 방패를 만들었다. 공수반 역시 모형 운제로 모두 아홉 번을 공격했지만 묵자는 모두 수비해내었다. 결국 초왕은 송나라를 치겠다던 계획을 포기하고 말았다.

『묵자』의 「공수반」편에 나오는 이 고사를 통해 '묵적지수(墨翟之守)'란 그 유명한 성어가 나온 것. 이 말의 뜻은 '묵적의 지킴'처럼 '자기의 주장을 굳게 지켜나가는 것'을 비유하는 고사성어인 것이다.

이를 통해 알 수 있듯이 묵자는 말과 행동이 같은 사람이었으며, 생각한 것을 그대로 실천역행(實踐力行)하였던 행동가였다.

흥미로운 것은 맹자와 논쟁을 벌였던 쾌락주의자 고자와도 묵자는 논쟁을 벌였다는 점이다. 맹자가 고자의 궤변을 논리적으로 성토하였다면 묵자는 다만 고자의 지행(知行) 불일치를 꾸짖었다.

"정치란 것은 입으로 말한 것을 몸으로 반드시 실행하는 것입니다. 지금 당신은 입으로는 말하면서 몸으로는 실행하지 않고 있으니 이것은 당신의 몸이 어지러운 것입니다. 당신은 당신의 몸도 다스리지 못하고 있는데, 어찌 나라의 정사를 다스릴 수 있겠습니까. 당신은 먼저 당신의 몸을 어지럽히지 않도록 하십시오."

말과 행동의 일치를 중요시하는 묵가의 법도. 이에 대해 묵가는 「귀의(貴義)」편에서 이렇게 못박고 있다.

"말을 충분히 옮기어 실행할 수 있는 것이라면 늘 해도 되지만 실행으로 옮길 수 없는 것은 절대로 해서는 안 된다. 실행으로 옮길 수 없는 것인데도 말을 늘 한다면 그것은 입만 닳게 하는 것이다(言

足以遷行者常之 不足以遷行者而常 不足以遷行而常之 是蕩口也)."

이러한 '실천역행'의 묵가의 교리는 묵자를 따르는 제자들을 일사분란하게 조직적으로 움직이는 종교집단으로 만들었다.

실제로 묵자가 공수반과의 모의전쟁을 하여 모두 이긴 후 초왕은 자존심이 상해서 묵자를 죽이려 한다. 이때 묵자가 말하였다.

"공수반의 뜻은 다만 저를 죽이려 하는 것이니 저를 죽이면 송나라는 수비할 수 없게 되어 공격해도 될 것이라는 것이지요. 그러나 저의 제자 금골희(禽滑釐) 등 3백 명이 이미 제가 만든 수비하는 무기를 갖고서 송나라 성 위에서 초나라 군대를 기다리고 있습니다. 비록 저를 죽인다 해도 그들을 쉽게 없앨 수는 없습니다."

이를 통해 알 수 있는 것은 묵자가 초나라의 공격을 막기 위해 열흘 낮 열흘 밤을 걸어 초나라의 수도 영에 도착하는 한편 금골희를 비롯한 3백 명의 결사대를 따로 송나라에 파견하여 여의치 않을 때에는 전쟁에 대비하고 있었음이다.

금골희.

그는 묵자를 따르던 수제자 중 한 사람으로 『묵자』의 「비제(備梯)」편에는 그의 이야기가 나오고 있다.

"금골희가 묵자를 섬긴 지 3년이 되자 손발에 못이 박히고 얼굴은 새까맣게 되었다. 자기 몸을 부리어 일을 해주면서도 감히 자기가 바라는 것은 물어보지도 못하였다."

금골희는 묵자의 제자이면서도 가장 두드러진 인물로 『묵자』에는 그에 관한 기록이 가장 많이 등장한다.

그런데 묵자를 따른 지 3년 만에 손발에 못이 박히고 얼굴이 새까맣게 되었다니, 묵자를 비롯하여 묵가의 사람들은 모두 직접 노동을 하던 사람들임에 틀림이 없다.

그러나 묵자의 제자들은 이처럼 노동을 한 것만은 아니었다. 묵자가 초왕에게 금골희를 비롯한 3백 명의 결사대원들이 직접 송나라의 성 위에서 용병으로 참여하고 있다고 공언한 것처럼 묵자의 제자들은 묵자를 정점으로 일사불란하게 조직적으로 움직이고 있었다.

묵자가 하늘로부터 깨달은 평화의 진리는 예수가 부르짖었던 평화의 진리와 일맥상통하지만 근본적으로는 다르다.

예수는 '내가 너희에게 평화를 주고 간다. 내가 주는 평화는 세상이 주는 평화와는 다르다'고 유언하고 십자가에 못 박혀 죽음으로써 철저한 비폭력적 평화를 스스로 실천하였다. 그러나 묵자가 주장한 평화는 예수의 비폭력적 평화와는 달리 현실참여적 평화였으므로 일종의 신앙으로 뭉쳐진 십자군이었다.

『회남자』에는 이러한 묵자의 종교집단을 설명하는 중요한 구절이 기록되어 있다.

"묵자를 위하여 복역하는 사람이 180명이 있는데, 모두 불에 뛰어들고 칼날이라도 밟게 할 수 있었고, 죽는다고 해도 발길을 돌리지 아니하였는데, 이는 모두 교화(敎化)에 의해서 그렇게 된 것이다."

이 내용은 묵자를 따르는 사람은 모두 '묵자의 명령이나 자신의 신조를 위해서는 죽음도 두려워하지 않고 물불도 가리지 않는 사람'이었다는 것이다.

묵자는 학문을 하다 보면 전쟁에 나가 죽게 되는 것도 불가피한 일이라고 주장하고 있었다. 물론 그 전쟁은 침략을 위한 전쟁이 아니라 외국의 침입으로부터 자기 나라를 수호하는 방어적 전쟁이었다.

묵자의 이러한 주장은 노나라 사람 중에 묵자를 좇아 그의 아들을 공부시킨 사람이 있었는데, 그 아들이 결사대원으로 전쟁에 나아가 죽자 아버지가 묵자에게 따져 물었을 때 이에 대답한 묵자의 다음과 같은 내용에서 드러난다.

"당신은 당신의 아들을 공부시키려 하였는데, 지금 그의 학업이 이루어지고 전쟁에 나가 죽었습니다. 그런데 당신은 성을 내고 있으니 이는 마치 물건을 팔려는 사람이 물건이 팔려버리자 성을 내는 것과 같은 일입니다. 어찌 잘못된 일이 아니겠습니까."

묵자의 이 대답은 '비공'의 이론에 따라 침략전쟁은 죽어서라도 철저히 막아야 하는 것이며, 그러한 신념에 따라 행동하다가 죽는 한이 있더라도 뉘우치지 않아야 한다는 주장을 담고 있었던 것이다.

실제로 묵자의 종교적 집단에서는 영도자를 거자(鉅子)라고 불렀다.

『여씨춘추』「상덕(上德)」편은 거자를 중심으로 한 묵자의 종교집단의 행동을 증언하고 있다.

묵가의 지도자였던 거자 맹승(孟勝)은 초나라의 양성군(陽城君)과 특히 친하였다. 맹승은 양성군으로부터 자신이 국외로 여

행하는 도중에 자기 영토를 지켜달라는 부탁을 받는다. 그런데 양성군이 국외로 나아가 반란에 참여하게 되자 초나라는 양성군이 다스리던 나라를 점령해버린다.

이때 맹승이 말하였다.

"나는 남의 나라를 맡고 부신(符信)까지도 받아두었었는데, 힘으로 나라를 막지 못하였으니 죽을 수밖에 없구나."

맹승이 양성군과의 약속을 지키지 못한 자책으로 자결을 하려 하자 제자 서약(徐弱)이 맹승을 만류하여 말하였다.

"죽어서 양성군에게 이익이 된다면 죽어도 괜찮습니다만 아무런 이익도 없고 묵가만 세상에서 없어지게 될 것이니 이는 아니 될 일입니다."

그러자 맹승은 말하였다.

"그렇지 않다. 나와 양성군 사이는 스승도 되고, 벗도 되는 한편 벗도 되고 신하도 된다. 내가 지금 자결하여 죽지 않는다면 이제부터는 엄격한 스승을 구하려는 사람을 반드시 묵가에서 찾지 않을 것이며, 현명한 벗을 구하려는 사람도 반드시 묵가에서 찾지 않을 것이고, 훌륭한 신하를 구하려는 사람도 반드시 묵가에서 찾지 않을 것이다. 죽는다는 것도 묵가의 의(義)를 행하고 그 업(業)을 계승케 하는 방법인 것이다. 나는 이제부터 거자의 지위를 송나라 전양자(田襄子)에게 물릴 것이다. 전양자는 현명한 사람으로 나의 뒤를 이어 거자 역할을 훌륭히 해낼 것이다. 그러니 어찌 묵가가 세상에서 없어질까 걱정하겠는가."

스승의 말을 들은 서약이 말하였다.

"선생님 말씀이 정히 그러하시다면 제가 먼저 죽어 길을 열어 드리겠습니다."

그리고 맹승 앞에서 목을 베고 죽었다. 맹승도 스스로 자결하여 죽자 그를 따라 함께 죽은 제자가 183명이나 되었다.

종교 지도자인 맹승을 따라 한꺼번에 183명이 집단자살을 할 만큼 묵자의 집단체제는 마치 오늘날의 맹신적인 사교(邪敎)집단의 테러리즘을 연상시킬 정도다.

이처럼 묵가는 자기 희생을 두려워하지 않고 서로 단결하여 이념을 추구하던 광신도적 집단이었다.

따라서 묵자는 「대취(大取)」편에서 이렇게 주장하고 있다.

"손가락을 자르는 것과 팔을 자르는 것이 천하에 주는 이익이 같다면 선택의 여지도 없다. 그러나 죽고 사는 것에 이익이 똑같다면 선택의 여지가 없는 것이 아니다. 한 사람을 죽여 천하를 보존케 한다면 그것은 살인을 하는 것이지 천하를 이롭게 하는 것이 아니다. 그러나 자기를 죽여 천하를 보존케 할 수 있다면 그것은 자기를 죽여 천하를 이롭게 하는 것이다."

얼핏 보면 묵자의 이러한 주장은 목적한 바 의의를 위해서라면 자살폭탄이라도 감행해야 한다는 테러리스트의 행동을 본받은 것처럼 느껴진다.

'자기를 죽여서라도 천하를 이롭게 하는 것'이라면 마땅히 자기를 희생해야 한다는 평화론은 지배자들의 비위를 거스르고, 시대의 조류를 어기며, 낮은 백성들의 입장을 대변하는 종교적 신념 없이는 불가능한 일인 것이다.

묵가는 묵자를 정점으로 받드는 조직적인 집단을 이루며, 그 집단의 조직을 위해서는 자기의 희생을 가볍게 여기며 일사불란하게 단결하였던 사교집단이었던 것이다.

묵자는 단순한 사상가가 아니라 묵가라는 종교의 교주였고, 그의 사상은 종교적인 신앙을 바탕으로 한 단순한 학파가 아니라 당시의 모순된 사회를 개선하려고 노력하였던 지하조직이기도 하였다.

그러나 묵자가 역설적으로 하늘로부터 깨달은 불변의 진리는 바로 '사랑'이었다.

묵자는 '사사로움이 없고 베푸는 것은 두터우면서도 멈추는 일이 없고, 밝음은 오래되어도 꺼지지 않는 영원'인 하늘은 '천하의 모든 나라도 하늘의 고을이요, 천하의 모든 사람도 하늘의 신하이니, 하늘은 모든 신하들인 만백성을 차별 없이 공평하게 사랑하고 있다'고 역설하고 있다.

묵자의 이러한 '하늘의 사랑'은 '겸애'라는 사상으로 발전된다.

'겸(兼)'이란 '자기와 남을 똑같이 사랑하는 것' '자기와 남의 구별이 없는 것' '사람들을 차등을 두지 않고 똑같이 대해주는 것'을 의미하는 것으로 묵자의 '겸애론'은 '나와 너의 구별이 없는 절대적인 사랑'을 뜻하는 것이다.

묵자의 '겸애론'은 하늘의 법도를 바탕으로 해서 발전되었는데,

묵자는 「법의(法儀)」 편에서 이렇게 주장하고 있다.

　　하늘의 운행은 광대하면서도 사사로움이 없고, 그 베푸는 것은 후덕하면서도 은덕으로 내세우지 않고, 그 밝음은 오래가면서도 쇠하여지지 않는다. 그러므로 성왕께서는 이것을 법도로 삼았던 것이다. 이미 하늘을 법도로 삼았다면 그의 행동과 하는 일은 반드시 하늘을 기준 삼게 될 것이다. 하늘이 바라는 것이면 행하고, 하늘이 바라지 않는 것이면 그만둔다. 그렇지만 하늘은 무엇을 바라고 무엇을 싫어하는 것일까. 결코 하늘은 사람들이 서로 사랑하며, 서로 이롭게 할 것을 바라지, 사람들이 서로 미워하며 서로 해칠 것을 바라지 않는다. 무엇으로써 하늘이 사람들이 서로 사랑하며 서로 이롭게 해주는 것을 바라고, 사람들이 서로 미워하고 서로 해치는 것을 바라지 않는다는 것을 아는가. 그것은 하늘은 모든 것을 아울러 사랑하고, 모든 것을 아울러 이롭게 해준다는 사실로 알 수 있다. 무엇으로써 하늘이 모든 것을 아울러 사랑하고, 모든 것을 아울러 이롭게 해주는 것을 알 수 있는가. 그것은 하늘이 모든 것을 아울러 보전하고 모든 사람들을 아울러 먹여 살리는 것을 보고 알 수 있다.
　　지금 천하의 크고 작은 나라를 막론하고 모두가 하늘의 고을인 것이다. 또 사람은 어리고, 나이 많고, 귀하고, 천한 구별 없이 모두가 하늘의 신하인 것이다. 이 때문에 모두가 말과 소를 기르고, 개와 돼지를 기른 다음 정결한 술과 단술과 젯밥을 담아

놓고 공경하게 하늘에 제사를 지내는 것이다. 이것은 하늘이 모든 것을 아울러 보전해주고, 모든 것을 아울러 먹여주기 때문이 아니겠는가. 하늘은 이처럼 진실로 모든 것을 아울러 보전해주고 먹여주고 있는 것이다.

하늘이 삼라만상을 아울러 보전해주고, 하늘 아래 만백성을 '어리고, 나이 많고, 귀하고, 천한 구별 없이 아울러 먹여주는 것'은 하늘이 천하의 백성을 사랑하기 때문이라는 묵자의 주장은 신기하게도 예수의 설법과 공통점을 갖고 있다.

> 그러므로 나는 분명히 말한다. 너희는 무엇을 먹고 마시며 살아갈까. 또 몸에는 무엇을 걸칠까 하고 걱정하지 말라. 목숨이 음식보다 소중하지 않느냐, 또 몸이 옷보다 소중하지 않느냐. 공중의 새들을 보아라. 그것들은 씨를 뿌리거나 거두거나 곳간에 모아들이지 않아도 하늘에 계신 너희의 아버지께서 먹여주신다. 그러므로 너희들은 무엇을 먹을까, 무엇을 마실까, 또 무엇을 입을까 하고 걱정하지 말라. 하늘에 계신 아버지께서는 이 모든 것이 너희에게 있어야 할 것을 잘 알고 계시다.

묵자는 사람들은 누구나 자기 가족들을 사랑하고 있는 이기적 본능을 갖고 있음을 잘 알고 있었다.
그러나 '너와 나의 구별이 없는 절대적 사랑'인 '겸애'와는 달리 자기가 좋아하는 사람, 가까운 사람, 친근한 사람들만을 사랑하는 것은 '별애(別愛)'라고 구별하고 이는 오히려 사회악이라고 단정짓고 있었다.

묵자는 겸애와 별애의 차이를 이렇게 규정짓는다.

"사회의 여러 가지 해악이 생겨나는 이유를 추구해본다면 그것은 어디서 생겨나고 있는가. 그것은 남을 사랑하고 남을 이롭게 해주려 하는 마음에서 생겨나겠는가. 그렇지 않다고 말할 수 있을 것이다. 반드시 남을 미워하고 남을 해치는 데서 생겨난다고 말할 것이다. 천하에 남을 미워하고 남을 해치는 자가 겸애하는 사람이겠는가, 별애하는 사람이겠는가. 반드시 별애하는 사람이라 말할 것이다. 그러니 서로 별애하는 사람이 과연 천하에 큰 해악을 낳게 하는 자인 것이다. 그러므로 별애란 그릇된 것이다."

이처럼 묵자의 '겸애론'은 철저한 '이타주의적 사랑'이었다. 묵자는 이기주의적인 사랑인 별애는 오히려 사회를 해치는 악으로 보았으며, 사회의 혼란은 사랑의 부재에서 시작된다고 단정하였다.

이는 인간의 죄를 사랑의 결핍 혹은 사랑의 부재로 규정하였던 가톨릭의 교리와도 완전 일치되는 것으로 청대 말에 대사상가였던 양계초가 묵자를 '작은 예수(小基督)'라고 단정한 것은 탁월한 해석인 것이다.

묵자는 전국시대 때의 정치혼란과 사회악의 원인이야말로 바로 이타적 사랑인 겸애의 결핍 내지는 부재로 단정하고 이렇게 말한다.

"나는 일찍이 혼란이 어디에서 일어나는가, 살펴본 일이 있는데 그것은 서로 사랑하지 않은 데서 일어나고 있었다. 신하와 자식이 그의 임금이나 아버지에게 효성스럽지 않는 것이 바로 혼란의 원인인 것이다. 자식은 자신을 사랑하면서도 그의 아버지를 사랑하지 않는다. 그래서 아버지를 해치면서 자신을 이롭게 하는 것이다. 아우는 자신을 사랑하면서도 형을 사랑하지 않는다. 그래서 형을 해치면서 자신을 이롭게 하는 것이다. 신하는 자신을 사랑하면서도 임금을 사랑하지 않는다. 그래서 임금을 해치면서 자신을 이롭게 하는 것이다. 이것이 이른바 혼란인 것이다. 또 아버지가 자식에게 자애롭지 않고, 형이 아우에게 자애롭지 않다 해도 이것 역시 이른바 혼란인 것이다. 이런 것은 모두 무엇 때문인가. 그것은 '모두가 서로 사랑하지 않는 데서(皆起不相愛)' 비롯되는 것이다. 또한 천하의 도둑들에 이르기까지 그러하다. 도적들도 그의 집은 사랑하면서도 다른 집은 사랑하지 않는다. 그래서 다른 집의 것을 훔치어 자신을 이롭게 하는 것이다. 도적들은 또 자신들의 것은 사랑하면서도 남을 사랑하지 않는다. 그래서 남을 해침으로써 그 자신을 이롭게 하는 것이다. 이것은 어째서인가. 이것도 모두 서로가 사랑하지 않는 데서 일어나는 것이다. 천하를 어지럽히는 자들은 여기에 전부 원인이 있기 때문이다. 이것이 어디에서 일어났는가를 살펴보건대 모두가 서로 사랑하지 않는 데서 비롯되는 것이다."

 묵자는 이 세상에 모든 죄악인 불효와 불충, 도적질과 사기 등이 바로 이러한 사랑의 부재 때문이라고 규정 지으며 마침내 전국시대 때의 대혼란을 약탈과 전쟁 때문이라고 제후들을 향해 직격탄을 날린다.

그 무렵 절대 권력자들이었던 군주와 제후들의 심장을 향해 비수를 날리는 묵자의 사자후는 이들에 대한 선전포고로 간주될 정도였다. 그런 의미에서 묵자는 언제든 죽음을 각오하고 있었던 묵가의 순교자였다.

묵자는 절대 권력자들에게 포효한다.

"지금 제후들은 다만 자기 나라만 사랑할 줄 알지 남의 나라는 사랑하지 않는다. 그래서 자기 나라를 총동원하여 남의 나라를 공격하는 데 거리낌이 없다. 지금 집안의 가장은 다만 자기 집안만을 사랑할 줄 알지 남의 집안을 사랑하지 않는다. 그래서 그의 집안을 동원하여 남의 집안을 빼앗는 데 거리낌이 없는 것이다. 또한 사람들은 다만 자기 몸을 사랑할 줄만 알지 남의 몸을 사랑하지 않는다. 그래서 자기 몸을 써서 남의 몸을 해치는 데 거리낌이 없는 것이다. 그러므로 제후들이 서로 사랑하지 않으면 곧 반드시 들판에서 전쟁을 하게 되고, 집안의 가장들이 서로 사랑하지 않으면 곧 반드시 서로 빼앗게 되며, 사람과 사람이 서로 사랑하지 않으면 곧 반드시 서로 해치게 되고, 임금과 신하가 서로 사랑하지 않으면 곧 은혜롭거나 충성스럽게 되지 않으며, 아버지와 자식이 서로 사랑하지 않으면 곧 자애롭거나 효도를 않게 되며, 형과 아우가 서로 사랑하지 않으면 곧 조화롭지 못하게 된다.

천하의 사람들이 모두 서로 사랑하지 않는다면 강한 자가 반드시 약한 자를 잡아 누르고, 가진 자가 반드시 가난한 사람들을 업신여

기게 될 것이며, 귀한 자들은 반드시 천한 사람들에게 오만하고, 사기꾼은 반드시 어리석은 사람들을 속이게 될 것이다. 모든 천하의 재난과 찬탈과 원한이 일어나는 까닭은 이처럼 서로 사랑하지 않는 데서 생겨나는 것이다."

사랑 예찬주의자 묵자.
사랑 지상주의자 묵자.
사랑 절대주의자 묵자.

그리하여 묵자는 『묵자』 곳곳에서 잠언을 토해낸다.

아울러 모두가 사랑하고 아울러 모두가 이롭게 해야 한다(兼而愛之兼而利之).
서로 사랑하고 서로 이롭게 한다(相愛相利).
남을 사랑하고 남을 이롭게 한다(愛人利人).

전국시대 때, 약육강식의 물고 물리는 끊임없는 전쟁의 북새통 틈에서 박해와 고난과 가난 속에 하루하루를 연명해가는 백성들에게 묵자의 겸애사상은 가히 혁명적인 이념이었다.

아무런 이익도 따르지 않는 정신적 사랑은 무용지물의 공염불이겠지만 묵자는 굶고 헐벗은 백성들에게 정신적 사랑과 함께 물질적 도움도 함께 베풀어야 한다고 주장하였으므로 이 혁명적 겸애사상은 민중 속을 파고들어 가히 폭발적으로 번져나가고 있었던 것이다.

맹자가 살아 있을 때에는 묵자의 사상은 요원(燎原)의 들불과도 같이 중국의 전 대륙을 불태우고 있었다.

이처럼 묵자의 사상이 전국시대 때 중국의 전 대륙을 휩쓸 수 있었던 것은 빈부와 귀천을 가리지 않는 만민평등의 겸애론 때문이었지만 그보다 더 중요한 원인은 묵가가 내건 내세관이었다.

내세관은 인간의 참다운 행복은 현세가 아닌 내세에 있다고 생각하는 종교의 중요한 사상 중의 하나로서 기독교를 비롯하여 불교 등 인류의 중요한 종교들은 내세를 통해 인간의 구원을 다루고 있다.

불교에서는 전세와 현세, 그리고 후세를 삼제(三際)로 나누고 있으며, 인간의 업보에 따라 죽은 뒤에 영혼이 다시 태어나는 미래의 세상에서는 극락정토에서 태어날 수도 있고 때로는 온갖 짐승이나 짐승 같은 중생을 일컫는 축생계(畜生界)에서 태어날 수도 있고, 때로는 아비규환의 지옥에 떨어질 수도 있다는 내세관을 내세우고 있다.

기독교는 더욱 엄격하다.

'회개하라, 하늘나라가 다가왔다'고 외치는 것으로 공생활을 시작하였던 예수는 '마음이 가난한 사람은 행복하다. 하늘나라가 그들의 것이다'라고 '산상수훈(山上垂訓)'함으로써 하늘나라, 즉 천국에 관한 희망을 선포한다.

예수는 비록 현세는 무거운 짐을 진 것처럼 고통스럽고 고달픈 것이지만 온유하고, 자비를 베풀고, 마음이 깨끗하고, 평화를 위해서 희생하고, 비록 박해를 받더라도 옳은 일을 하면, 하늘나라로부터 큰 상을 받게 될 것이며, 죽더라도 영원히 죽지 않는 복락을 누리게 될 것이며, 그것이 바로 하늘나라, 즉 천국이라고 분명히 선언하는 것이다.

인류가 낳은 세 성인 중 유일하게 공자만이 내세관을 부르짖지 않았는데, 이것이 바로 유교가 세계적인 종교로 성장할 수 없었던 중요한 이유였을지도 모른다.

그러나 유가에서 파생된 묵가에서는 놀랍게도 이러한 내세관을 주장하고 있다.

> 하늘의 뜻을 따르는 사람은 모든 사람들을 아울러 사랑하고 모두가 서로 이롭게 하여 반드시 상을 받게 된다. 하늘의 뜻을 반하는 자들은 사람들을 분별하여 서로 미워하고 모두가 서로 해침으로써 반드시 벌을 받게 된다(順天意者 兼相愛 交相利 必得賞 反天意者 別相惡 交相賊 必得罰).

묵자는 하늘은 '그 뜻을 따르는 자(順天意者)'에게는 반드시 큰 상을 주고, '하늘의 뜻을 어기는 자(反天意者)'에게는 반드시 벌을 내린다고 주장함으로써 그 무렵 박해와 고통과 가난 속에 살고 있던 백성들의 마음을 단숨에 사로잡을 수 있었던 것이다.

묵자는 하늘이 주는 벌은 미래나 후세보다는 오히려 당대에 일어난다고 강조하고 그 벌의 내용을 구체적으로 명기하고 있다.

"그러나 하늘이 바라는 것을 행하지 않고, 하늘이 바라지 않는 것을 행하면 곧 하늘도 사람이 바라는 것을 해주지 않고, 사람들이 바라지 않는 것을 해주게 된다. 그렇다면 사람이 바라지 않는 것이 무엇인가. 바로 질병과 재난일 것이다. 만약 자기가 하늘이 바라는 것을 행하지 않고 하늘이 바라지 않는 짓을 하면 그것은 천하의 만백성을 이끌고서 환란 가운데 빠지는 일에 해당하는 셈인 것이다."

묵가에 있어서 하늘은 인격신으로 임금이나 제후보다 더 엄위하고 그 뜻에 따르지 않는 데 따라서 상과 벌을 내리는 두려운 존재이며 따라서 하늘은 공경히 받들며 정성껏 제사 지내야만 하는 신앙의 대상이었으므로 백성들은 묵자에게 모두 열광적이었다.

바로 이러한 이유 때문에 묵자의 사상은 진시황이 천하를 통일한 후 불온사상으로 낙인찍혀 강제적으로 소멸되고 그 후 다시는 중국에서 되살아나지 못하였는데, 맹자가 살았을 당시에는 맹자의 한탄처럼 묵적의 이론이 온 천하에 가득 차 있었던 것이다.

더욱이 묵자는 근로(勤勞)하고, 절용(節用)한 생활을 스스로 실천하였었다. 자신이 말한 사상을 스스로 실행에 옮겼던 묵자의 실천주의자적 태도는 사마천이 「태사공자서(太史公自序)」에도 기록하였을 정도다.

그가 사는 집의 높이는 석 자였고, 세 계단의 흙섬돌에다 지붕을 이은 풀도 가지런히 자르지 않았고, 굽은 서까래도 가지런히 자르지 않았다. 흙으로 만든 밥그릇, 국그릇에 거친 곡식의 밥과 명아주와 콩잎국을 먹었다. 여름에는 칡으로 만든 베옷과 겨울에는 사슴가죽으로 만든 옷을 입었다. 장사를 지냄에 있어서는 세 치 두께의 오동나무로 관을 만들었고 곡도 간략히 하였다.

이로 인해 『여씨춘추(呂氏春秋)』에 기록된 대로 공자와 묵자를 따르는 사람들이 더욱 많아지고 제자들도 더욱 늘어나 온 천하에 가득 차게 되었으며, 온 천하는 묵가와 유가로 양분하게 되었던 것이다.

그런 의미에서 묵자는 맹자에게 있어 제1의 주적이었다.

그뿐인가.

맹자가 싸울 적은 묵자뿐만이 아니었다. 제2의 적도 있었는데, 그것은 바로 양주, 즉 양자였다. 묵자의 사상뿐 아니라 양주의 학설도 온 천하에 가득 차서 '천하의 언론은 양주에게 돌아가지 않으면 묵적에게 돌아가고 있었던 것' 이었다. 맹자는 '요사스러운 양주와 묵적의 사설을 바로잡고 치우친 행동을 막고 방자한 말을 몰아내 돌아가신 성인들의 도를 지키기 위해서' 어쩔 수 없이 이 천적들과 사생결단의 전투를 벌이지 않으면 안 되었던 것이다.

3

제2의 천적 양주.

공교롭게도 묵자가 유가에서 파생되었다면 양주, 즉 양자는 노가에서 파생되었다. 그러므로 묵자가 유가의 모순을 예리하게 파헤치고 극대화시켰다면 양자는 노자의 사상을 더욱 심화시키고 극대화시켰다. 따라서 묵자와 양자는 심각한 양극단의 대립현상을 보이고 있었다.

양자는 우선 '모든 사람을 똑같이 사랑해야 한다'는 묵자의 '겸애론'을 실현 불가능한 공리공론(空理空論)으로 보고 이를 맹렬하게 비판한다. 양자는 실현될 수 없는 '겸애론'은 혹세무민의 미혹에 지나지 않는다고 냉소하고 있었다.

양자는 오히려 '털 하나를 뽑아 천하가 이롭게 된다 하더라도 그렇게 하지 않는다(拔一毛而利 天下不爲)'라고 부르짖음으로써 극단적인 이기주의를 보였다.

이는 묵자의 겸애설과 극단적인 반대사상이었다.

묵자가 '모든 사람을 이롭게 해주고 모든 사람들을 똑같이 사랑해야 한다'는 곧 겸애를 부르짖자 양자는 '남을 위해서는 터럭 하나도 뽑을 수는 없다'고 부르짖음으로써 극단적인 개인주의를 천명하였다.

묵자는 극단적인 이타주의자였으나 양자는 극단적인 이기주의자였던 것이다. 묵자가 또한 집단주의자였다면 양자는 개인주의자였고, 묵자가 엄격한 율법주의자였다면 양자는 쾌락주의자이기도 하였다.

양자에 대한 기록은 그 어디에도 또렷이 남아 있지 않다. 여기저기 드문드문 남아 있는 기록들을 종합해보면 양자는 묵자와 거의 동시대에 태어나 동시대에 죽었던 것처럼 보인다.

묵자가 기원전 479년 무렵 태어나 기원전 381년경에 죽은 것으로 추정되고, 양자 역시 440년에 태어나 360년경에 죽은 것으로 추정되어 정확지는 않지만 두 사람은 거의 동시대인이라 할 수 있다.

그는 위(衛)나라 사람으로 양생(揚生), 혹은 양자거(揚子居)라고도 불리었다. 그는 중국의 사상사에서 철저한 개인주의자이자 쾌락주의자라는 비난을 받아왔으나 이는 맹자를 비롯한 후대에서 집중적으로 '반대받는 표적' 이었기 때문이었다.

양주는 오히려 노자가 주창한 자연주의 옹호자로서 도가철학에 있어 가장 중요한 사상가라고 말할 수 있다.

'삶을 대하는 유일한 방식은 인위적으로 방해하거나 바꾸려 하지 말고 삶을 있는 그대로 내버려두는 것이다' 라고 주장함으로써 즐겁게 사는 것이 바로 자연스럽게 사는 것이며, 이는 남이 아닌 자신에게 달려 있다고 말하였다.

지나친 집착과 탐닉은 지나친 자기 억제와 마찬가지로 자연을 거스르는 것이고, 남을 돕든 사랑하든 남의 일에 끼어드는 것은 무의미한 일로 따라서 '터럭 한 올을 뽑아 천하가 이롭게 된다 하더라도 반드시 하지 않아야 한다'는 '위아설(爲我說)'을 제창하였던 것이다.

『여씨춘추』는 양주를 '자기를 귀하게 여기는 사람'이라고 평가하고 있고, 『한비자』는 이렇게 표현하고 있다.

"위험한 성에는 들어가지 않았고, 군대에는 머무르지 않았고, 천하에는 큰 이익을 위해 자기 정강이의 털 한 올과도 바꾸지 않았다. 그는 물(物)을 가볍게 여기고, 삶을 중히 여기는 경물중생(輕物重生)의 선비다."

경물중생.

물질을 가볍게 여기고 생을 중요히 여기는 자연주의자 양주. 이러한 양주의 모습을 『회남자』는 이렇게 묘사하고 있다.

"생명을 온전하게 하여 그 진수를 보존하며 한갓 물질 때문에 누를 끼치지 않게 하는데, 이것이 양자가 수립한 학설이다."

이러한 양자의 태도는 『열자』의 「양주」편에 잘 드러나 있다.

"털 한 올은 피부보다 작고, 피부는 사지 하나보다 작다. 그러나 많은 털을 모으면 피부만큼 중요하고, 많은 피부를 합하면 사지만큼 중요하다. 털 한 올도 본래 몸의 만 분의 일의 하나인데, 이를 어찌 가볍게 여길 것인가."

그리고 양주는 다음과 같이 언급한다.

"옛사람은 털 한 올을 뽑아 천하를 이롭게 할 수 있다 해도 결코 하지 않았고, 온 천하를 맡긴다 해도 받지 않았다. 모든 사람들이 털 한 올을 뽑지 않고, 또 사람마다 천하를 이롭게 하려 하지 않는다면 반드시 천하는 안정될 것이다."

양자 철학의 핵심인 '털 하나를 뽑아 천하가 이롭게 된다고 하더라도 그렇게 하지 않는다'는 사상은 결국 노자의 무위(無爲)사상을 첨예화시킨 것이었다.

'아무것도 하지 않는 무위야말로 실로 못하는 일 없이 다 하고 있음(無爲無不爲)'의 노자적 무위사상에 양자는 비록 터럭 한 올이라도 뽑지 않고 철저하게 무위함을 더 첨가하였던 것이다.

일찍이 노자는 말하였다.

"일부러 문에서 나가지 않더라도 천하의 일을 알 수 있으며, 창으로 엿보지 않아도 천도(天道)를 짐작할 수 있다. 도리어 멀리 나가면 나갈수록 아는 것은 더욱 적어지기 마련이다. 그러기에 성인은 가지 않고 알며 보지 않고도 차별을 이해하며 하지 않고도 이룬다."

노자의 계승자였던 양주의 눈으로 보면 '만인을 평등하게 이롭게 하고 만인을 평등하게 사랑하여야 한다'는 묵자의 겸애는 일부러 문밖에 나가고 창을 통해 세상을 엿보려는 어리석은 행동일 뿐 아니라 유위(有爲)의 극치였다.

부처도 노자가 말하였던 무위와 비슷한 설법을 『대보적경(大寶積經)』에서 말한 적이 있다.

'마음이란 무엇입니까' 하고 묻는 제자 가섭(迦葉)에게 설법한 그 유명한 내용은 '애욕에 물들고 분노에 떨고 어리석음으로 아득하게 되는 것은 어떠한 마음인가. 과거인가, 미래인가, 현재인가. 과거의 마음이라면 그것은 이미 사라져버린 것이다. 미래의 마음이라면 아직 오지 않은 것이고, 현재의 마음이라면 머무는 일도 없다'라는 금강석과 같은 진리의 서두로 시작된다.

그리고 나서 부처는 무위에 대해 말을 잇는다.

"이와 같이 남김없이 관찰해봐도 마음의 정체는 알 수 없다. 즉 찾을 수 없는 것이다. 얻을 수 없는 그것은 과거에도 없고, 미래에도 없고, 현재에도 없다. 과거나 미래나 현재에 없는 것은 삼제를 초월해 있다. 삼제를 초월한 것은 유도 아니고, 무도 아니다. 유도 아니고 무도 아닌 것은 생기는 일이 없다. 생기는 일이 없는 것에는 자성(自性)이 없다. 자성이 없는 것에는 일어나는 일이 없다. 일어나는 일이 없는 것은 사라지는 일이 없다. 사라지는 일이 없는 것에는 지나가버리는 일이 없다. 지나가버리지 않는다면 거기에는 가는 일도 없고 오는 일도 없다. 죽는 일도 없고 태어나는 일도 없다. 가고 오고 죽고 나는 일이 없는 곳에는 어떠한 인과(因果)의 생성도 없다. 인과의 생성이 없는 것에는 변화와 작위(作爲)가 없는 무위(無爲)다. 그것은 성인들이 지니고 있는 타고난 본성이다."

함축적인 결론을 내린다면 부처는 무위보다는 무아(無我)를 더 강조하였고, 노자는 무위를 더 강조하였다. 따라서 부처는 천연(天然)의 청정한 마음을 무아의 궁극으로 보았고, 노자는 자연 그 자체를 무위의 골수로 보았던 것이다.

그러나 어쨌든 '무위야말로 모든 성인들이 지니고 있는 타고난 본성'이라는 부처의 말은 노자에게 정확히 해당되는 공통분모였다.

이처럼 불교와 도교의 유사점은 결국 중국 민족이 도교를 통해 불교를 이해하는 '격의불교(格義佛敎)'라는 독특한 사상을 낳았으며, 중국 민족의 체질에 가장 맞는 화려한 선종(禪宗)을 꽃피우게 하였다. 양자의 첨예화된 극단주의는 노자의 무위사상이 꽃피운 도교에 있어서의 뛰어난 선풍(禪風)이라 말할 수 있는 것이다.

그런 의미에서 맹자가 공자의 적자였다면 양자 역시 노자의 적자였다. 양자 역시 백가쟁명시대에 있어 노자의 '무위사상'을 통해 난세를 구원하려던 치열한 선각자였던 것이다.

『열자(列子)』의 「설부(說符)」편에는 이러한 양자의 사상가로서의 고뇌가 적나라하게 드러나고 있다.

어느 날 양자가 사는 이웃집의 양 한 마리가 달아났다. 그래서 그 이웃 사람은 자기 집 사람들을 다 동원하여 양을 찾으러 나서도록 한 후 양주에게도 찾아와 사람을 보내달라고 도움을 청하였다. 그러자 양자는 이렇게 물었다.

"허허, 양 한 마리를 찾는데 그렇게 많은 사람들이 필요하단 말이오. 도대체 그 이유가 무엇입니까."

이웃 사람이 대답하였다.

"양이 갈림길이 많은 길 쪽으로 달아났기 때문입니다."

이 말을 들은 양자는 갑자기 근심스러운 표정을 짓더니 하루 종일 말도 하지 않고 웃지도 않았다. 이때 제자 맹손양(孟孫陽)이 여쭈었다.

"선생님, 양 한 마리는 그렇게 중요한 물건이 아닙니다. 또 선생님 소유의 양을 잃어버린 것도 아닌데 어찌 말도 않으시고 웃지도 않으십니까."

하지만 양자는 여전히 가만히 있을 뿐 아무런 대답도 하지 않았다. 하는 수 없이 맹손양은 자신의 선배인 심도자(心都子)를 찾아가 앞서 있었던 일을 말하자 역시 궁금해진 심도자는 맹손양과 함께 다시 양자를 찾아와 자문을 구하였다.

"선생님, 옛날에 삼형제가 제나라와 노나라에 유학 가서 같은 스승을 모시고 유가의 도를 배우고 돌아왔습니다. 아들들이 돌아오자 그 아버지는 '너희들이 배운 것이 무엇이냐' 하고 물었습니다. 그때 삼형제는 '인의에 대해서 배웠습니다' 라고 대답하였습니다. 이 말을 들은 아버지가 다시 물었습니다. '그러면 도대체 무엇이 인의인가.' 아버지의 질문에 큰아들은 '자기 몸을 아끼고 명예를 뒤로 돌리는 것' 이라고 대답했고, 둘째아들은 '자기 몸을 죽여서 명예를 이루는 것' 이라고 했으며, 셋째아들은 '자기의 몸과 명예를 다 보전하는 것' 이라고 대답하였습니다. 이처럼 세 사람의 대답은 각각 다르지만 모두 한 유가에서 나온 것입니다. 그렇다면 누가 옳고, 누가 그른 것입니까."

제자 심도자의 질문을 받은 양자가 대답하였다.

"옛날 바닷가에 사는 어떤 어부가 자맥질을 잘해서 많은 이익을 얻었다. 즉 바다 속으로 들어가 자맥질을 하여서 온갖 고기와 보물을 얻어 큰 부자가 되었던 것이다. 그러자 그에게 자맥질을 배우려는 사람들이 구름처럼 모여들어 떼를 이루었다. 하지만 그 사람 중 태반이 자맥질을 배우다가 물에 빠져 죽었다. 그러면 내가 묻겠다."

양자는 심도자에게 물었다.

"그 사람들은 도대체 무엇을 배우기 위해서 그 어부를 찾아간 것이냐. 물에 빠져 죽는 것을 배우기 위함이었더냐. 아니면 자맥질을 하는 법을 배워 바다 속에 들어 있는 온갖 보물을 꺼내기 위함이었더냐."

스승의 질문에 심도자가 대답하였다.

"그야 물론 자맥질을 배워 바다 속에 들어 있는 온갖 보물을 꺼내기 위함이었겠지요."

심도자의 말을 들은 양자는 다시 말하였다.

"그렇다. 본래 자맥질을 배우기 위해서 사람들이 모여든 것이지, 물에 빠져 죽는 법을 배우기 위해서가 아니었는데도 그 결과의 차이는 이처럼 심하다. 그러니 그대가 물었던 유가를 배운 앞의 세 형제 중에 누가 옳고 그른지 어떻게 판단할 수 있겠는가."

그 말을 듣고 심도자는 조용히 물러나왔다.

그러자 함께 따라갔던 맹손양은 몹시 궁금해서 심도자에게 물었다.

"저는 도대체 무슨 말인지 하나도 모르겠습니다. 또 선생님께서 자신의 것도 아닌 하찮은 양 때문에 하루 종일 말도 안 하시고 그처럼 근심스러운 표정이 되셨는지 아직도 그 이유를 모르겠습니다."

그러자 심도자가 한심한 얼굴로 후배를 쳐다보며 말하였다.

"아직도 선생님의 속마음을 모르겠단 말인가."
"여전히 모르겠습니다."
그러자 심도자가 대답하였다.
"선생님은 이렇게 생각하기 때문이라네. 곧 '큰길에는 갈림길이 많기 때문에 양을 잃어버린 것처럼 학문하는 사람들은 다방면으로 배우기 때문에 본성을 잃는다. 또 학문은 원래 근본은 하나인데, 그 말단(末端)에 와서 이처럼 달라지고 만 것이다. 따라서 그 근본으로 돌아간다면 얻는 것도 잃는 것도 없다'고 생각하셨기 때문에 근심스러운 표정을 지은 것이라네. 자네는 선생님의 문하에서 자라나 선생님의 도를 익히 접하였으면서도 어째서 아직까지 그 비유의 뜻을 깨닫지 못했는가."

그제서야 맹손양은 양자의 속마음을 깨닫고 부끄러워하며 고개를 끄덕였다고 하는데, 어쨌든 이 고사에서 '다기망양(多岐亡羊)'이란 성어가 태어난 것.

'다기망양'은 문자 그대로 '여러 갈래 길에 이르러 양을 잃었다'는 뜻으로 달아난 양을 찾으려는데 길이 여러 갈래로 갈라져 있는 바람에 양을 놓치고 만다는 의미인 것이다.

원래 학문의 길은 하나인데, 너무 지엽적으로 갈라지고, 분파를 이뤄 그 본래의 진리가 다방면에 걸쳐 나누어져 오히려 그 말단적인 것에 구애될 수밖에 없어 학문의 목표인 진리를 잃어버리는 결과를 초래할 수밖에 없다는 양자의 사상적 양심을 엿볼 수 있는 명

장면이다.

양자는 백가쟁명의 전국시대를 '여러 갈래의 길로 나누어진 다기(多岐)의 난세'로 보았으며, 진리를 '잃어버린 양'으로 비유하고 있다.

흥미로운 것은 예수 역시 자신을 '아흔아홉 마리의 양보다도 한 마리의 길 잃은 양을 찾으러 왔다'고 선언하고 제자를 부를 때 '나를 따라 오너라. 내가 너희를 사람 낚는 어부로 만들어주겠다'라고 비유함으로써 양자의 고사에 나오는 '잃어버린 양'과 '자맥질하는 어부'의 비유와 신기하게도 일치하고 있다는 점이다.

어쨌든 이러한 고사를 통해 알 수 있는 것은 양자가 극단적인 개인주의자 혹은 쾌락주의자라는 후대의 평가는 결코 옳은 것이 아니며, 여러 갈래의 길로 사라진 잃어버린 양, 즉 학문의 진리를 찾으려고 치열하게 노력하였던 백가쟁명의 난세 속에 타오르던 또 하나의 횃불이라는 점일 것이다.

이처럼 묵자와 양자는 양극의 극단주의적 사상가였다. 같은 상황이라도 엄격한 율법주의로 재단하는 묵자와 자연주의로 낙관적으로 보는 양자와의 가치관은 그야말로 극과 극이었다.

같은 상황을 어떤 시각에서 바라보고 어떻게 가르침을 펴고 있는가는 다음과 같은 고사를 통해 명백히 드러나고 있다.

양자에게는 양포(楊布)라는 동생이 있었다.
어느 날 양포는 아침에 집을 나설 때 흰옷을 입고 외출하였는데 집에 돌아올 때는 비가 내려 흰옷이 더럽혀질까 검정 옷으로 갈아입고 돌아왔다. 그러자 집에서 기르고 있던 개가 양포를 낯선 사람으로 알고 마구 짖어대기 시작하였다.

양포가 화가 나서 지니고 있던 지팡이로 개를 때리려 하자 형 양자가 그것을 보고 동생 양포에게 이렇게 타일렀다.

"개를 탓하지 마라, 너도 마찬가지가 아니겠느냐. 만일 네 개가 조금 전에 희게 하고 있다가 까맣게 해가지고 돌아오면 너 역시 이상하게 생각지 않겠느냐."

『한비자』에 나오는 이 이야기는 모든 것을 있는 그대로 보려는 양자의 낙관주의적 무위주의를 엿보게 하는 장면이다. 즉 겉모양이 달라졌다고 해서 속까지 달라진 것으로 아는 것은 다만 형상에만 집착하는 어리석음으로 이처럼 겉모양은 쉼 없이 변화하지만 그 본질은 변하지 않는다는 심오한 뜻을 내포하고 있는 것이다.

여기에서 나갈 때는 희었는데, 돌아올 때는 검다는 뜻의 '백왕흑귀(白往黑歸)'란 성어가 태어나고 동의어로 '겉이 달라졌다고 해서 속까지 달라진 것으로 알고 있는 사람'을 가리키는 '양포지구(楊布之狗)'란 성어가 태어났던 것이다.

그러나 비슷한 상황이라도 묵자에게 가면 그 뜻은 정반대로 달라진다.

어느 날 묵자는 실에 물들이는 사람을 유심히 보고 있었다.

그 자신이 목공(木工) 출신이어서 '나무로 솔개를 만들어 날릴 수 있을 만큼의 손재주'가 있었고, '잠깐 사이에 세 치의 나무를 깎아 수레바퀴 빗장을 만들 만큼의 솜씨'가 있었다고 기록하고 있을 정도였던 묵자.

이처럼 스스로의 손재주와 솜씨로써 자급자족하던 묵자였으므로 자연 저잣거리에서 물감으로 실을 염색하는 기술자의 모습을 유심히 관찰하였던 것은 당연한 일이었을 것이다.

염색하는 모습을 바라본 후 묵자는 탄식하며 슬퍼하였다.

스승의 그런 모습을 곁에서 지켜보던 제자 하나가 '어찌하여 실에 물들이는 모습을 보면서 그처럼 슬퍼하십니까' 하고 물으니, 묵자는 이렇게 대답하였다.

"내가 탄식한 것은 처음에는 아무런 색도 없는 실이 파란 물감에 물들이면 파란색이 되고, 노란 물감에 물들이면 노란색이 된다는 사실 때문이다. 이렇게 물감에 따라 실의 색깔도 변하여 매번 다른 색깔을 만드니, 물들이는 일이란 참으로 조심해야 할 일이다. 마찬가지로 사람이나 나라도 이와 같아 물들이는 방법에 따라 흥하기도 하고, 망하기도 하는 것이기 때문인 것이다."

그리고 나서 묵자는 물들이는 일이 실에만 국한된 일이 아님을 알고 사람이나 나라도 물들임에 따라 흥하기도 하고 망하기도 한다고 역설하면서 그 예를 들고 있었다.

"옛날 순임금은 그 당시에 현인이었던 허유(許由)와 백양(伯陽)의 착함에 물들어 천하를 태평하게 다스렸고, 우임금은 그 당시에 현인이었던 고요(皐燿)와 백익(伯益)의 가르침을, 은나라의 탕왕은 이윤(伊尹)과 중훼(仲虺)의 가르침에, 그리고 주나라의 무왕은 태공망(太公望)과 주공단(周公旦)의 가르침에 물들어 천하의 제왕이 되었으며, 그 공명이 천하를 뒤덮었다. 그러므로 후세 사람들은 천하에서 인의를 행한 임금을 뽑으라면 반드시 이상의 네 제왕을 들어 말한다."

그러고 나서 묵자는 사악한 행동에 물든 폭군의 예를 열거한다.

"한편 하의 걸왕(桀王)은 간신 추치의 사악함에 물들어 폭군이 되었고, 은나라의 주왕(紂王)은 숭후(崇候), 오래(惡來)의 사악함에, 주나라 여왕(勵王)은 괵공 장보(長父)와 영이종(榮夷終)의 사악함에, 유왕(幽王)은 부공이(傅公夷)와 채공곡(蔡公穀)의 사악함에 물들어 음탕하고 잔악무도한 짓을 하다가 결국 나라를 잃고 자기 목숨마저 끊는 치욕을 당하였던 것이다. 그리하여 천하에 불의를 행하여 가장 악명 높은 임금을 뽑으라면 반드시 이들을 들어 말하는 것이다."

묵자의 이 내용은 「소염(所染)」편에 나오는 것으로 이 장면에서 '묵자비염(墨子悲染)'이란 고사성어가 태어난 것.

'묵자가 물들이는 것을 슬퍼한다는 말'이라는 뜻으로 사람은 습관에 따라 그 성품이 결정되고, 평소에 사소한 것이라고 생각되는 작은 일까지도 그것이 계속되면 습관화되어 생각과 태도가 길들여지는 것이니, 나쁜 습관이 들지 않도록 경계하라는 것이 묵자의 가르침이었던 것이다.

묵자의 이러한 '비염'에 관한 가르침이 부처에게는 '무염(無染)'

의 설법으로 나타나고 있다.

　부처가 설법한 '무염'은 즉 '물들지 말라'라는 가르침으로 『법구경』 「쌍서품(雙敍品)」에는 무염에 관한 그 유명한 부처의 가르침이 나오고 있다.

　　어느 때 부처는 '기사굴' 산에서 정사(精舍)로 돌아오시다가 길에 떨어진 묵은 종이를 보시고는 비구를 시켜 그것을 줍게 하셨다. 그러고 나서 비구에게 '그것은 어떤 종이냐' 하고 물으셨다.
　　종이의 냄새를 맡아본 비구는 대답하였다.
　　"이것은 향을 쌌던 종이입니다. 향기가 아직 남아 있는 것으로 보아 잘 알 수가 있습니다."
　　부처는 다시 가시다가 이번에는 길에 떨어져 있는 새끼를 보고 줍게 하여 그것은 어떤 새끼냐고 물으셨다. 제자는 다시 대답하였다.
　　"이것은 생선을 꿰었던 새끼입니다."
　　부처가 다시 물었다.
　　"그것을 너는 어떻게 알 수 있었느냐."
　　그러자 제자는 대답하였다.
　　"냄새를 맡아보니 비린내가 아직 남아 있는 것으로 보아 잘 알 수 있습니다."
　　이에 부처는 이렇게 말씀하셨다.
　　"사람은 원래 깨끗하지만 모든 인연에 따라 죄와 복을 부른다.

어진 이를 가까이하면 곧 도덕과 의리가 높아지고, 어리석은 이를 친구로 하면 곧 재앙과 죄에 이르게 된다. 저 종이는 향을 가까이해서 향기가 나고 저 새끼는 생선을 꿰어 비린내가 나는 것과 같다. 사람은 조금씩 물들어 그것을 익히지만 스스로 그렇게 되는 줄을 모를 뿐이니라."

그러고 나서 부처는 이렇게 노래한다.

모든 것은 마음을 다스리고
마음에서 나와 마음으로 이루어진다
나쁜 마음을 가지고 말하거나
행하면 괴로움이 따르리니
마치 소와 말 거름에 수레바퀴가 따르는 것처럼
어리석은 사람이 사람을 물들이는 것은
마치 상한 고기를 가까이하는 것과 같아서
미혹에 빠지고 허물을 되풀이해서
어느새 더러운 사람이 되게 한다
말과 행동은 숨길 수가 없나니
수레바퀴 자취는 수레를 따르고
말과 행동은 마음을 따른다.

이렇듯 『법구경』에 나오는 부처의 그 유명한 설법, '향을 쌌던 종이에서는 향기가 나고, 생선을 꿰었던 새끼에서는 비린내가 나는 법'이니 그렇게 물들지 말라는 부처의 무염에 관한 가르침은 묵자의 비염(悲染)의 가르침과 신기하게도 일치하고 있다.

그러나 이런 '무염'이나 '비염'에 대한 경계는 양자에 있어서는 일말의 가치도 없는 하나의 궤변에 지나지 않음인 것이다.

즉 푸른 물감에 들어간 실이 파란색이 된다고 해서 실 자체는 변화하지 않고, 실의 본질은 여전히 실일 뿐이다. 또한 향을 쌌던 종이에서 향기가 난다고 해서 그 종이 자체는 바뀌지 않고 여전히 종이이며, 생선을 꿴 새끼에서 비린내가 난다고 해도 그것은 다만 냄새일 뿐이니 새끼의 본질은 변화시키지 않는다고 주장하고 있었던 것이다.

이러한 양자의 사상은 검은 옷을 입었든 흰옷을 입었든 그것은 다만 형상의 변화일 뿐이지 사람의 변화는 아니라는 '양포지구(楊布之狗)'의 고사성어를 통해 명백히 드러내고 있음이다.

그러나 맹자에게 있어서 이 묵자와 양자의 사상은 똑같이 쳐부수어야 할 공적(公敵)이었다. 제1의 적 묵자와 제2의 적 양자는 어느 쪽이 더 주적인가를 따질 필요가 없는 똑같은 공공의 적이었던 것이다.

이러한 맹자의 태도는 양자의 사상과 묵자의 사상을 통칭하여 '양묵지도(楊墨之道)'라고 부르는 것을 보면 정확히 알 수 있다.

그리하여 드디어 맹자는 양자와 묵자를 향해 선전포고를 선언한다. 선전포고의 시작은 이렇다.

"양자는 자기만을 위하니 이는 임금을 무시하는 것이고, 묵자는 사람을 똑같이 하니 이는 아버지를 무시하는 것이다. 아버지를 무시하고 임금을 무시하는 것은 바로 금수들이 하는 짓이다."

그리고 나서 맹자는 공명의(公明儀)의 말을 인용한다.

공명의는 노나라 사람으로 증자(曾子)의 문인이라고도 하고 자장(子長)의 학인이라고도 하는데, 어쨌든 유가에서 태어난 현인 중의 한 사람이다.

일찍이 공명의는 다음과 같이 말하였다.
'임금의 푸줏간에 살찐 고기가 있고, 마구간에 살찐 말이 있는데도 백성들에게 굶주린 기색이 있으며, 들에 굶어죽은 시체가 있으면 이는 짐승을 몰아 사람을 잡아먹게 하는 짓이다.'
마찬가지로 양주와 묵자의 도가 없어지지 않으면 공자의 도는 드러나지 않는 것이니, 이는 사악한 이론이요, 백성을 속이는 것이며, 인의를 꽉 막아버리는 것이다. 인의가 꽉 막힌다면 짐승을 거느리고 사람들을 잡아먹게 될 것이며, 사람들도 서로 잡아먹게 될 것이다. (…) 사악한 이론이 마음에 작용하게 되면 그는 일에 해를 끼치게 될 것이고, 그것이 일에 작용하게 되면 그 정치에도 해를 끼치게 될 것이다. 성인이 다시 나오신다고 해도 내 이 말은 절대 고쳐지지 않을 것이다.

묵자와 양자에 대한 맹자의 공격의 키포인트는 두 사상 모두 임금도 없고, 아비도 없는 금수, 즉 짐승의 논리라는 것이었다.

특히 맹자는 묵자가 주장한 박장(薄葬)을 집중 공격하였다.

묵자는 자신이 유가에서 나왔음에도 불구하고 특히 유가의 사치스럽고 과도한 장례를 비난하였다.

묵자는 절검(節儉)이야말로 나라를 다스리는 최선의 방법이라고 주장하고 '누구든 부지런히 일하고 서로 돕는 한편 물자를 절약하고 검소하게 지낼 것을 강조' 하기 위해 묵자의 책 속에 '절검'이란 항목을 따로 만들어 이를 묵가의 중요한 교리로 가르치고 있었던 것이다.

「공맹」편에 보면 묵자가 정자(程子)라는 사람에게 '천하를 망치게 하는 유가의 도, 네 가지가 있다' 고 하면서 그 네 가지를 '하늘과 귀신을 믿지 않는 것, 악무(樂舞)를 즐기는 것, 운명이 있다고 믿는 것과 함께 지나치게 사치스럽고 번잡한 장례의 폐해' 를 열거하면서 특히 장례의 폐해에 대해서는 다음과 같이 부연 설명하고 있지 않았던가.

"또 후하게 장사를 지내고 오랫동안 복상하여 관을 무겁게 하고 많은 수의를 마련하여 장사 지내는 것을 이사 가듯 한다. 3년 동안 곡하고 울어서 부축해준 다음에야 일어설 수 있고, 지팡이를 짚은 뒤에야 다닐 수 있으며, 귀로 들은 것도 없고, 눈으로 보는 것도 없게 된다. 이것은 실로 천하를 망치기에 충분한 것이다."

맹자는 묵자의 이러한 장례에 대한 공격을 오히려 역이용하고 있었다.

이러한 맹자의 모습은 「등문공」 상편에 나오는 이지(夷之)와의 대화에서 그대로 드러난다.

이지는 묵자를 좇는 묵가였는데, 맹자의 제자인 서벽을 통해서 맹자 뵙기를 요청하여 왔다. 이때 맹자가 말하였다.

"나는 정말 만나고 싶으나 지금 나는 병중이오. 병이 나으면 내가 가서 만날 것이니 이지가 오지 않도록 하는 것이 좋겠소."

훗날 맹자가 병이 났을 때 이지가 또다시 맹자에게 뵙기를 청해 오자 맹자가 말하였다.

"나는 이제 만날 수 있소. 그를 바로잡아주지 않는다면 올바른 도가 드러나지 않을 것이니, 내가 그를 바로잡아주어야겠소. 내가 듣건대 이지는 묵가라 하였소. 묵가들은 상사(喪事)를 치름에 있어서는 박하게 하는 것을 정도로 삼고 있다는 말을 들었소. 그러니 이지도 그것으로 천하의 풍속을 바꾸어놓으려 할 것이니, 어찌 그 도가 옳지 않다고 해서 그 뜻마저 귀하지 않는다고 생각하겠소. 그런데 이지는 그의 어버이를 후하게 장사 지냈으니, 곧 그것은 자기가 천히 여기는 방법으로 그의 어버이를 섬긴 셈이오."

이지는 묵가였으나 특이하게도 묵자의 가르침과는 달리 그의 어버이가 죽었을 때는 장사를 후하게 지낸 것으로 보인다.

바로 이 점 때문에 맹자는 흡족한 마음으로 이지와의 만남을 흔쾌히 허락했을지도 모른다. 그러나 서벽으로부터 맹자의 말을 전해 들은 이지는 이렇게 반문하였다.

"유자들의 도는 사람들을 대함에 있어 옛날 사람들이 갓난아이를 돌봐주듯 해야 한다는 것인데, 이 말은 무슨 뜻이겠습니까. 나는 사랑에는 차등이 없어야 하고 사랑을 베푸는 일은 어버이로부터 시작해야 한다는 뜻이라고 생각합니다."

이지의 말은 『서경』에 나오는 '약보적자(若保赤子)'를 가리키고 있다. 적자는 갓난아이를 뜻하는 말로 예부터 나라의 임금은 백성을 갓난아이처럼 사랑하고 돌본다고 하여서 적자라고 불렀는데, 이지는 유가에서도 백성들을 갓난아이처럼 돌보고 사랑해야 한다는 가르침을 펴고 있다면 이는 묵가에서 말하는 '백성들을 두루 사랑하고 백성들을 두루 이롭게 한다'는 '겸애'와 다름이 없지 않겠냐는 질문이었다. 오히려 묵가에서 말하는 '사랑에는 차등이 없어야 한다'는 겸애가 유가보다 더 발전된 사상이 아니겠느냐는 것이 이지의 주장이었다.

또한 이지는 맹자를 은근히 비난하고 있었다.

그것은 사랑에는 본래 차등이 없으나 그 사랑을 실천하는 순서가 어버이로부터 시작되는 것일 뿐 맹자가 주장한 사랑의 단계적 실천론은 본래의 유가 학설에 위배되는 것이 아니겠느냐는 것이 이지의 질문이었다.

이 말을 서벽으로부터 전해 들은 맹자는 다시 말하였다.

"이지는 정말로 사람들이 형의 아들을 사랑하는 것과 이웃 사람의 아기를 사랑하는 것을 똑같이 할 수 있다고 생각하는가. 저 『서경』의 말은 특별한 의미가 있는 것이니 곧 갓난아기가 기어가서 우물에 들어가려 하는 것을 보고 한 말이며, 그것은 갓난아이의 죄가 아니라는 것이다. 또 하늘이 만물생성을 한 가지 근본으로 이루어진 것인데, 이지는 두 가지 근본에서 이루어진 것처럼 행동하는 것이다."

맹자의 대답은 자기 조카와 이웃의 아이를 똑같이 사랑할 수 없는 비현실성을 근거로 겸애설의 모순을 비판하였던 것이다.

즉 『서경』에 나오는 '약보적자'란 말은 어린아이가 우물에 기어 들어가는 것은 어린아이의 죄가 아니라 어린아이가 우물에 들어갈 수 있는 환경을 만든 어른들의 잘못이듯이 백성들이 죄를 짓는 것은 백성들의 죄가 아니라 죄를 짓는 환경을 만드는 정치가의 잘못이라는 뜻으로 쓰인 말로 유가의 말을 인용한 이지의 말은 잘못된 것임을 지적한 내용이었다.

또한 하늘의 만물생성은 각각 하나의 모체에서 분리 생성되어 그 모체를 근본으로 삼아 삶을 연장해나감으로써 전체적인 조화를 이루는 것이 이치다.

그런데 묵자의 논리는 남의 부모와 자기의 부모를 똑같이 사랑해야 하는 것이므로 이는 구체적인 삶에 있어서 남과 구별되는 자기의 고유 역할을 포기하는 것이므로 전체적인 조화를 이룰 수 없는 행위라고 주장하였던 것이다.

즉 이지는 '사랑에는 차등이 없다'는 묵가의 원칙을 지키고 있으면서도 또 다른 한편으로는 '사랑의 베풂은 어버이로부터 시작한다'고 하여 어버이의 장례를 후하게 치렀으므로 맹자의 눈으로 보면 이지는 묵가였으면서도 유가의 도를 따른 두 가지 근본의 모순을 행하고 있음을 지적하였던 것이다.

그리고 나서 맹자는 말을 잇는다.

"아주 옛날에 그의 어버이를 장사 지내지 않는 사람이 있었소. 그는 어버이가 죽자 들어다가 도랑에다 버렸소. 훗날 그곳을 지나다 보니 여우와 살쾡이가 시체를 뜯어먹고, 파리와 등에, 땅강아지 등이 시체를 빨아먹고 있었소. 그는 이마에 진땀이 솟아났고, 눈길을 피하며 이를 바로 보지를 못하였소. 진땀이 솟은 것은 다른 사람 때문이 아니라 속마음이 얼굴에까지 전해졌기 때문이오. 곧 그는 돌아가 삼태기와 삽을 가지고 와서 시체를 흙으로 덮었다오. 그것을 덮는 일이 정말로 옳은 일이라면 곧 효자와 어진 사람들이 그들을 장사 지내는 데에도 반드시 방법이 있게 될 것이오."

'어버이를 장사 지내는 유래'에 대해서 이처럼 설명한 맹자는 그러한 설법을 통해 인간은 짐승과 달리 차마 자신의 옳지 못함을 부끄러워하고 진땀이 솟아나는 수오지심의 속마음을 가지고 있음을 드러내 보였던 것이다.

따라서 '어버이를 풍족하게 장사 지내는 것은 인간의 본마음에서 드러난 도리'임을 강조함으로써 묵자의 '박장'을 비난하였다.

묵가였으면서도 어버이를 후하게 장사 지냈던 이지는 맹자의 그러한 말을 서벽으로부터 전해 듣자 한동안 멍하니 앉아 있다가 이렇게 말하였다고 『맹자』는 전하고 있다.

"나를 잘 깨우쳐주셨습니다."

이렇듯 양자와 묵자의 '양묵지도(楊墨之道)'와 일 대 이의 치열한 싸움을 벌이고 있었던 맹자였지만 맹자는 묵자보다 양자를 더 적대시하고 있었다.

맹자의 이러한 태도는 「진심(盡心)」 상편에 나오는 말을 통해 잘 알 수 있다.

"양자는 나만을 위한다는 이론을 취하여 '한 개의 털을 뽑아서 천하를 이롭게 한다' 하더라도 그렇게 하지 않았다. 그러나 묵자는 모두를 아울러 사랑할 것을 주장하여 '머리 꼭대기부터 발꿈치까지 털이 다 닳아 없어진다 하더라도 천하를 이롭게 하는 일'이라면 반드시 하였다. 자막(子莫)은 그 중간 방법을 주장하였는데, 그 중간 방법을 지킨다 하더라도 앞뒤를 잘 헤아리지 않으면 그것은 한편을 고집하는 것과 같다. 한편을 고집하는 것을 미워하는 까닭은 그것이 정도를 해치고 한 가지만을 내걸고 백 가지를 모두 배척하기 때문이다."

양자와 묵자를 동시에 '한 가지만을 내걸고 백 가지를 모두 배척하는(擧一而廢百也)' 극단주의로 비난하는 맹자였지만 맹자는 그래도 양자보다는 묵자에 대해서는 어느 정도 관대하였다. 이러한 맹자의 태도는 '묵자는 머리 꼭대기에서부터 발꿈치까지 털이 다 닳아 없어진다 하더라도 천하를 이롭게 하는 일이면 하였다'고 말함으로써 '사람들을 두루 사랑하고 사람들을 두루 이롭게 하려고' 분골쇄신하였던 묵자의 치열한 구도정신은 인정하고 있었다.

묵자가 비록 극단적이고 비현실적인 사상가였지만 만인을 똑같이 사랑하고 서로 이롭게 하며, 근면하게 더불어 살기 위해서 죽음마저 가볍게 여기는 그의 순교정신만은 맹자도 인정하고 있었던 것이다.

맹자의 이 말에서 '이마를 갈아 발꿈치에 이른다'는 '마정방종(摩頂放踵)'이란 고사성어가 나온 것.

이 말의 뜻은 '자기를 돌보지 아니하고 남을 깊이 사랑하여 희생하는 모습'을 의미하는 것이다.

이러한 묵자의 외곬 정신을 천하제일의 독설가이자 해학가인 장자가 그대로 넘겨버렸을 리는 없다. 그렇지 않아도 묵자가, 장자가 철천지원수로 생각하고 있던 유가에서 나왔으므로 묵자에 대해서 특유의 직격탄을 날리고 있다.

『장자』의 「천하」편에는 묵자에 대한 장자의 독설이 두 가지나 나오고 있다. 그 내용을 압축하면 대략 이렇다.

후세에 사치하지 않게 하고 만물을 꾸며대지 않게 하고, 법도를 밝히지 아니하며 어짊(仁)과 의로움(義)의 제도로 스스로를 격려하며, 재물을 저축하여 세상의 환란에 대비한다. 옛날의 도술을 닦은 사람들 중에도 이러한 경향을 띤 사람들이 있었다. 묵자와 금골희는 그런 가르침을 듣고서 기뻐하였다. 그러나 그것을 행하는 게 너무나 지나쳤고, 자기 위주로 지나치게 행동하였다.

묵자는 음악을 부정하는 이론을 세우고, 또 절용(節用)이란 명분을 내세웠으며, 살아서는 노래도 부르지 않고, 죽어도 상복을 입지 아니하였다. 묵자는 널리 사람들을 아울러 사랑하고 모든 사람을 이롭게 해주어야 하며, 싸워서는 안 된다고 주장하였다. 그의 도는 노여워하지 않고, 또 널리 배우기를 좋아하며, 남과의 구별을 부정하였다. 그러나 이것은 옛 임금들의 법도와 같지 않은 것이다. 그리고 옛날의 예의와 음악을 파괴하는 것이었다.
　황제에게는 함지(咸池)란 음악이 있었고, 요임금에게는 대장(大章)이란 음악이 있었고, 순임금에게는 대소(大韶)란 음악이 있었다. (…) 또 무왕과 주공은 무(武)라는 음악을 만들었다. (…) 지금 묵자는 홀로 살아서도 노래하지 않고, 죽어도 상복을 입지 않겠다고 한다. 그들은 세 치 두께의 오동나무 관에 겉 관도 쓰지 않는 것을 법도로 삼는다. 이런 방식대로 사람들을 가르치고 보면 오히려 사람들은 남을 사랑하지 않게 될 것이며, 이런 방식으로 자신이 행동하다 보면 틀림없이 자기도 사랑하지 않게 될 것이다.

묵자에 대한 장자의 독설은 날카롭다.
　특히 '이런 방식으로 사람들을 가르치고 보면 오히려 사람들은 남을 사랑하지 않게 될 것이며, 이런 방식으로 행동하다 보면 틀림없이 자기 자신도 사랑하지 않게 될 것이다(以此敎人 恐不愛人 以此自行 固不愛己)'라는 구절은 촌철의 진리다.
　장자는 '진심으로 자기를 사랑할 줄 아는 사람만이 비로소 남을 사랑할 수 있다'는 뜻의 '애기애타(愛己愛他)' 정신을 부르짖고 있다.
　애기애타.
　자기 자신을 아끼고 소중히 여기는 자애정신이 있어야만 비로소 남을 사랑하고 이롭게 할 수 있다는 장자의 이 말은 도산(島山) 안

창호가 '이기(利己)가 아닌 애기(愛己)로서 애타보다 우선하라' 고 말함으로써 금언이 되었는데, 장자는 묵자에 대해 꾸짖고 있는 것이다.

묵자의 도를 일부러 파괴하려는 것은 아니다. 그러나 노래를 해야 할 때에 노래를 하지 않고, 곡을 해야 할 때에도 곡하지 않고, 즐겨야 할 때에도 즐기지 않는다면 이것을 과연 인정에 가까운 일이라 할 수 있겠는가. 그들은 살아서는 부지런히 일만 하고, 죽어서는 박대를 받게 되니, 그들의 도란 너무나 각박한 것이며, 사람들로 하여금 근심이나 하게 하고, 사람들로 하여금 슬프게만 만드는 것이다. 그래서 그것은 실행하기도 어려운 것이다. 따라서 그것은 성인의 도라 할 수가 없는 것이다. 천하 사람들의 마음을 배반하는 것이므로 천하 사람들은 감당할 수가 없을 것이다. 묵자가 비록 홀로 그것을 실행할 수 있다 하더라도 천하 사람들은 어찌할 수 있는 것인가. 온 천하로부터 떨어져 있는 것이라면 그것은 왕도(王道)로부터 멀리 떨어져 있는 것이다.

금욕주의(禁慾主義).
일체의 정신적, 육체적 욕구나 욕망을 억제함으로써 종교 또는 도덕적인 이상을 성취하려는 묵자의 엄격한 금욕주의 사상은 그 자신이 '사람들을 두루 사랑하라' 고 부르짖고 있다 하더라도 결국 남을 사랑하지 못하고 사람들을 근심이나 하게 하고, 슬프게만 만들

뿐 아니라 자기 자신도 사랑하지 않는 사각지대에 빠뜨리는 결과를 초래할 뿐이라는 장자의 지적은 광신적 속죄에 빠졌던 스토아주의적 학파들의 모순을 연상시킬 정도이다.

　이런 묵자의 금욕주의적 사상은 전에도 볼 수 없었고, 앞으로도 볼 수 없는 비중국적인 특이한 사상이므로 금욕의 도가 지나쳐 자학으로까지 느껴질 정도였다.

　그러나 천하제일의 독설가도 묵자에 대해서만큼은 마음속으로 존경의 염을 갖고 있었다. 그러한 장자의 태도는 「천하(天下)」편에 나오는 묵자에 대한 결론을 통해 명백히 드러나고 있다.

　　묵자와 금골희의 생각은 옳은지는 모르지만 그들의 행동은 옳지 못하다. 후세의 묵가들도 반드시 스스로를 괴롭힘으로써 넓적다리에는 살이 없고 정강이에는 털이 없도록 만들어주고 있을 따름인 것이다. 이것은 천하를 어지럽히기는 하여도 다스려지게는 할 수 없는 것이다.
　　비록 그렇기는 하지만 묵자는 진실로 천하를 사랑하기는 하였다. 올바른 도를 구하여 얻지 못한다면 비록 몸이 깡마르게 되는 한이 있더라도 그만두지 않을 사람이었으니, 묵자야말로 재사(才士)임엔 틀림이 없을 것이다.

　이렇듯 맹자가 '묵자는 머리 꼭대기에서부터 발꿈치까지 털이 다 닳아 없어진다 하더라도 천하를 이롭게 하는 일이면 하였다'고 묵자를 칭찬하였고, 천하의 독설가였던 장자 역시 '비록 그렇기는 하지만 묵자는 진실로 천하를 사랑하기는 하였다'라고 칭찬하며, 두 사람 다 묵자가 위대하고 공경할 만한 인격을 갖추고 있었다고 평했지만 그의 겸애사상은 내재적이든 초월적이든 간에 가능성이 있는 이론적 근거를 제공하지 못하였고, 또한 겸애를 실천하는 방법조차 제시하지 못한 매우 원시적인 사상이라고 이를 일축하였던 것이다.

그리하여 『맹자』의 「진심」 하편에 나오는 한 구절은 맹자가 뛰어난 유가의 투장일 뿐 아니라 시대를 앞질러 보는 예언적 선지자라는 사실을 일깨워준다.

맹자께서 말씀하셨다.
"묵자의 학문에서 도망하면 반드시 양자의 학문에 귀의하고, 양자의 학문에서 벗어나면 반드시 유학으로 돌아온다. 돌아오거든 곧 받아들일 따름이다."

맹자의 이 말은 묵자의 겸애설은 일견 그럴듯하게 보이기 때문에 관심을 가지다가도 자기를 희생하고 남을 위한다는 것이 본질적인 것이 아니어서 실현가능성이 적은 것임을 깨닫고 절망하게 된다. 그러다가 양자의 자기만을 위하는 이론은 오히려 더 본질적인 것 같아서 양자의 학설에 심취하게 되는데, 그의 학설은 자기만을 위하고 남을 추호도 배려하지 않는 것이므로 그것도 본질적인 것이 아님을 알게 되어 회의하게 된다.

그러므로 가장 본질적인 유학, 즉 '내가 서고자 하면 남도 서게 하고(己立立人)' '나를 완성하고 만물을 완성하는(成己成物)' 유학의 도에 들어오게 된다는 것이다.

그리고 나서 맹자는 다시 이렇게 결론을 맺고 있다.

"지금 양자와 묵자의 무리들과 논쟁을 하고 있는 사람들은 뛰쳐나간 돼지를 좇는 것과 같으니, 이미 그들은 우리에 들어왔는데도 그만두지 않고 또 이어서 발을 묶어놓는구나."

맹자는 시대정신에 역행하는 묵자와 양자의 '양묵지도'는 '뛰쳐나간 돼지'와 같아서 언젠가는 반드시 우리 안으로 들어올 것이라고 예언하고 있다. 그렇게 '돌아오거든 받아들일 뿐', 즉 반갑게 맞아들이고 포용할 뿐이지 이들을 다시 도망가지 못하게 발을 묶어 얽어매는 것은 학문의 자유를 구속하는 폭력이라고 주장하고 있는 것이다.

그렇다면 맹자는 어떻게 해서 뛰쳐나간 돼지로 비유한 양자와 묵자가 언젠가는 반드시 유가의 울타리 안으로 되돌아올 것인가를 자신하고 있었던 것인가.

그것은 유학이 이타적인 묵자의 겸애사상이나 이기적인 양자의 사상과는 달리 자기를 위하면서도 남을 위하는 중용을 내세우고 있음에 대한 자신감 때문이었을 것이다.

유가에서 말하는 사랑은 차별성을 유지하며, 또한 보편성을 이뤄낸 것이다. 이것은 인간 본성에 근거하여 인성을 따르며 인도에 부합하여 만천하에 구체적으로 실현될 수 있는 것이다.

인륜관계는 반드시 친소(親疎)와 원근이 있는 것처럼 사랑을 펴는 데도 또한 선후의 순서가 있어야 한다는 것이 유가의 논리였다.
유가에도 묵자의 겸애론과 같은 사랑론이 나온다.
『예기』에 나오는 내용이다.

자식이 부모만을 친애할 수 없고, 자기 자식만을 사랑할 수는 없다(不獨親其親不獨子其子).

맹자는 전국시대를 휩쓸고 있던 묵자의 극단적인 겸애론의 대유행에 대해 대항하기 위해서 이러한 유가의 사랑론을 더욱 발전시킨다.

노인을 노인으로 섬기고, 어린이는 어린이로 사랑하며, 친척을 친히 하고, 백성을 어질게 하며, 만물을 사랑한다(老老 幼幼 親親 仁民 愛物).

맹자는 이러한 말들을 통해 천리의 자연스러움과 인간의 본성을 바탕으로 하는 영원히 변치 않는 사랑의 진리를 드러낸다. 또 이와 같을 때만이 천하에 사랑을 펼 수 있고 진정한 인류애를 실행할 수 있다고 주장하였던 것이다.
진정한 인류애를 실현할 수 있는 유가의 사랑.
그것이 바로 맹자사상의 결정체인 '성선지설(性善之說)'이었다.
성선지설은 이렇듯 약 20여 년에 걸친 주유열국에서 수많은 제자백가 사상가들과 생사가 걸린 사투를 벌임으로써 실전을 통해 체계화된 맹자사상의 금강지였으니, 성선지설이야말로 맹자가 남긴 진신사리인 것이다.

무조건 사랑하라는 묵자의 겸애론에 대항하기 위해서 맹자는 다시 말하였다.

사람에게는 배우지 않고도 능한 것이 있는데 이것이 양능이요, 생각하지 않고도 아는 것이 있는데 이것이 양지다(人之所不學而能者 其良能也 所不慮而知者 其良知也).

어려서 손을 잡고 가는 아이는 그 어버이를 사랑할 줄 모르는 법이 없으며, 자라서는 그 형을 공경할 줄 모르는 사람이 없다. 이처럼 어버이와 하나되는 것은 인(仁)이요, 자기보다 나이 많은 사람을 공경하는 것은 의(義)이니, 다름이 아니라 천하에 두루 통하는 것이다.

이처럼 육친을 사랑하고 어른을 공경하며, 이웃을 측은하게 여기는 양지와 양능은 사람이 태어날 때부터 가지고 있어 굳이 생각하지 않아도 알 수 있고, 배우지 않아도 할 수 있는 선천적인 것으로 사람은 본래 태어날 때부터 선한 것이라는 성선지설을 주장하였던 것이다.

맹자는 또 말하였다.

인의와 충절을 행하고 선을 즐거워하며, 게을리 하지 않는 것이 천작(天爵)이다.

천작.
하늘이 준 자리란 뜻으로 남에게 존경을 받을 만한 탁월한 덕행이나 미덕을 이르는 말로 맹자는 이처럼 인의와 충절을 행하고 선을 즐거워하는 마음은 하늘이 준 벼슬이자 사람이 본래부터 갖고 있는 양귀(良貴)라고 말한다.

이 모든 것은 인간이면 누구나 지닌 '본연의 마음(本然之心)'이며, 사람의 생명 속에 내재된 선천적인 '선의 뿌리(善根)'라는 것이다.

이것은 묵자의 경우처럼 공허한 겸애가 아닌 실제 인간의 마음속에 깃들어 있는 사랑이다. 그러므로 어린아이가 우물에 빠지는 것을 보면 누구나 자연스럽게 그 어린아이를 구하려는 마음이 일어나는 것이다.

이 마음이 바로 측은지심.

맹자는 인간이 지닌 사단지심 가운데 '측은지심'을 그 첫 번째로 손꼽음으로써 자신이 주장한 성선지설의 핵심이 바로 인(仁)의 단서인 남을 불쌍히 여기는 측은지심임을 명백히 드러내고 있는 것이다.

맹자가 주장한 '본연의 마음(本然之心)' 속에 들어 있는 '배우지 않고도 아는 양능(良能)'과 '생각하지 않아도 아는 양지(良知)'와 '인의와 충절을 행하고 선을 즐거워하며 게으르지 않는 양귀(良貴)'는 서양철학에서 나타나는 '양심'과 같은 의미를 지닌다.

양심.

'함께 알다'를 의미하는 라틴어의 'Conscientia'에서 파생된 'Conscience'.

한 개인이 자기 자신의 행위, 의도, 성격의 도덕적 의미를 올바르고 선하게 유지해야 된다는 의무감과 관련지어 파악하는 전인격적인 도덕의식.

중세철학에서는 선에 대한 긍정적 태도와 악에 대한 부정적 태도를 직접적으로 나타내는, 인간이 태어나면서 갖고 있는 도덕의식을 양심이라 일컬었으며, 주로 기독교의 프로테스탄티즘에 의해서 계승 발전되어왔다.

그러나 이러한 양심은 기독교뿐 아니라 거의 모든 종교에서도 그 존재를 인정하는데, 예를 들면 고대 이집트인들은 '양심이 인도를 벗어나면 반드시 두려움을 느끼게 되기 때문'에 양심의 명령을 어기는 행동을 해서는 안 된다고 역설하였으며, 힌두교 신자들은 양심을 '우리 내부에 살고 있는 보이지 않는 신'으로 생각하여, 이를 어겨서는 안 된다고 행동지침의 기준으로 삼고 있는 것이다.

맹자가 양능과 양지, 그리고 양귀, 즉 '양심론'을 주장하였던 것은 묵자의 '겸애론'의 모순점을 지적하기 위함이었다.

맹자는 굳이 묵자처럼 머리 꼭대기에서부터 발꿈치의 털까지 다 닳아 없어질 만큼 사람을 두루 사랑하고, 사람을 두루 이롭게 하기 위해서 분골쇄신하지 않아도 심즉리(心卽理), 즉 인간의 심성 속에는 이성이 있는데, 이 이성이 바로 인간이면 누구나 본연적으로 갖고 있는 배우지 않고도, 생각하지 않고도 사람의 생명 속에 내재되어 있는 선천적인 선의 뿌리인 선근(善根, 양심)이며, 바로 이러한 선한 마음이 '성선지설'이라고 주장하였던 것이다.

그리하여 맹자는 그 유명한 사단론을 정립하게 된다.

사단지심.

이는 맹자의 핵심사상인 성선지설의 골수로서 맹자에 의하면 이 사단은 모든 인간이면 다 가지고 있는 일종의 선천적인 도덕적 능력인 것이다. 맹자는 이 사단지심에서 성선지설이 드러난다고 이렇게 말하고 있다.

> 측은지심, 수오지심, 공경지심, 시비지심은 모든 사람들이 다 가지고 있다. 측은지심은 인(仁)이요, 수오지심은 의(義)이며, 공경지심은 예(禮)이고, 시비지심은 지(智)이다. 인의예지가 외부에서 나에게 녹아드는 것이 아니요, 내가 본래부터 갖고 있는 것인데, 사람들이 생각하지 않을 뿐이다. 그러므로 그것을 구하면 얻고 버리면 잃는다. 사단지심을 얻거나 혹은 잃어서 선과 악의 거리가 서로 두 배가 되고, 다섯 배가 되어 계산할 수 없는 정도가 되는 것은 이러한 재질을 충분히 발휘하지 못했기 때문인 것이다. 『시경』에 '하늘이 백성을 내시니 사물이 있으면 법칙이 있다. 사람들은 떳떳한 본성을 갖고 있어서 아름다운 덕을 좋아한다'라고 했는데, 공자는 '이 시를 지은 사람은 사람의 본성을 아는 사람일 것이다'라고 했다. 그러므로 사물이 있으면 반드시 법

칙이 있으니, 사람은 떳떳한 본성을 갖고 있으므로 선한 덕을 좋아하는 것이다.

그뿐인가.
맹자가 주장한 '성선지설'의 위대함은 인간이면 누구나 행할 수 있고 도달할 수 있는 실천 가능한 목표라는 점이었다.
묵자의 겸애가 맹자가 말하였던 대로 '머리 꼭대기부터 발꿈치까지 털이 다 닳아 없어지도록 노력한다'고 해도 혹은 장자가 비평하였던 대로 '넓적다리에 살이 없고 정강이의 털이 다 없어지도록 노력한다'고 해도 실천 불가능한 가치관이라면 맹자의 '성선지설'은 인간이면 누구나 '마음이 똑같이 옳게 여기는 것(心之同然)'을 갖고 있으므로 누구든지 노력하면 성인이 될 수 있다는 희망의 메시지를 전해주고 있는 것이다.
맹자는 '요순도 보통 사람과 같다(堯舜與人同耳)'고 말함으로써 사람은 누구나 노력하면 요순과 같은 성인이 될 수 있음을 강조하고 있다.

> 성인은 인류의 극치이며, 순수한 선의 표상이다. 그러나 성인 또한 사람이 이룬 것이다. 그러므로 성인은 나와 똑같은 부류인 것이다(聖人與我同類者).

맹자는 '발을 알지 못하고 신을 만들더라도 나는 그것이 삼태기가 되지 않음을 안다'라고 비유함으로써 성인과 나의 공통점을 설명하고 있다.

즉 모든 사람의 발은 비슷비슷하기 때문에 굳이 그 발을 보지 않더라도 신기료장수는 신을 만들 수 있는데, 마찬가지로 성인이나 나나 모두 태어날 때부터 똑같은 발, 즉 성선지설을 갖고 있기 때문에 본연지선(本然之善)을 충분히 발휘한다면 성인과 똑같은 신을 신을 수 있음을 드러내 보인 것이었다.

그러고 나서 맹자는 부언한다.

입이 맛을 느끼는 데 있어서 똑같이 즐김이 있으며, 귀가 소리를 듣는 데 있어서 똑같이 들음이 있으며, 눈이 색깔을 보는 데 있어서 똑같이 아름답게 여김이 있다. 그러니 유독 마음에 있어서 똑같이 그러한 것이 없겠는가. 마음이 똑같이 그러한 것은 무엇을 말함인가. 이(理)와 의(義)를 말함이다. 성인은 자기의 마음이 남과 다 같다는 것을 먼저 터득한 사람이다. 그러므로 이와 의가 나의 마음을 기쁘게 하는 것은 마치 고기가 내 입을 기쁘게 하는 것과 같다.

이러한 맹자의 태도는 등나라의 문공과 나눈 대화에서도 그대로 드러난다. 등문공은 약 20여 년에 걸친 맹자의 주유열국 때 맹자를 가장 믿고 의지하였던 현군 중 한 사람이었다.

문공은 세자 때부터 맹자를 존경하여 아버지 정공(定公)이 세상을 뜬 후에도 추나라에 사신을 보내어 맹자에게 장례를 치르는 법을 물었을 뿐 아니라 자신의 등나라로 와달라고 세 번이나 간청하였던 임금이었다.

이때 맹자는 예순의 나이를 넘긴 노인이었으나 마침내 왕도정치를 펼 기회를 잡은 듯한 희망을 갖고 등나라로 들어가 마지막 순회를 단행한다.

결국 강대국 제나라와 초나라 사이에 놓인 약소국 등나라의 입지적 여건에서는 자신의 정치적 이상을 실현할 수 없음을 깨달은 맹자는 고향으로 돌아옴으로써 마침내 주유천하의 대단원을 맞게 되는데, 문공은 자신이 세자 시절 맹자로부터 들었던 말을 평생 잊지 않고 항상 이렇게 말하였다고 알려져 있다.

맹자께서 송나라에서 일찍이 내게 해주신 말은 마음에 사무쳐 잊히지 아니한다(孟子嘗與我言於宋 於心終不忘).

그렇다면 문공은 맹자에게 무슨 말을 들었던가.

어떤 인상 깊은 말을 들었기 때문에 마음에 끝내 잊히지 않는다고 말하고 평생 동안 맹자를 존경했던 것일까.

그것은 바로 맹자사상의 골수인 성선지설이었다.

그 무렵, 문공은 아직 세자로서 이웃 강대국인 초나라에 사신으로 나가고 있었다.

그러나 말이 사신이지 약소국이 강대국의 비위를 맞추기 위해서 떠나는 진사(陳謝)사절이었다.

초나라로 가는 길에 송나라를 지나게 되었는데, 그때 마침 송나라에는 맹자가 머무르고 있었다. 송나라도 등나라처럼 규모가 작고 땅은 협소하여 인구가 적었지만 송나라의 임금은 술과 여자에만 빠져 있을 뿐 분발하지 않았으므로 맹자 역시 우울한 식객 노릇을 하고 있었던 것이다.

이때 세자는 강대국 초나라의 비위를 맞추기 위해서 진사로 나가는 자신의 입장을 한탄하자 맹자는 말끝마다 요순(堯舜)임금을 칭하면서 인간 본성의 선함을 강조하였던 것이다.

『맹자』에는 맹자가 문공에게 말하였던 구체적인 내용이 나와 있지는 않지만 전후의 문맥으로 보면 맹자는 '인간은 누구나 선한 마음을 갖고 있다. 천하의 성군 요순도 성선을 갖고 있었다. 따라서 그대도 그 성선을 확장시킬 수만 있다면 반드시 요순과 같은 성군이 될 수 있을 것이다' 라는 내용으로 설법하였을 것이다.

처음에는 맹자의 말을 그대로 흘려들었던 세자는 초나라에 가서 굴욕적인 외교를 끝내고 돌아올 무렵에 다시 맹자를 만난다.

이때 세자는 자신이 아무리 노력해도 요순과 같은 성군이 될 수 없는데 어째서 자신에게 그런 듣기 좋은 말을 하였는가 하고 따져 물었던 것처럼 보인다.

그러자 맹자는 대답하였다. 의심하는 세자에 대한 맹자의 명답이 「등문공」 상편에 나오고 있다.

"세자는 내 말을 의심하십니까. 도는 하나일 뿐입니다. 일찍이 성간이 제경공에 대해서 말하기를 '그대도 장부이고 나도 장부이니 내가 그대에게 무엇을 두려워하겠습니까' 하였으며, 안연(顏淵)이 말하기를 '순(舜)은 어떤 사람이며 나는 어떠한 사람인가. 도를 이룬 자는 또한 이 순과 같다'고 하였으며, 공명의(公明儀)가 말하기를 '문왕은 나의 스승이니 주공(周公)이라도 어찌 나를 속이겠는가' 하였습니다. 지금 등나라는 비록 작다고 해도 국토의 긴 곳을 잘라 짧은 것을 보충하면 50리가 되니, 그래도 그것을 가지면 좋은 나라로 만들 수가 있습니다. 『서경』에 이르기를 '만약 약이 몸을 어지럽게 하지 아니하면 그 병은 낫지 아니한다'고 하였습니다."

맹자의 이 대답은 인간의 마음속에는 누구나 '성선지심'이 있는데, 그 마음을 닦아 도를 이루면 반드시 누구나 요순과 같은 성군이 될 수 있음을 분명하게 못박고 있는 것이다.

이는 좋은 약을 먹었을 때 약 기운으로 말미암아 잠시 어지러운 증상이 있겠지만 참고 기다리면 곧 좋은 결과가 찾아와 쾌유되는 것처럼 비록 지금 등나라는 사방 50리밖에 안 되는 작은 나라이지만 인의로써 다스린다면 반드시 요순과 같은 성군들의 태평성대를 이룰 수 있음을 확신하는 맹자의 사자후였던 것이다.

맹자의 대답 중 안연의 말을 인용한 '순은 어떤 사람이며, 나는 어떤 사람인가. 도를 아는 사람은 또한 순과 같다(舜何人也 予何人也 有爲者亦若是)'라는 문장은 누구든 성선지심으로 도를 닦으면 순과 같은 성군이 될 수 있음을 드러낸 명언이었다.

놀랍게도 맹자의 이런 '성선지설'은 서양철학에 있어서도 중요한 사상으로 발전되었다.

스토아학파는 인성(人性)과 물성(物性)의 자연에 근거하여 공동의 이성법칙을 추구하였는데, 자연의 이성법칙에 따라서 행하기만 하면 이것이 바로 지선(至善)이라고 생각하였다.

이러한 성선지설은 키케로, 세네카에서부터 루소에 이르기까지 큰 영향을 끼쳤다.

특히 루소는 인간의 본성은 본래 선한 것인데, 문명과 사회제도로부터 영향을 받아 악하게 되었다고 생각하였다. 루소는 '자연이 만든 사물은 모두 선하지만 일단 인위(人爲)를 거치면 악으로 변한다. 그러므로 선은 천성에 속하고 악은 인위에 속한다고 할 수 있다' 라고 말했다.

서양철학에서 루소가 '사람은 원래 선하지만 문명과 사회제도와 같은 인위를 거치면 악으로 변한다' 고 주장하였다면 동양철학에서 최초로 성선지설을 주창한 맹자 역시 '사람은 선천적으로 선을 가지고 있지만 후천적인 환경과 감정의 제약 때문에 불선(不善)으로 나아갈 수밖에 없다' 고 부르짖었다.

맹자는 사람이 불선하게 되는 이유를 세 가지로 들고 있다.

그 첫 번째는 '함닉(陷溺)'으로 주위환경의 제약에 따라 사람의 마음이 그 속에 빠짐으로써 성선의 기초가 허물어져 드러나지 못하게 되기 때문이다.

맹자가 말하는 주위환경이란 천재지변과 같은 자연환경과 혼란한 사회악과 같은 외부적 상황을 뜻하는 것이다.

이를 맹자는 다음과 같이 비유하고 있다.

"넉넉한 해에는 자제들이 풍년에 힘입어 온순해지는 것이 많고, 흉년에는 자제들이 포악해지는 것이 많으니, 이것은 선천적으로 자질이 다른 것이 아니라 마음을 빠뜨리는 것이 그렇게 만드는 것이다."

이 문장에 나오는 '그 마음을 빠뜨리는 것', 즉 '함닉'이 인간의 성선을 불선으로 만드는 요인 중의 하나라는 것이다.

그 두 번째는 '곡망(梏亡)'이다.

곡망이란 인의지심(仁義之心)이 일어나지만 사리사욕의 훼방으로 성선의 마음을 잘 보존하여 기르지 못하고 오히려 소멸되는 것이다.

이에 대해 맹자는 우산(牛山)의 나무를 들어 '곡망'을 쉽게 설명하고 있다.

"우산의 나무는 원래부터 아름다웠다. 그러나 큰 도시에 인접해 있기 때문에 사람들은 땔감으로 쓰거나 목재로 사용하기 위해 찾아가 도끼로 베니, 어찌 아름다울 수 있겠는가. 또한 하늘은 비와 이슬을 내려주어 나무를 아름답게 자라나게 하지만 사람들은 소와 양을 방목하여 나무의 잎을 뜯어먹음으로써 반질반질하여진다. 이것을 보고 사람들은 원래부터 우산에 나무가 없었다고 생각할지도 모르겠지만 이것이 어찌 산의 본래 모습이겠는가."

이러한 맹자의 설명은 맹자야말로 비유의 천재라는 사실을 말해준다.

아름다운 우산의 나무를 땔감으로 쓰거나 목재로 사용하기 위해서 도끼로 베는 것은 사욕을 채우려는 인간의 욕망 때문이며, 소나 양을 방목시켜 풀을 뜯게 함으로써 나무를 반질반질하게 고사시키는 것은 인간의 양심이 아닌 금수와 같은 욕망에 맡기는 어리석은 행위라고 비유함으로써 이러한 사리사욕의 탐욕이야말로 성선을 불선으로 바꾸는 곡망(梏亡), 즉 '두 손을 꼭 묶는 수갑'이라고 말한 다음, 이렇게 결론을 내린다.

"이러한 소행이 양심을 꽁꽁 묶어서 없애버리니, 꽁꽁 묶어서 없애는 것을 반복하면 양심을 보존할 수 없다. 양심을 보존할 수 없다면 짐승과 다름이 없다. 사람들은 그 짐승과 같은 모습만을 보고 일찍부터 높은 재질이 없다고 생각하는 것이니, 이것이 어찌 사람의 본래 모습이겠는가······. 공자께서 '붙잡으면 보존되고 놓아두면 없어지고 나가고 들어가는 것에 일정한 때가 없어서 그 방향을 알 수 없는 것은 오직 마음뿐이다'라고 말씀하신 것은 이를 두고 하신 것이다."

맹자가 지적하였던 사람이 불손하게 되는 세 번째 이유는 '방실(放失)'이었다.

'방실'이란 반성할 줄 몰라 마음을 보존하지 못함으로써 결국 양심이 작용하지 못하는 타락한 상태를 가리키는 것으로 어리석음, 게으름과 같은 '놓아버린 마음(放心)'을 의미하는 것이다.

이 '놓아버린 마음'이야말로 사람이면 누구나 타고난 성선을 파괴하는 최고의 악행인 것이다. 이에 대해 맹자는 다음과 같이 열변

한다.

맹자께서 말씀하셨다.
"인은 사람의 마음이요, 의는 사람의 길이다. 그 길을 버리고 따르지 아니하며 그 마음을 놓아버리고 찾을 줄 모르니, 아아, 슬프도다. 사람은 개나 닭이 나간 것이 있으면 찾을 줄을 알지만 마음을 놓아버린 것이 있으면 찾을 줄을 모른다. 학문의 길이란 다른 것이 없다. 바로 그런 놓아버린 마음을 찾는 것일 뿐이다."

맹자의 이 말은 금과옥조다.
'학문의 길이란 놓아버린 마음을 찾는 것일 뿐(學問之道 求其放心而已矣)'이라는 맹자의 말은 맹자 사상의 골수 중의 골수다.
그 놓아버린 마음을 찾으면 천연적으로 본래부터 사람들이 갖고 있던 어질고 선한 '성선지심'이 드러난다고 맹자는 역설하고 있는 것이다.
비유의 천재였던 맹자가 이 '놓아버린 마음'에 대해서도 적절한 예를 들지 않았을 리가 없을 것이다.
맹자는 이 '놓아버린 마음'을 무명지(無名指)에 비유하였다.
무명지는 다섯 개의 손가락 중에서 네 번째에 해당되는 손가락으로 이름이 없다. 다른 손가락들과는 달리 별로 쓰임새가 없기 때문인 것이다.
굳이 사용될 때에는 탕약을 저을 때나 쓰인다고 해서 약지(藥指)

라고도 불리는데, 하지만 별로 쓸모가 없어 '이름 없는 손가락', 즉 '무명지'라고 불리었던 손가락이었다.

이 무명지를 '놓아버린 마음'에 비유하여 가르친 맹자의 설법은 과연 맹자를 유가에 있어서 불세출의 투장이라고 불리게 할 만한 탁월한 것이었다.

'놓아버린 마음'을 '무명지'에 비유한 맹자의 말은 이렇다.

지금 무명지가 구부러져서 펴지지 않을 경우 당장 아프거나 일을 해치는 것이 아니고서도 만약 이것을 펼 수 있는 사람이 있다면 진나라나 초나라까지 이르는 길을 멀다 여기지 않을 것이다. 이는 내 손가락이 남들의 손가락과 같지 않기 때문이다. 내 손가락이 남들과 같지 않아 구부러져 펴지지 않으면 먼 길을 마다 않고 의사를 찾아가지만 놓아버린 마음을 찾기 위해서는 이를 바로잡으려 하지 않으니, 이는 분별력이 없기 때문인 것이다.

'놓아버린 마음의 회복(救放心)', 즉 잃어버린 마음의 회복이 바로 학문의 길이자 인간의 길이며, 바로 본심의 선을 보존하는 것이 도덕의 근원이라는, 맹자가 주장하였던 성선지설의 골수였던 것이다.

제3장

성악지설
性惡之說

이러한 맹자의 성선지설에 정면으로 대적해온 사람이 있었는데, 그의 이름은 순자(荀子)였다.

순자의 생몰년도도 맹자처럼 불분명하지만 대략 맹자보다 50년 후에 태어난 또 하나의 위대한 유가적 사상가였다.

본디 공자의 가르침에는 어짊과 의로움, 또는 충성과 믿음과 같은 덕을 숭상하는 내면적인 정신주의와 실행과 예의를 존중하는 외면적인 형식주의라는 두 가지의 양면이 있었다.

정신주의적인 면은 증자(曾子)를 거쳐 맹자에게서 크게 발전하는 데 비해 형식주의적인 면은 자유와 자하를 거쳐 순자에게로 계승되었다. 따라서 맹자가 주관적이고 이상적이었다면 순자는 객관적이고 현실적이었다.

공자의 사상은 맹자와 순자에 의해서 이처럼 내적으로나 외적으로나 더욱 발전되고 이론적으로 체계화되어 제자백가들의 사상들을 압도하고 수천 년 동안 중국 사람들의 마음을 지배해왔다고 할 수 있는 것이다.

그러나 아이러니한 것은 순자가 이처럼 맹자와 더불어 거의 동시대적인 선각자로 유가를 발전시키고, 공자의 사상을 이어받은 위대한 유가였음에도 불구하고 유학자들 사이에서는 이단자로 취급되어왔다는 점이다.

순자가 유가의 이단자로 취급받고 소외되었던 것은 공교롭게도 맹자의 성선지설에 정면으로 도전하여 '사람의 본성은 본래부터 악하다' 는 '성악지설(性惡之說)'을 주장하였기 때문이다.

순자의 생에 대해서는 사마천이 『사기』에서 「맹자순경열전」을 기록한 것이 유일한데, 이 열전을 지으면서 사마천은 맹자와 순자를 이렇게 평가하고 있다.

> 맹자는 유가와 묵가의 유문(遺文)을 섭렵하고, 예의와 통기(統紀)를 밝혀 혜왕의 욕심을 단절시켰다. 또한 순경(荀卿, 순자)은 과거의 유가, 묵가, 도가의 성쇠를 함께 논했다. 따라서 이처럼 「맹자순경열전」을 짓는다.

사마천의 이 짧막한 촌평을 통해 알 수 있는 것은 순자가 맹자와 달리 도가(道家)까지도 공부하였음을 분명하게 드러내고 있다는 점이다.

이처럼 순자는 오히려 사물의 일부분만을 아는 곡지(曲知)의 제자백가들을 비판하기 위해서 당대의 거의 모든 학파들을 널리 공부하였던, 유가에 있어서 또 하나의 맹장이었다.

사마천은 『사기』에서 순자의 생애를 이렇게 기술하고 있다.

순경은 조나라(지금의 산서성) 사람이다. 쉰 살에 이르러 비로소 제나라에 유학하였다. 그때 제나라에는 추연(騶衍)이 있어 그 학술은 허하고 크면서도 넓었으며, 추석(騶奭)의 문장은 실용성이 없었으나 훌륭하였으며, 또 순우곤은 오래 함께 있으면 명언을 쏟아놓는 사람이었다. 그러므로 제나라 사람들은 이 세 사람을 칭찬하기를 '하늘의 일을 얘기하여 탕탕망망한 추연, 용을 새기는 것과 같이 실용에 맞지 않는 추석, 수레의 심대를 불에 그슬려서 기름이 다함이 없이 흐르는 것과 같은 지혜가 많은 순우곤'이라 하였다. 이들 전병(田騈)의 무리는 다 제양왕 때 이미 죽었다. 그중에 순경이 가장 연장인 늙은 선생이었다.

제나라는 열대부에 결원을 보충하였는데, 순경은 세 번이나 좨주(祭酒, 열대부의 최장로)가 되었다. 누군가 순경을 무고한 자가 있었으므로 순경은 초나라로 갔다. 초나라 춘신군(春申君)은 순경을 난릉(蘭陵)의 현령으로 앉혔는데, 춘신군이 죽자 면직되고 내쳐 난릉에서 살았다.

이사(李斯)는 일찍이 순경의 제자였는데, 그 뒤에 진나라의 재상이 되었다. 순경은 혼탁한 세상의 정치와 나라를 망치는 문란한 임금이 계속해 나오고, 왕도가 행해지지 않고, 무당, 점쟁이에 미혹되어 길흉화복을 믿고, 되지못한 선비들이 작은 일에 구애하며, 장자의 무리가 고담방론하며 풍속을 어지럽히는 것을 꺼려하였다. 그리하여 유가, 묵가의 도덕의 행실과 흥패를 연구하여 수만언을 저술하였다. 죽어서 난릉에 장사되었다.

순자의 생애를 기록해놓은 유일한 『사기』의 「맹자순경열전」을 통해 순자가 대략 기원전 323년경에 태어났음이 추정된다.
왜냐하면 『사기』에 기록된 순우곤은 맹자와 동시대 사람으로 두 번이나 맹자와 설전을 벌였던 당대 최고의 세객이었으므로 순경이 '쉰 살에 비로소 제나라에 유학하였고, 그 무렵에는 그들이 이미 다 죽어 순경이 세 번이나 좨주에 뽑혔다'는 『사기』의 기록이 사실이라면 대략 순자는 맹자보다 50년 뒤에 태어난 인물임에 틀림이 없기 때문이다.
순자의 원래 이름은 황(況)이며, 열다섯 살 때부터 수재라 일컬어졌다 한다.
제나라의 직하학궁에는 『사기』에 기록된 대로 추연, 전병, 순우곤 등 이름난 천하의 선비들이 몰려들어 학문을 연구하였으므로 맹자도 이곳에 빈객으로 추대되었다.
순자도 쉰 살인 제나라 민왕(瞖王) 말년에 그곳으로 가서 학문에 정진하였던 것처럼 보인다.

그러나 사마천의 기록을 보면 순자가 어째서 유가의 법통을 이은 대유학자임에도 불구하고 유학으로부터 이단자 취급을 받게 되었는가 하는 그 이유가 명백하게 암시되고 있다. 그것은 이 문장에서 비롯된다.

"이사(李斯)는 일찍이 순경의 제자였는데, 그 뒤에 진나라의 재상이 되었다."

이사.

중국 역사상 최고의 악역. 이 악역의 주인공이 순자의 제자라는 것은 스승인 순자에 대한 모독이었다.

이사는 진나라의 재상으로 시황제를 도와 천하를 통일하였던 일등공신이었다.

그는 천하를 통일한 후에는 분서갱유(焚書坑儒)를 단행하였고, 시황제가 죽은 후 환관 조고(趙高)와 공모하여 막내아들 호해(胡亥)를 황제로 옹립하는 한편 태자 부소(扶蘇)를 자살케 한 간신이었다.

통일국가 진나라의 15년이라는 짧은 수명은 전적으로 승상 이사에 대한 책임으로 중국의 역사는 이사를 절대적 악인으로 평가하고 있다. 특히 그 자신이 순자로부터 유학을 배운 장본인이면서도 유학자들을 구덩이에 산 채로 매장한 분서갱유사건은 이사를 '용서받지 못할 사람'의 불가촉 악인으로 규정하고 그의 스승인 순자마저 이단아로 몰기에 충분한 구실이 되었던 것이다.

그러나 이사는 순자로부터 학문을 배웠으나 그 자신은 유가보다는 법가(法家)에 가까웠다.

법가.

중국 고대철학의 한 학파로서 전국시대에 노예들의 끊임없는 폭동과 신흥 봉건지주계급의 발흥으로 인하여 기존의 유가적 예치(禮治)가 점점 붕괴되어 효력을 상실하자 엄격한 법으로써 나라를 다스리자는 법치사상이 등장하였는데, 이것이 바로 법가였던 것이다.

아이러니한 것은 법가를 부르짖은 한비자와 인간의 모든 활동은 통치자와 국가 권력을 강화하는 방향으로 나가야 한다고 강조함으로써 오직 국가의 강력한 통제와 황제에 대한 절대복종을 통해서만 사회적 화합을 이룰 수 있으니, 엄격하게 상벌을 내리는 법률체계로써 통일제국 진나라를 다스려야 한다는 철혈(鐵血)정책을 쓴 이사 모두 순자의 제자라는 점이었다.

그러나 한비자와 가혹하게 이 정책을 실행함으로써 진나라를 15년 만에 멸망시켜 영원히 중국에서 법가철학을 불신받게 한 악역의 대명사, 이사라는 제자가 순자에게서 나온 것은 결코 돌연변이가 아니었다. 오히려 청출어람(靑出於藍)이었다.

우선 순자는 공자, 맹자로 이어지는 전통적인 유가에서 하늘을 사람들의 도덕적인 권위의 기초로 받아들이고 있음을 부정하였다. '하늘은 사람 위에서 자연과 함께 이 세상 모든 것을 지배하는 섭리'라는 생각은 노자와 장자도 다르지 않아 이들 도가 역시 사람은 자연으로 돌아가야 한다고 주장하고 있었다.

일반적으로 중국 사람들은 자연과 사람을 지배하는 것은 하늘이라고 생각하고 있었다.

그러나 순자는 하늘과 사람의 관계를 분리시켰다.

자연에는 자연의 법칙이 있고, 사람에게는 사람의 법칙이 있다는 것이었다. 따라서 순자는 하늘에는 자각과 뜻이 있어 착하고 악함에 따라 사람들에게 복을 내리기도 하고, 화를 내리기도 한다는 기존의 하늘에 대한 신앙을 전적으로 부정하였다.

순자는 그래서 다음과 같은 말을 하고 있다.

"하늘은 만물을 생성하게는 하지만 만물을 분별하지는 못하며, 땅은 사람들을 그 위에 살아가게는 하지만 사람들을 다스리지는 못한다."

이는 스승 공자의 가르침과는 정반대의 사상이었다.

공자는 『중용(中庸)』에서 '정성이란 하늘의 도요, 정성되게 사는 것은 사람의 도이다'라고 말함으로써 하늘이야말로 이 우주만물의 지배자이며, 올바른 도의 근원으로서 사람들의 도덕적 행위의 원천이라는 믿음을 갖고 있음을 드러내고 있다.

그러나 순자는 공자의 이러한 하늘에 대한 형이상학을 완전히 거부하고 있다.

심지어 중국에서 내려오는 일식, 월식이 생기거나 혜성이 나타나고, 이상한 기후변화가 생기면 모든 사람들이 옳지 못한 일을 해 경고하는 뜻으로 일으키는 하늘의 징조라는 전통사상까지 부정하였다. 그래서 순자는 이렇게 말하고 있다.

"일식과 월식이 생기고, 철에 맞지 않는 비바람이 일고, 이상한 기운이 나타나는 것은 어느 세상에서나 늘 있었던 일이다. (…) 별이 떨어지고, 나무가 우는 소리를 내는 것은 천하의 변화이자 음양의 변화로 드물게 생기는 일이다. 이상하게 여기는 것은 괜찮지만 이것을 두려워해서는 안 된다."

이처럼 하늘과 인간의 관계를 분리시킨 순자의 혁명적 사상은 긍정적인 사회현상을 일으키기도 했다. 그것은 사마천이 쓴 기록처럼 '무당, 점쟁이에 현혹되어 길흉화복을 믿는' 미신행위에 결정타를 날릴 수 있었다.

왜냐하면 무당이나 점쟁이 같은 미신들은 맹목적으로 하늘의 권위에 의지할 수밖에 없었기 때문이었다.

그리하여 순자는 '하늘에는 일정한 도가 있고, 땅에는 일정한 법칙이 있으니, 따라서 하늘이 사람을 다스리는 것이 아니라 반대로 사람이 하늘을 다스려야 한다'고 주장한다.

순자는 말하였다.

"하늘과 땅은 군자를 낳았고, 군자는 하늘과 땅을 다스린다."

순자의 가르침대로라면 하늘과 땅을 다스리는 군자는 일정한 법칙에 따라 땅을 다스리고 백성들을 다스려야 하는데, 이 일정한 법칙이 바로 법(法)인 것이다.

법은 인간끼리 만든 약속이며, 계율이며, 다스리는 기준이며, 조화하는 법칙이다. 따라서 순자는 법의 중요성을 누누이 말하고 있다.

"소청을 처리하는 대원칙은 선한 일을 가지고 온 자는 예로써 대접하고, 선하지 못한 일을 가지고 온 자는 형벌로써 대접하는 것이다. 이 두 가지를 잘 분별하면 어진 이와 못난 이가 섞이지 않게 되고, 옳고 그름이 혼돈되지 않는 것이다……. 그러므로 공평하다는 것은 일을 하는 기준이 되고, 알맞게 조화된다는 것은 일을 하는 법칙이 된다. 법에 있는 일들은 법에 따라 처리하고, 법에 없는 일들은 전의 일들을 비추어 결정하면 소청은 바르게 처리될 것이다. 그러므로 좋은 법이 있어도 어지러워지는 일은 있으나 군자가 있으면서도 어지러워진다는 말은 예로부터 지금까지 들어본 일이 없다. 옛말에 '다스림은 군자에게서 나오고 혼란은 소인에게서 생겨난다(治生乎君子 亂生乎小人)'고 한 것은 이것을 두고 한 말이다."

순자는 이처럼 '좋은 법이 있어 어지러워지는 일은 있으나 군자가 있으면서도 어지러워진다는 말은 예로부터 지금까지 들어본 일이 없다(故有良法而亂者有之矣 有君子而亂者自古及今未嘗聞也)'라는 결론을 통해 '좋은 법(良法)'보다는 '좋은 사람(君子)'이 더 중요하다고 주장함으로써 유가의 테두리를 벗어나지는 못하였다.

그러나 순자는 세상을 다스리는 방법으로 '법(法)'을 매우 중요시하였던 특징을 갖고 있었다.

이렇게 예의법정(禮儀法正)을 강조하는 순자는 세상은 군자에 의해서 다스려지는 것이 최선이지만 어차피 군자가 세상을 다스리는 것이 불가함으로 인간이 만든 법으로 세상을 다스리는 것이 차선이라는 인식에서부터 출발하였던 현실적 사상가였다.

순자는 「군도(君道)」 편에서 말한다.

법은 다스림의 시작이고, 군자는 법의 근원이다(法者治之端也

君子者法之原也).

따라서 국가에는 다스림의 기준이 되는 법이 반드시 있어야 되며, 형벌을 엄히 해야 한다고 주장하였던 것이다.

이러한 법의 중시가 그의 제자인 한비자에게서 극도로 발전해 법가를 이루었으며, 시황제를 도와 천하를 통일하였던 순자의 제자 이사는 시황제가 말더듬이 한비자를 총애하자 참언하여 독살시키는 한편 한비자의 법가를 한층 더 심화시켜 '형명법술(刑名法術)'을 주로 하는 철혈통치를 단행함으로써 중국 역사상 최고의 악인으로 낙인찍혀 그 자신은 물론 스승인 순자까지도 이단자로 몰아버리는 우를 범하였던 것이다.

순자가 이렇듯 맹자와 더불어 유가의 정통을 이은 대사상가였으나 이단자 취급을 받게 되는 것은 공자의 주관적이고 이상적인 형이상학을 계승한 맹자에 대해 준엄한 비판을 가하면서 특히 맹자가 부르짖었던 성선지설에 직격탄을 날렸기 때문이었다.

순자는 맹자와 달리 '사람의 본성은 태어날 때부터 악하다'는 성악지설을 주장하였다.

이에 대해 순자는 「성악(性惡)」편의 첫 장에서 다음과 같이 말하고 있다.

사람의 본성은 악한 것이니 그것이 선하다고 하는 것은 거짓이다(人之性惡 其善者僞也).

지금 사람들의 본성은 나면서부터 이익을 좋아하는데, 이것을 따르기 때문에 쟁탈이 생기고, 사양함이 없어진다. 사람은 나면서부터 질투하고 미워하는데, 이것을 따르기 때문에 남을 해치고 상하게 하는 일이 생기며, 충성과 믿음이 없어진다. 사람은 나면서부터 귀와 눈이 욕망이 있어 아름다운 소리와 빛깔을 좋아하는데, 이것을 따르기 때문에 지나친 혼란이 생기고, 예의와 아름다운 형식이 없어진다. 그러니 사람의 본성을 따르고 사람의 감정을 좇는다면 반드시 다투고 뺏게 되어 분수를 어기고, 이치를 어지럽히게 되어 난폭함으로 귀결될 것이다. 그러므로 반드시 스승과 법도에 따른 교화와 예의와 법도가 있어야 하며, 그런 뒤에야 서로 사양하게 되고 아름다운 형식을 갖게 되어 다스림으로 귀결될 것이다. 이렇게 본다면 사람의 본성은 악한 것이 분명하며, 그것이 선하다는 것은 거짓이다.

순자는 '사람의 본성이 태어날 때부터 악하여 본성이 선하다는 것은 거짓'이므로 반드시 '스승과 법도에 따른 교화와 예의의 교도'가 있어야 하는데, 그 교화와 교도의 수단이 바로 '법(法)'이라고 주장하였던 것이다.

순자는 이러한 비유를 들어 '법도'의 중요성을 강조한다.

"그러므로 굽은 나무는 반드시 댈 나무를 대고 쪄서 바로잡은 뒤에라야 곧아지며, 무딘 쇠는 반드시 숫돌에 간 뒤에야만 날카로워지듯이 지금 사람의 본성이 악한 것은 반드시 스승과 법도의 가르침이 있은 뒤에야 다스려지는 것이다."

이렇게 포문을 연 순자는 마침내 맹자를 향해 정조준하여 직격탄을 날린다.

"맹자는 '사람이 배우는 것은 그의 본성이 선하기 때문이다' 라고 말하였다. 내 생각은 그렇지 않다. 그것은 사람의 본성을 제대로 알지 못해 본성과 작위의 구분을 잘 살피지 못한 때문이다. 본성이란 하늘로부터 타고난 것이어서 배워서 행하게 될 수 없는 것이며, 노력으로 이루어질 수 없는 것이다. 예의란 성인이 만들어낸 것이어서 배우면 행할 수 있는 것이며, 노력하면 이루어질 수 있는 것이다. 배워서 행할 수 없고 노력해 이루어질 수 없는데도 사람에게 있는 것은 본성이라 하고, 배우면 행할 수 있고 노력하면 이루어질 수 있는 사람에게 있는 것을 작위라 한다. 이것이 본성과 작위의 구분이다. 지금 사람의 본성으로 눈은 볼 수가 있고 귀는 들을 수가 있다. 모든 볼 수 있는 시력은 눈을 떠나지 않으며, 들을 수 있는 청력은 귀를 떠나지 않는다. 눈은 시력이 있고 귀는 청력이 있는데, 이것은 배워서 될 수가 없는 것들이다. 맹자는 '사람의 본성은 선한데, 모두 그 본성을 잃기 때문에 악한 것이다' 라고 말하였다. 나는 그것은 잘못된 말이라고 생각한다. 사람은 본성대로 내버려두면 그의 절박함이 떠나고 그의 자질도 떠나버려 선한 것을 반드시 잃어버리고 말 것이다. 이로써 본다면 사람의 본성은 악한 것이 분명하다."

순자는 맹자의 사단설의 모순을 통렬히 비판한다.

맹자는 사람은 누구나 선천적으로 도덕적 능력을 갖고 있는데,

그 도덕적 능력이 바로 남을 불쌍히 여기는 측은지심과 부끄러워하며 죄를 미워하는 수오지심과 남을 섬기고 사양하는 공경지심과 옳고 그름을 가리는 시비지심이라고 주장하였다.

그러나 순자는 그러한 사단은 선천적으로 갖고 태어나는 도덕능력이 아니라 반드시 스승과 법도의 가르침에 의해서 고쳐지는 후천적 작위(作爲)라는 것이었다.

작위.

이는 순자가 주창한 성악지설의 골수다.

사람의 본성은 태어날 때부터 선한 것이라는 맹자의 주장은 '양심(良心)'에서부터 기인된 것이지만 사람의 본성은 태어날 때부터 악한 것이라는 순자의 주장은 '본능(本能)'에서부터 기인된 것이었다.

이 본능은 나면서부터 이익을 좋아하고, 아름다운 소리와 좋은 빛깔을 추구하는 욕망으로, 이를 절제하고 다스리는 유일한 방법이 바로 작위라는 것이 순자의 학설이었던 것이다.

그렇다면 무엇이 작위인가.

인위(人爲)라고도 불릴 수 있는 작위에 대해 순자는 설명하고 있다.

어떤 사람은 '사람의 본성이 악하다면 곧 예의는 어떻게 생겨났는가' 하고 물었다. 여기에 나는 다음과 같이 대답하였다.

"무릇 예의라는 것은 성인의 작위에 의해 생겨나는 것이지 본디 사람의 본성에서 생겨나는 것이 아니다. 그러므로 옹기장이가 진흙을 쪄서 질그릇을 만드는데 질그릇은 옹기장의 작위에서 생겨난 것이지 본디 사람의 본성에서 생겨나는 것이 아니다. 또 목수가 나무를 깎아 그릇을 만드는데 그릇은 목수의 작위에 의해서 생겨나는 것이지 본디 사람의 본성에서부터 생겨나는 것이 아니다."

자신이 주장한 성악지설의 골수인 '작위'에 대해 순자는 명쾌한 논리로 결론을 내린다.

성인이 생각을 쌓고 작위를 오랫동안 익혀 예의를 만들어내고 법도를 제정한다. 그러니 예의와 법도는 성인의 작위에 의해 생겨나는 것이지 본디 사람의 본성으로부터 생겨나는 것이 아니다. 눈이 색깔을 좋아하고 귀가 소리를 좋아하고 입이 맛을 좋아하고 마음이 이익을 좋아하고 몸은 상쾌하고 편안함을 좋아하는데, 이것은 모두 사람의 감정과 본성으로부터 생겨나는 것이다. 느껴서 스스로 그러한 것이니 어떤 일이 있은 뒤에야 생기는 것이 아니다. 느껴도 그러하지 못하고 반드시 또한 어떤 일이 있은 뒤에야 그렇게 되는 것을 일컬어 '작위에서 생겨난다'고 말하는 것이다. 이것이 본성과 작위가 생겨나게 하는 것들이 같지 않다는 증거다.
그러므로 성인께서는 사람들의 본성을 교화시켜 작위를 일으키고, 작위를 일으켜 예의를 만들어내고, 예의를 만들어내어 법도를 제정한다. 그러니 예의와 법도는 성인이 생겨나게 하는 것이다. 그러므로 성인이 여러 사람들과 같은 것, 곧 성인이 여러 사람들과 다름이 없는 것이 본성이고, 여러 사람들과는 다르고 훨씬 뛰어난 것이 작위다.

순자가 주창한 성악지설은 어디까지나 그보다 50년 전에 살았던 위대한 유가의 맹장 맹자의 성선지설에 대한 대립사상이다.
이 점은 서양에서의 철학사상사와는 정반대적 현상으로 나타나고 있다.
즉 서양에서는 '성악설'이 먼저 생기고 그 뒤에 '성선설'이 이에 대한 반대급부로 탄생되었다.
서양에서 성악설이 대두된 것은 기독교에서 말하는 원죄라는 개념 때문이었다.
원죄(原罪).
이는 기독교의 교리 중 하나로 처음부터 죄와 죽음이 인간에게 들어왔기 때문에 그리스도의 십자가 죽음과 부활에 의해서 속죄되고 회복되어야 한다는 '인류 타락의 교의(敎義)'를 말함이다.
인류의 시초인 아담이 하느님의 명령을 어기고 이브의 유혹에 빠져 선악과를 따먹음으로써 '하느님처럼 눈이 밝아져 선과 악을 아는 자'가 되고 그리하여 하느님의 저주를 받아 에덴동산에서 영원히 추방당하는 것이 바로 원죄의 출발이다.
인류의 시조인 아담이 하느님의 명령을 어기고 선악과를 따먹은 원죄는 그 이후부터 전 인류에게 성교에 의해서 유전된다는 일종의 생물학적 사상으로까지 결부된다.

따라서 모든 인간은 태어날 때부터 원죄를 갖고 태어나는데, 바로 이것이 성악설의 근원이라는 것이었다.

유일하게 원죄 없이 아기를 낳은 사람은 예수의 어머니인 마리아. 마리아는 천사 가브리엘에 의해서 '성령이 너에게 내려오시고 지극히 높으신 분의 힘이 감싸주실 것이다. 그러므로 태어나실 그 거룩한 아기를 하느님의 아들이라 부르게 될 것이다' 라는 점지를 받고 예수를 낳는다.

그러므로 마리아는 성령에 의해서 하느님의 아들인 예수를 낳았으므로 원죄 중의 아이를 잉태하지 않은 유일한 동정녀(童貞女)인 것이다.

이 '원죄설'을 신학적으로 심화시킨 사람은 기독교에 있어서 맹자라고 불릴 만한 바오로. 바오로는 로마서에서 원죄설의 근거를 제시하였다.

"한 사람(아담)이 죄를 지어 이 세상에 죄가 들어왔고, 죄는 또한 죽음을 불러들인 것같이 모든 사람이 죄를 지어 죽음이 온 인류에게 미치게 되었습니다. (…) 그러므로 한 사람이 죄를 지어 모든 사람이 유죄판결을 받은 것과는 달리 한 사람(예수)의 올바른 행위로 모든 사람이 무죄판결을 받고 길이 살게 되었습니다. 한 사람의 불순종으로 많은 사람이 죄인이 된 것과는 달리 한 사람의 순종으로 많은 사람들이 하느님과 올바른 관계를 가지게 된 것입니다. (…) 그래서 죄는 세상에 군림하여 죽음을 가져다주었지만 은총은 군림하여 우리 주 예수그리스도로 말미암아 모든 사람을 하느님과 올바른 관계에 있게 하고 영원한 생명에 이르게 합니다."

이러한 바오로의 원죄설은 '은혜의 박사'라고 불리는 성 아우구스티누스에 의해서 한층 더 구체화된다.

아우구스티누스는 「자연과 은총에 관하여」에서 이렇게 말한다.

"인간의 자연적 본성은 분명히 처음에는 죄와 더러움이 없이 만들어졌다……. 그러나 그 자연적인 선한 능력을 어둡게 하고 약하게 만든 죄악에는 빛과 치유가 필요한데, 그것은 죄 없는 창조자로부터 온 것이 아니라 자유의지에 의해서 범한 원죄에서부터 생긴 것이다."

종교개혁자 마틴 루터도 '단 한 사람 아담의 단 한 번의 범죄에 의해서 우리들 모두가 죄와 형벌 밑에 놓여 있을 때 우리 모두가 죄가 되지도 않고 벌 받지도 않을 그 무엇을 할 수 있을 것인가' 하고 말함으로써 원죄의 교의를 굳게 지지하였다.

주로 신학자들에 의해서 주장되었던 '원죄설'은 그 후 많은 철학자들에 의해서 '성악설'로 발전되어간다.

마키아벨리는 당시 이탈리아 사회의 부정부패를 직접 보고 인간의 본성은 악하다고 단정하였고, 홉스는 자연 상태를 '만인의 만인에 대한 투쟁 상대'로 가상하여 인간의 본성이 악함을 추론하였으며, 쇼펜하우어는 '죄악이 인간 본성 가운데 뿌리 깊게 박혀 있기 때문에 이를 제거할 방법'이 없다는 극단적인 성악설을 주장하였던 것이다.

서양 철학사에서는 이처럼 원죄설에 뿌리를 둔 성악설이 주류였지만 극소수의 철학자와 교육자 사이에서는 이에 대항하여 성선설이 주장되기도 했었다.

주로 키케로, 세네카 등 철학자라기보다는 웅변가, 정치가들이었던 그들은 '인간이 인간다운 까닭은 올바른 이성이 있기 때문이며, 유일한 지선인 덕을 목적으로 행동하기 때문이다' 라는 명제를 통해 성선설을 제기하였다.

이들이 이처럼 성선설을 주장할 수 있었던 것은 바오로나 성 아우구스티누스와는 달리 기독교인들이 아니었으며, 오히려 그리스 철학, 즉 헬레니즘에 입각한 인본주의자였기 때문이었다.

따라서 이들은 처음부터 기독교의 교리 중의 하나인 원죄설을 접할 기회조차 없었던 사상가들이었다.

이처럼 극소수에 의해서 명맥을 유지하던 성선설에 획기적인 이론을 제시한 사람은 바로 장자크 루소.

'자연으로 돌아가라' 는 유명한 금언을 남긴 루소는 평생 동안 인간의 본성을 자연 상태 속에서 파악하려고 노력하였으며, '인간은 자연 상태에서는 자유롭고 행복하고 선량하였으나 자신의 손으로 만든 사회제도나 문명에 의해서 부자연스럽고 불행한 상태로 빠져 사악한 존재가 되었기 때문에 다시 참된 인간의 모습을 발견하여 인간성을 회복하지 않으면 안 된다' 는 주장을 하였다.

루소는 '자연이 만든 사물은 모두가 선하지만 일단 인위(人爲)를 거치면 악으로 변한다' 고 주장하였다. 이는 아이러니하게도 순자의 성악설과 극단적으로 위배된다.

순자는 '인간은 본래 태어날 때부터 악하지만 인위(작위)를 거치어야만 바르게 교화될 수 있다'고 주장하였던 것이다.

서양철학이 원죄설에 뿌리를 둔 성악설이 주류를 이루고 있고, 그에 대항하여 뒤늦게 성선설이 대두되었다면 동양철학에서는 정반대로 맹자의 성선지설이 먼저 제기된 이후 50년 뒤에 태어난 순자에 의해서 성악지설이 대두됨으로써 비로소 인간의 본성을 규명하는 선과 악의 양 날개가 성립될 수 있었던 것이다.

많은 사람들은 성선설과 성악설을 대립된 사상으로 오해하고 있다.

그러나 두 사상은 어느 쪽이 절대 진리이고, 다른 쪽이 절대 오류라는 식으로 나누어질 수는 없는 것이다. 어떤 의미에서 보면 성선설과 성악설은 둘 다 절대 진리인 것이다.

따라서 성선설과 성악설은 대립적 사상이 아니라 오히려 병립적 동위개념인 것이다.

양익(兩翼).

새는 한 날개로는 절대로 날 수 없다.

양 날개가 있을 때 비로소 새는 하늘을 박차고 날아갈 수 있는 것이다.

그러므로 맹자가 성선지설을 주장함으로써 유가사상에 오른쪽 날개를 달았다면 순자는 성악지설을 주장함으로써 왼쪽 날개를 달아 비로소 유가는 힘찬 날갯짓을 하면서 2천 년 이상 동양사상의 중심에 서서 획기적인 비상을 펼칠 수가 있었던 것이다.

맹자와 더불어 또 하나의 날개였던 순자.

그러나 이처럼 순자는 유가에 있어서 뛰어난 대사상가였으나 이단자로 불린 것은 두 가지의 오해 때문이었다.

그것은 순자의 제자로 일컬어지는 이사와 한비자가 법가를 부르짖음으로써 엄격한 형명주의(刑名主義)를 통치술로 제창한 장본인이라는 오해와 맹자의 '성선지설'에 대항하여 '인간의 본성은 태어날 때부터 악하다'는 '성악지설'을 주장함으로써 마치 악마의 화신으로까지 느껴지는 선입견 때문이었다.

순자는 기원전 238년경에 죽은 것으로 추정된다. 순자가 죽은 후 불과 17년 후인 기원전 221년. 마침내 진나라의 황제가 천하통일을 함으로써 춘추전국시대는 종말을 고한다.

춘추전국시대.

주왕실이 낙양으로 천거한 기원전 770년부터 시작된 춘추전국시대는 시황제가 천하통일을 완수함으로써 550여 년 만에 그 막을 내리게 된다.

순자는 총 189종의 사상적 자유시장이 열렸던 제자백가 중에서 가장 마지막으로 탄생된 사상가였으며, 통일 전야에 살았던 유자(遺子)였다.

공자와 노자로부터 시작된 백가쟁명의 치열한 경주는 마침내 순자라는 마지막 유복자에 의해서 천하통일의 골인지점에 도착하여 테이프를 끊게 되는 것이니, 순자는 550여 년에 걸친 대역전 경주의 가장 마지막 릴레이 주자였던 것이다.

곽말약(郭沫若).
20세기 중국이 낳은 뛰어난 시인이자 사학자였던 그는 '순자적비판(荀子的批判)'에서 이렇게 순자를 평하고 있다.

> 순자는 제자백가 가운데 최후를 장식한 위대한 스승이다. 그는 유가를 집대성하였을 뿐 아니라 제자백가를 집대성했다고 말할 수 있다……. 그러나 공정하게 말하면 순자는 사실상 잡가(雜家)의 시조로서 제자백가의 학설을 총망라하였다. 선진의 제자백가 가운데 그의 비판을 받지 않은 이는 거의 없다……. 이러한 점은 진실로 순자가 제자백가에 대해서 초월적인 태도를 보였음을 드러내지만 우리는 그의 학설과 사상에서 제자백가의 영향을 분명히 발견할 수 있다. 다만 어떤 경우에는 정면에서의 수용과 발전이고, 어떤 경우에는 이면에서의 공격과 대립이며, 때로는 종합적인 통일과 변화라는 차이가 있을 뿐이다.

순자가 맹자의 성선지설에 '공격과 대립' 양상을 보이며 성악지설을 주장하였던 것은 곽말약의 말처럼 제자백가를 집대성하기 위해서였으며, 이로써 '인간의 본성은 악함으로 성인의 예의법도에 의해 변화시켜야 한다'는 '화성기위(化性起僞)'의 신학설이 나온 것이다.

맹자가 '성선지설'을 주장하였다면 순자는 '성악지설'을 주장하였고, 맹자가 그 '성선지설'을 지켜내는 방법으로 '인간사회의 타락은 인간의 욕심과 두려움 때문이며, 그러므로 참된 용기를 함양하여 이를 없앨 수 있다'는 '호연지기'를 주장하였다면 순자는 '성인은 본성을 변화시켜 인위를 일으킴으로써 나쁜 악을 교정할 수 있다'는 '화성기위'를 주장하였던 것이다.

현존하는 중국의 대표적 계몽철학자 이택후(李澤厚)는 『중국고대사상론』에서 다음과 같이 말한다.

"맹자는 분명히 빛나는 일면을 지니고 있지만 만일 유가가 완전히 맹자의 노선을 따라서 발전해왔다면 일찍이 신비주의의 종교로 빠져들었을 것이다. 바로 순자가 강조한 인위와 그것으로써 자연을 개조하는 성악설이 맹자가 추구한 선험적 성선지설과 선명하게 대립하면서 비로소 이러한 신비주의적 경향을 극복하고 투명해질 수 있었다. 동시에 묵가, 도가, 법가 가운데 냉철한 이지와 실제 경험을 중시하는 역사적 요소를 흡수한 것은 유학에서 인위와 사회를 중시하는 전통으로 하여금 더 내실을 기하게 하고 따라서 유가의 적극적, 낙관적인 이상을 '천지와 함께하는 세계관'의 형이상학으로까지 발전시킨 것이다."

이처럼 맹자가 공자의 인의(仁義)사상을 보다 구체화시켰다면 순자는 예악(禮樂)사상을 구체화시켰으며, 또한 맹자가 내성(內聖)의 측면에 주안점을 두었다면 순자는 외왕(外王)의 측면에 주안점을 둠으로써 결국 유학의 종지인 '수기치인(修己治人)'이라는 새에 맹자는 '수기'의 한쪽 날개를 달았으며, 순자는 '치인'의 또 다른 한쪽 날개를 달았던 것이다.

이로써 유가는 비로소 양 날개를 가진 동양의 중심사상으로 완성될 수 있었으며, 공자를 서양철학에 있어 소크라테스에 비유한다면 맹자는 플라톤, 순자는 아리스토텔레스에 비길 만한 성격의 쌍두마차였던 것이다.

그러나 뭐니뭐니 해도 총 189종의 제자백가들이 난무하였던 춘추전국시대 때 이들 백가들과 치열한 전투를 벌임으로써 단 한 번도 패하지 않았던 동방불패의 대사상가는 단 한 사람, 바로 맹자인 것이다.

맹자가 없었더라면 공자는 역사의 수면 아래로 가라앉아버렸을 것이며, 순자 역시 존재할 수 없었을 것이다.

공자가 만든 새에 날개를 달아준 사람은 바로 맹자였으며, 따라서 맹자가 아성(亞聖)으로까지 불리는 까닭은 지극히 당연한 일인 것이다.

그러나 이처럼 위대한 맹자가 어떻게 생을 끝마쳤는가는 자세히 알려진 바가 없다.

『사기』는 다만 맹자의 생애를 짤막하게 기록하고 있을 뿐이다.

"그런데 맹자는 오직 요순과 삼대(三代)의 제왕의 덕을 부르짖어 시세의 요구에 멀었기 때문에 어디에 가서 말을 하여도 받아들여지질 않았다. 물러나와 제자 만장들과 『시경』 『서경』 등을 강술하고 공자의 뜻한 바를 펴서 『맹자』 7편을 저술하였다."

정확한 맹자의 연보가 없으므로 대략 그의 생애를 종합해보면 맹자가 주유열국을 모두 끝내고 고향인 추나라로 돌아온 것은 맹자의 나이 예순한 살 때인 기원전 311년경.

그로부터 여든세 살 때인 기원전 289년 죽을 때까지 약 20여 년간 오직 『사기』의 기록처럼 제자들에게 『시경』과 『서경』을 강술하는 한편 불후의 명저인 『맹자』를 저술하였던 것으로 보인다.

'바라는 바는 공자를 배우는 것이다(乃所願則 學孔子也)' 라고 공언하였던 맹자는 바로 이 무렵 20여 년 동안 오직 공자의 뜻을 조술(祖述)하고 공자의 가르침을 선양하기 위해서 필생의 작업에 심혈을 기울였던 것이다.

맹자는 평소 자신에게 엄격하였다. 맹자의 엄격한 이상주의를 엿볼 수 있는 것은 그가 남긴 말을 통해 잘 알 수 있다.

아무리 구인(九軔)의 깊이까지 우물을 팠다 해도 샘물이 솟아나는 곳까지 파지 않는다면 그것은 우물을 포기한 것이나 다름이 없다(掘井九軔 而不及泉 猶爲棄井也).

즉 우물을 깊이 파들어 가더라도 수맥에 도달하기 전에 끝이 나면 그것은 우물을 포기한 것과 마찬가지라는 뜻인 것이다.

일찍이 '그만두어서는 안 될 때 그만두어버리는 사람은 그만두지 않는 일이라고는 없을 것이다(於不可已而已者 無所不已)' 라고 말하였던 맹자였으므로 말년에 그는 고향에서 제자들과 함께 수맥이 나올 때까지 우물을 파고 또 파는 학문의 길에 정진하였던 것이다.

그리하여 마침내 맹자는 유가의 우물에서 수천 년 동안 마르지 않는 수맥을 파헤쳐 동양정신의 갈증을 채워주는 영원한 샘물을 퍼올리게 하였으니, 맹자야말로 인류가 낳은 참스승인 것이다.

그뿐인가.

맹자는 동양정신의 골수인 유가를 부활시킨 지성(知性)일 뿐 아니라 뛰어난 경세가(經世家)이기도 했다.

맹자가 보여준 시대를 초월한 경세지략, 그것은 바로 유교적 자본주의이다.

맹자가 말하였던 일찍이 '소득이 없으면 안정된 마음도 없다'는 뜻의 '무항산무항심(無恒産無恒心)'은 결국 '경제가 안정되지 않으면 사회적 안정도 없다'는 21세기의 경세지략과 정확하게 일치한다. 또한 모든 것을 자급자족해야 한다는 농가의 학파인 진상과 벌인 토론 중에서 정신노동을 하는 노심(勞心)자와 육체노동을 하는 노력(勞力)자는 엄연히 분리되어야 하며 서로 분업적 관계를 통해 사람들은 각자 자기가 맡은 직능의 전문화와 분업화가 이뤄지는 것이 생산성을 높이는 지름길이라는 혁신논리를 폈던 맹자의 경제논리 역시 인류가 나아가야 할 21세기의 경세지략과 일치하고 있는 것이다.

유교적 자본주의.

이러한 맹자의 경세지략에서 파생된 신자본주의.

일찍이 독일의 사회과학자였던 막스 베버는 마르크스에 의한 유물사관이 시대적 유행을 보이자 이를 비판하면서 『프로테스탄티즘의 윤리와 자본주의 정신』이란 명저를 출간하였다. 막스 베버는 이

저서를 통하여 근대 유럽에서의 서구자본주의 발생을 기독교적인 금욕과 근로에 힘쓰는 종교적 생활태도와 연관시켜 설명하였다.

막스 베버는 기독교적 윤리를 통하여 직업은 '하느님이 주신 신성한 의무'라는 뜻의 '직업소명(召命)'이며 '직업은 하느님이 불러 맡긴 것이므로 직업의 귀천이 없고 여기에서 얻어지는 이윤은 하느님의 선물'이므로 경제인들의 이윤활동을 적극 두둔하였던 것이다.

이러한 자본주의의 윤리는 오늘날 서구자본주의 경제발전의 토대가 되었으나 결국 경제적 이익을 극대화하기 위해서는 모든 수단과 방법을 가리지 않고 독점, 합병, 인수해야 한다는 경제적 패권주의를 초래해 현대 서구자본주의가 안고 있는 최대의 문제점인 '부익부 빈익빈' 현상을 초래하였던 것이다.

그러나 어쨌든 막스 베버가 주창한 근대 서구자본주의에 대한 결론은 탁월한 것으로서 20세기 경제철학의 교과서가 되었다.

막스 베버는 또한 『유교와 도교』라는 책을 통하여 '서양과 비교하면 외면적으로는 여러 가지 좋은 사정이 있었음에도 불구하고 중국에서는 왜 자본주의가 발전하지 못했는가' 하는 문제의식을 제기하고 있었다. 그때 그는 중국에서 자본주의가 발전하지 못한 이유를 유교문화에 두었으며 심지어는 '유교의 도덕원리는 한갓 세속적인 주술(呪術)'에 불과하다고 부정적인 비판을 내렸다.

이러한 막스 베버의 이론에 역행하는 새로운 경제현상이 나타났으니 이른바 1970년대 초반 서방국가의 심각한 경제난에 비해 일본과 한국을 비롯한 네 마리의 용(龍), 동아시아 국가들은 눈부신 경제성장을 이룩하게 되었다.

 이 불가사의한 현상에 대해서 앨빈 토플러보다 십 년이나 먼저 인류의 미래에 대한 예측으로 명성을 날렸던 미국의 전략이론가이자 미래학자였던 허먼 칸은 전 세계가 지향해야 할 미래경제의 좌표는 '유교적 자본주의'라고 결론을 내린다.

 이미 1970년대 초에 『미래의 체험』이란 저서를 통해 인류에게 다가올 혁명적인 미래상품 100가지를 예측하여 이미 95가지가 적중하였던 칸. 현금자동지급기 보급과 초고속 열차 개통, 비디오 리코더(VCR), 위성항법장치(GPS) 등 허먼 칸이 예언한 미래상품은 수도 없이 그대로 현실화되고 있는데 특히 칸의 예언 중 가장 충격적인 것은 21세기에는 '서구적 자본주의'는 몰락하고 '유교적 자본주의'가 그 자리를 대신할 것이라고 한 예언이다. 칸은 유교적 자본주의의 특성을 다음과 같이 분석하고 있었다.

 첫째, 교육의 중시.
 둘째, 정부와 기업 간의 치밀한 관계.
 셋째, 가족, 향토, 동문들을 중심으로 하는 대가족 개념.
 넷째, 도덕·윤리적 사회관계.
 다섯째, 신뢰를 바탕으로 하는 전통사회.
 여섯째, 집단적 국가의식.
 일곱째, 저축습관.
 여덟째, 강한 유교적 문화의 동질감.
 이처럼 '유교적 자본주의'는 바로 21세기적 경제적 화두. 그 화두는 이처럼 맹자의 경세지략에서 비롯되었으니 맹자는 동양정신의 기본 틀을 완성하였던 아성일 뿐 아니라 인류의 미래를 꿰뚫어본 시간과 공간을 초월한 선지자이기도 한 것이다.

그런 의미에서 유가에 있어서 미륵불 맹자.

맹자는 기원전 289년 1월 15일 마침내 고향에서 숨을 거두게 된다. 이때 맹자의 나이는 여든세 살.

그러나 맹자의 마지막 모습은 전혀 알려진 바가 없다.

역설적으로 그가 죽은 후에 무덤도 알려진 바가 없고 그 후 1천3백여 년이 흐를 때까지 망각의 늪에서 벗어나지 못하고 있었다.

맹자가 이처럼 아성이었으면서도 1천3백여 년 동안 역사의 뒤안길에서 잊힌 존재로 망각될 수 있었던 것은 맹자가 항상 공자와 더불어 역사의 부침 속에 때로는 각광을 받고, 때로는 몰락하였던 운명을 함께하였기 때문이었다.

맹자의 무덤이 처음으로 발견된 것은 북송(北宋)의 초기 시절이었던 1037년.

그것은 송대에 이르렀을 때에야 유학이 다시 큰 변전을 일으켜 성리학(性理學)으로 거듭날 수 있었기 때문이었다. 송대 이후에 일어난 새로운 방법의 유학은 성리학. 이때의 유학을 신유학(Neo-confucianism)이라고 부르는 것은 바로 그런 이유 때문이다.

송대로 들어오면서 많은 학자들이 도교와 불교에 영향을 받은 인간의 이성과 논리에 한계를 느끼기 시작했으며, 이제껏 유가들이 기울여온 인간의 문제에서 한 차원 더 높은 형이상학적 문제에까지

시선을 돌리게 되었다.

그리하여 신유학자들은 앞을 다투어 그들의 학문적 지주인 맹자의 무덤을 찾기 시작하였다.

그들이 처음으로 발견한 것은 맹모지(孟母池)라는 연못. 맹자를 위해 세 번이나 이사를 하였던 어머니 급씨의 이름을 딴 맹모지라는 연못이 있으면 그곳 어딘가에 맹자의 무덤이 있을 것이라고 확신하였던 유학자들은 산동성 추현 북쪽 30리 사기산(四基山)에 묻혀 있던 맹자의 무덤을 발견할 수 있었다.

오늘날 산동 추현시 동북쪽 12.5킬로미터 지점인 사기산 서쪽 기슭에 위치한 맹자의 무덤 이름은 맹림(孟林).

맹자의 무덤이 발견됨과 동시에 명묘를 건설하고, 사당을 짓고, 제사를 지내기 시작함으로써 맹자는 역사적으로 복원될 수 있었다.

그 이후 원나라 문종은 서기 1330년, 맹자에게 '추국아성공(鄒國亞聖公)'이란 칭호를 내림으로써, 맹자는 불멸의 스승으로 부활하게 되었으니, 맹자야말로 온갖 사상의 꽃들이 한꺼번에 피어난 백화제방에서 단연 돋보이던 만세일화인 것이다.

제4장

유림
儒林

1

 잔뜩 잿빛 구름으로 뒤덮여 있던 하늘은 오후가 되자 마침내 푸득푸득 털갈이하는 짐승에서 털이 뜯겨나가듯 싸락눈이 흩날리기 시작하였다.
 어제부터 공묘(孔廟)와 공부(孔府)를 순회하여 마지막 코스인 공림(孔林)에 이르렀으므로 나는 적잖이 지쳐 있었다.
 공묘는 곡부성 안에 있는 공자의 묘당(廟堂). 공자가 작고한 지 일 년 뒤 노나라의 애공이 공자가 살던 집 3칸을 개축하여 사당으로 만들고 세시봉사(歲時奉祀)케 한 것이 공묘의 시작인데, 청나라 때인 1730년에 개축된 공묘는 대성전(大成殿)으로 불릴 만큼 공자 사당의 총본산이었다.
 흰 돌로 된 이중계단 위에 노란 유리기와를 이은 이중 팔작지붕은 중국에서도 북경의 태화전(太和殿)과 태안(泰安)의 천황전을 비롯한 3대 건물로 손꼽힐 만큼 거대한 위용을 자랑하고 있었다.

대성전의 중앙에는 '지성선사(至聖先師)'라는 편액과 함께 그 안에 공자상이 세워져 있었다.

그 양편에는 사배(四配)라 하여 안회, 증참, 자사, 맹자의 조상과 십이철이라 불리는 민손, 염옹, 단목사를 비롯하여 송나라의 주희에 이르기까지의 조상이 배열되어 있어 역대 유가에서 전해오는 선현들이 모셔져 있는 것이 인상적이었다.

공부는 공자 후대의 장자와 장손들이 살고 있던 공씨 가문의 사저. 공자가 죽은 후 2천 년 이상 이곳에서 살고 있던 공씨들의 흔적이 남아 있는 습봉택(襲封宅)이었다.

이곳에서 마지막으로 살았던 공씨의 후예는 77대 손인 공덕성(孔德成). 대만으로 망명하기까지 이곳에서 살던 공자의 마지막 종손이었다.

그러나 인구 61만 명의 곡부는 대부분 공씨의 성을 가진 공자의 후예로, 오늘날 이들은 중국에서 가장 유명한 술인 공부가주(孔府家酒)를 만들어 막대한 이윤을 남기고 있다.

세계의 문화유산으로 지정된 공묘와 공부, 그리고 공림은 오직 공자의 고향이라는 이유만으로 중국의 전역과 세계 각지에서 모여드는 관광객의 수입으로도 막대한 부를 축적하고 있었다. 어디 그뿐인가, 대성전 중앙에 걸려 있는 문자 그대로 세계의 3대 성인이었던 지성선사(至聖先師), 공자의 학문보다는 공자의 이름을 딴 중국 최고의 명주를 만들어 파는 공자 후예들의 상술은 참으로 아이러니한 일이었다.

그러나 뭐니뭐니 해도 곡부 제일의 문화유산은 내가 지금 찾아가고 있는 공림(孔林).

공림이 곡부에 남아 있는 공묘, 공부, 안묘(顔廟), 주공묘(周公廟), 소호능(少昊陵) 등의 많은 문화재 중에서 가장 유명한 것은 바로 그곳에 공자의 무덤이 남아 있기 때문이다.

공묘를 비롯하여 공부와 공자의 고택들은 모두 둘레 5.5킬로미터의 고성 안에 산재하고 있었지만 공림은 도성 북문에서 북쪽으로 약 1.5킬로 떨어진 곳에 자리잡고 있다.

이는 공림은 공자와 77대 후손에 이를 때까지의 후손들이 묻혀 있는 가족묘지로 도성 외곽지대에 자리잡고 있을 수밖에 없었기 때문이었을 것이다.

나는 지친 발길을 터덜거리며 북부에서 뻗어내린 공로(公路)를 따라 걸었다. 이 공로는 원래 곡부성 안으로 통하는 주작대로였고, 옛날부터 신도(神道)라고 불리듯 신성한 통로였다. 길 양편에는 수백 년이 되었을 법한 고백(古柏)들이 열병식을 올리듯 늘어서 있었다.

신도 중간에는 여섯 개의 기둥으로 이루어진 석비방(石碑坊)이 세워져 있었다. 기둥 아래로는 용과 봉황, 기린, 사자들이 정교하게 여러 가지 형태로 조각되어 있는 오문비방(五門碑坊)이었는데, 그 중간에는 '만고장춘(萬古長春)'이란 네 글자의 액자가 걸려 있었다. 그 액자의 문자를 따 '장춘방(長春坊)'이라고도 불리는 그 석비를 본 순간 나는 지친 걸음을 멈추고 잠시 새삼스런 감회에 젖어들었다.

만고장춘.

편액에 걸린 내용대로 세상에 유례가 없을 만큼 긴 꿈. 만고에 영원히 이어갈 만한 길고 긴 꿈.

2천5백여 년 전, 바로 이곳에서 태어난 공자가 이루어낸 동양철학의 골수 유교는 어쩌면 한바탕 길고 긴 꿈에 불과할지도 모른다. 그러나 공자가 이뤄낸 한바탕의 꿈, 유교는 여전히 사라지지 아니하고 동양정신의 위대한 유산이 되었으며, 우리나라에 이르러 조광조를 비롯한 경세가들에게는 왕도정치의 근본이 되었고, 이퇴계를 비롯한 사상가들에게는 서양철학과 맞설 수 있는 유일무이의 동양적 가치관으로 정립될 수 있었던 것이다.

그 편액을 본 순간 나는 물먹은 솜처럼 무거운 무게로 짓눌러오는 피로감의 정체를 밝혀낼 수 있었다.

그렇다.

공자의 무덤인 공림으로 가기 위해서 터덜거리며 걷고 있던 내가 지친 것은 어제부터 공묘와 공부를 들러 최종 목적지인 공림으로 가고 있기 때문만은 아니다. 그것은 짧은 공간이동에 지나지 않는다.

지난 수년 동안 나는 공자에 의해서 창시된 유교가 어떻게 맹자와 주자를 거쳐 형이상학적으로 발전되었는가, 그 2천 년의 궤적을 추적하였으며, 마침내 그 유가사상이 우리나라에 들어와 조광조를 비롯한 정치가들에게는 통치이념으로, 또한 해동주자 이퇴계에 이르러서는 메타피직(metaphysics)화되어 어떻게 논리적으로 완성될 수 있었는가 하는 그 과정을 집요하게 물고 늘어졌던 것이다.

이제 3년여에 걸친 그 추적은 마침내 공자의 무덤인 공림을 참배하는 것으로 대단원의 막을 내리게 되는 것이다.

공림은 내게 있어 공간이동의 종착점일 뿐 아니라 타임머신을 타고 시간을 역주행하였던 2천5백 년에 걸친 시간이동의 꼭짓점이기도 한 것이다.

그러므로 공자의 무덤이 있는 공림에 들러 공자를 참배하는 것은 내게 있어 '한없는 세월(萬古)'의 오랜 과거로부터 시작되어온 유가의 '긴 꿈(長春)'에서 벗어나 현실에 눈을 뜨는 공양미 삼백 석과 같은 순례행위인 것이다.

마침내 공림 앞 광장이 드러났다.

아직 추위가 가시지 않은 2월 초의 쌀쌀한 늦은 겨울이었음에도 불구하고 광장 앞은 관광객으로 만원을 이루고 있었고, 그들을 상대로 한 장사꾼들의 아우성 소리가 시끌벅적하게 들려오고 있었다. 내가 다가가자 장사꾼들은 용케도 나를 외국에서 온 이방인으로 알아보았고, 벌떼처럼 일어나 나를 에워쌌다.

"천원, 천원. 싸다, 싸―."

장사꾼들은 서로 손에 물건을 들고 물어뜯을 것처럼 공격하였다. 그중 내 눈에 띈 것은 수레를 끌고 다니는 노점상이었다. 그들은 수레 위에 붉은빛이 도는 과일을 쌓아놓고 호객행위를 하고 있었다.

생수병을 들고 있었으나 갈증이 났으므로 나는 그 노점상 앞으로

다가갔다. 그러나 그것은 과일이 아니라 무였다. 이곳 지방의 특산물로 껍질을 벗기면 그 속이 수박처럼 새빨간 홍무였다. 나는 홍무를 하나 사서 천천히 그것을 씹었다.

무라고 하기에는 달콤하고, 과일이라고 하기에는 무미한 홍무를 나는 디즈니 만화에 나오는 토끼처럼 씹어 삼켰다.

원래『사기』에는 공자가 '노나라 도성 북쪽 사수(泗水)가에 매장되었다'라고 기록하고 있다. 이때의 장면을 사마천은 기록하고 있다.

'공자는 노나라의 북쪽 사수가에 매장되었다.'

따라서 공자의 무덤이 『사기』에 기록된 대로 도성의 북쪽인 이곳에 묻혀 있다는 것은 역사적으로도 증명이 되는 명확한 사실인 것이다.

그러나 공자의 무덤이 도성 북쪽에 있다는 기록은 오늘날에도 입증되는 사실이나 무덤 곁에 사수라는 강이 흐르고 있다는 사실은 불분명하다.

또한 사마천은『사기』에서 이렇게 증언하고 있다.

노나라에서는 대대로 매년 공자의 무덤에 제사를 지냈다. 많은 유자들이 공자의 무덤 앞에서 예를 익혔고, 향음(響音, 향악의 우등생을 군주에게 추천하는 예식), 대사(大射, 향인의 궁술시험) 등의 예를 행했다. 공자의 무덤은 1경(一頃)이었다. 제자들이 기거했던 당은 후세의 묘로 남아 공자의 옷과 관, 금(琴), 거(車), 서(書)를 보관했다. 한(漢)대에 이르기까지 그것은 2백 년이나 존속되었다. 한나라의 고조가 노나라에 들렀을 때에는 태뢰(太牢,

소, 양, 돼지)를 갖추어 제사를 지냈다. 경상(卿相) 등이 이 땅에 오면 언제나 공자의 무덤에 먼저 참배한 뒤에야 정사를 보았다.

이렇듯 공자의 묘는 한대에 이미 존재하였으며, 한나라의 고조가 제사를 지냈던 그 당시 이미 사방 1경(1경은 백 묘, 1묘는 6천 평방척이므로 1경은 60만 평방척)에 해당되는 거대한 묘역으로 형성되어 있었던 것이다.

사마천의 기록이 정확하다면 유방(劉邦)이 한나라를 건국한 것은 기원전 206년. 그러므로 기원전 479년에 공자가 죽었고, 또한 시황제에 의해서 유교가 핍박을 받아 초토화되었다 하더라도 공자의 사후 2백여 년에 이미 공자의 무덤은 거대하게 조성되어 있었고, 한고조 유방은 이 무덤 앞에서 천자가 사직을 제사지낼 때 갖추는 가장 융성한 제물들을 바치는 제사를 올렸음을 알 수 있다.

그 자신이 농민 출신이었으므로 평소에 지식을 갖춘 학자들을 경멸하여 학자들의 관에 오줌을 누며 혐오감을 표시하기도 했으나 '마상(馬上)에서 천하를 얻을 수는 있어도 마상에서 천하를 다스릴 수는 없다'는 신하의 간언을 받아들여 유교의 예를 섬기며 유교를 국교로 정하였던 유방.

그뿐인가.

사마천 역시 「공자세가」 후기에서 '노나라로 직접 가서 그의 묘당에 있는 거복(車服)과 예기(禮器)도 보고 여러 유생들이 공자의 옛집에서 공자의 예를 익히는 것도 구경했다'라고 기록하고 있으므로 사마천의 생존 때 벌써 공묘와 공부, 그리고 공자의 무덤이 성지로 보존되고 있었을 뿐 아니라 각지에서 모여드는 유생들의 순례지로 각광받고 있었음을 보여주고 있는 것이다.

나는 공림으로 들어가는 입장권을 사기 위해 매표소 앞에 섰다. 전국 각지에서 모여든 관람객들은 단체권을 사기 위해서 이미 길게 줄서 있었다. 줄을 선 나를 보고 '복무원'이란 팻말을 든 젊은 여성들이 다가와 안내를 자청하였다.

그들은 공림을 안내하는 관광가이드였다. 중국 정부에서는 현지인들의 수입을 보장해주기 위해서 모든 명소들의 안내를 이처럼 현지인들에게 할당해두고 있었다. 어떻게 해서든 현지인들에게 작은 수익이라도 보장해주려는 안간힘의 소산이었다.

그러나 나는 그녀들의 안내를 받기보다는 홀로 공자의 무덤을 참배하고 싶었으므로 그들의 집요한 접근을 무표정한 얼굴로 차단시켰다. 표를 사들고 공림의 전문(前門)이라고 할 수 있는 대림문(大林門) 안으로 들어서려 하자 이번에는 인력거꾼들이 나를 막아 세웠다.

공림의 크기는 자그마치 20헥타르나 되는 거대한 숲.

공림은 이림(裏林)과 외림(外林)의 두 구역으로 나눠지는데, 공자의 무덤은 이림 한가운데 있다. 공림의 대문인 대림문에서 이림의 입구까지는 건강한 사람이라도 15분 이상 빠른 걸음으로 걸어가야 하는 먼 길이었다. 지친 나는 순간 인력거를 타고 싶은 강렬한 유혹을 느꼈으나 이를 물리치고 문 안으로 들어섰다.

중간에 있는 지성림(至聖林)이라는 금빛 글씨가 새겨져 있는 대문을 들어서자 붉은 담으로 이어지는 협도가 나타났다. 이 협도를 따라 늘어선 수많은 노점상들이 한꺼번에 소리를 지르며 지나가는 사람들에게 손짓하고 있었다. 한결같이 조악한 물건들이었다.

모택동의 사진, 싸구려 도장, 해바라기 씨, 펄쩍펄쩍 뛰는 대나무로 만든 인형, 공자의 초상, 울긋불긋 색칠한 돌멩이 등 도무지 용도를 알 수 없는 이상한 상품들을 들고 공자의 후예들은 한 푼이라도 더 팔기 위해서 소리 높여 외치고 있어 마치 벼룩시장을 연상시켰다.

협도는 지성림문(至聖林門)에서 끝이 났다. 이 문은 원래 옛 노나라 도성의 북문에 해당되는 자리였다.

정확하지는 않지만 공자가 13년 동안의 주유열국을 끝내고 기원전 484년 68세의 나이로 고향인 곡부로 돌아올 때 사용했던 문으로 알려져 있다.

많은 제자들이 어째서 북문을 이용하여 도성 안으로 들어가는가를 의아해하였지만 13년 동안의 천하유세에도 불구하고 아무런 공덕도 이루지 못하고 초라하게 돌아오는 공자로서는 남의 눈에 띄지 않고 스스로의 자괴감을 달래기 위해서라도 이처럼 북문으로 입성하였던 것처럼 보인다.

그러나 아이러니한 것은 공자의 위대한 지성(至聖)은 오히려 68년 동안의 전생보다는 초라하게 돌아와 73세의 나이로 숨을 거두기까지 5년 동안의 짧은 후생에 완성된 것이었으니, 이 짧은 기간이야말로 성인으로서 공자가 완성되는 중요한 공생활 기간이었다.

이 짧은 공생활 동안 공자가 한 일은 현실정치에 대한 집념을 완전히 단절하고 제자들 교육과 만인의 교과서가 될 경서들의 편전에만 몰두하였다.

13년 동안의 방황을 통해 공자는 실제로 현실정치를 통해서는 자신의 이상을 실현할 수 없다는 사실을 뼈저리게 각성하였던 것이다.

공자가 처음 노나라로 돌아왔을 때 애공은 정치에 대해서 묻는다.

공자는 '정치란 신하를 잘 선택하는 일입니다' 라고 간단하게 대답하였을 뿐이었다.

또한 실권자였던 계강자가 도적들의 횡행을 근심하자 공자는 그에게 이렇게 쏘아붙인다.

"적어도 그대만이라도 탐욕을 버린다면 도적에게 상을 준다 하더라도 그들은 도둑질을 하지 않을 것입니다."

그것이 공자에게 한가닥 미련을 갖고 있던 노나라 왕실과의 완전한 결별이었다. 이에 대해 『사기』는 다음과 같이 기록하고 있다.

'그래서 노나라에서도 공자를 끝내 등용해 쓰지 않았다. 공자 또한 벼슬 구하는 일을 포기하였다.'

그러나 이런 기록은 사마천의 주관적인 해석처럼 보인다.

공자가 지성림문이라 불리는 저 북문을 통하여 68세의 나이로 고향으로 돌아올 때에는 이미 현실정치에 대한 관심을 완전히 끊어버리고 있었으므로 『사기』에 기록된 대로 그것은 '포기'가 아니라 마치 십자가에 못 박히는 듯한 '결단'이었을 것이다.

그것은 공자에 있어서 새로운 부활이었다.

이에 대해 『사기』는 기록하고 있다.

공자의 시대에는 이미 주실(周室)은 쇠미해져 있었고, 예·악은 황폐해졌으며, 시서(詩書)는 흩어져 없어졌다. 그래서 공자는 이를 안타깝게 여겨 하·은·주 3대의 예를 주석하고 고서, 전기 들을 정리했으며, 위로는 요순의 시대로부터 시작해 아래로는 진(秦)의 목공에 이르기까지 순서에 따라 정리 편찬하였다.

지성림문 안으로는 동서쪽으로 뻗으면서 공림을 한 바퀴 도는 환림로(環林路)가 있었다. 이 환림로의 길이는 5킬로. 공림의 외림은 여기에서 끝나고 또다시 공자의 무덤이 있는 이림이 시작되고 있었다.

이림과 외림의 분기점은 지성림문에서 백여 미터 거리에 흐르고 있는 수수(洙水). 말이 강이지 실제로는 개울처럼 보이는 이 도랑 위에는 수수교(洙水橋)라고 불리는 작은 다리가 놓여 있었다.

대문에서 인력거를 타고 온 사람은 일단 이곳에서 하차하는데, 인력거꾼들은 손님을 내려주고 다시 공자의 무덤에서 나오는 환림로 출구 쪽에서 기다리고 있다가 자신의 손님을 태우고 돌아가는 모양으로 다리 입구에는 인력거에서 내리는 사람들로 북적거리고 있었다.

털갈이하듯 푸득푸득 내리던 싸락눈은 어느새 알이 굵어져 있었다. 날씨가 풀렸는지 굵어진 눈발에는 촉촉한 물기마저 스며들어 있었다.

나는 천천히 눈 내리는 수수교를 지나 이림 안으로 들어서면서 생각하였다.

사마천은 고향에 돌아온 공자가 '하·은·주 3대의 예를 주석하고 고서, 전기 들을 정리하였으며, 위로는 요순의 시대로부터 아래로는 진의 목공에 이르기까지 순서에 따라서 정리 편찬하였다'고 간단하게 기록하고 있지만 5년의 짧은 기간 동안에 『시경(詩經)』『서경(書經)』『역경(易經)』『예기(禮記)』『악기(樂記)』『춘추(春秋)』 등 육경(六經)이라고 불리는 유교의 경전을 스스로 편찬하였다는 것은 인간의 능력으로는 도저히 불가능하다고 할 만큼 불가사의한 일이었던 것이다.

실제로 공자와 더불어 세계의 3대 성인 중 하나인 부처는 8만의 설법을 하였으면서도 그 자신은 단 한 편의 경전을 완성하였던 적이 없다. 이는 예수도 마찬가지로 불경이나 성경들은 모두 부처와 예수가 죽고 난 뒤 그의 제자들에 의해서 집대성되고 제자들에 의해서 기록되어 편찬되었던 것이다.

그러나 공자는 스스로 창시한 유교의 경전을 제자들의 몫으로 넘기지 아니하고 살아생전에 제자들과 더불어 편찬하였던 것이다.

그중 공자가 직접 지은 책은 역사책이라 할 수 있는 『춘추』이다.

공자는 '위로는 요순의 시대로부터 아래로는 진의 목공에 이르기까지 순서에 따라 역사를 저술' 함으로써 후세의 정치가들에게 역사를 거울로 삼도록 하려는 의도에서 포폄(褒貶)의 뜻을 담아 『춘추』를 썼던 것이다. 즉 13년 동안의 주유천하에서도 현실정치를 바로

잡지 못하였던 공자는 중국 최초의 역사서인 『춘추』를 저술함으로써 역사 속에 깃든 미언대의(微言大義)를 통해 현실정치의 모순을 지적하려 함이었던 것이다.

공자가 『춘추』를 저술할 때 얼마나 공을 들였는가는 『사기』에 나오는 다음과 같은 문장을 통해 확인할 수 있다.

공자는 관직에 있을 때 소송이 들어오면 고소문 한 장 쓰는 데도 혼자서 하는 일 없이 반드시 동료들과 의논했었다. 그런데 적어도 『춘추』를 저술할 때는 가필과 삭제를 오로지 혼자 했다. 자하(子夏)처럼 문장력이 뛰어난 제자라도 스승의 저작에 글자 한 자 가감할 수가 없었다.

공자가 얼마나 비장한 각오 아래 『춘추』의 저작에 몰두하였는가는 『춘추』가 완성되자 그 누구의 도움 없이 혼자만의 힘으로 저술한 『춘추』를 제자들에게 보여준 후 공자가 하였던 말을 통해 잘 알 수 있다.

후세에 나를 이해하는 사람은 『춘추』에 의해서일 것이다. 후세에 나를 죄주는 것도 오직 『춘추』를 통해서일 것이다(知我者 其惟春秋乎 罪我者 其惟春秋乎).

맹자 역시 「등문공」 하편에서 공자가 후세에서라도 자신의 정치적 이상의 실현을 기대하고자 자신의 뜻을 담은 『춘추』를 지었음을 설명하고 있다.

세상에 도가 쇠미해지고 사설(邪說)과 폭행이 생겨나며, 신하로서 자기 임금을 죽이는 자가 생기고, 자식으로서 그 아비를 죽이는 일이 생겨나니, 공자는 두려워서 『춘추』를 지으셨다. 『춘추』는 천자로서의 할 일이다.

이처럼 『춘추』가 공자가 직접 지은 유일한 경서라면 나머지 경전들은 공자가 그 무렵 전해 내려오던 시(詩)들과 노래(樂), 예(禮)와 서(書), 그리고 역(易) 등을 총정리하여 집대성해놓은 경전들이었다.
그중 『시경』은 중국 최초의 시가집으로 중국 문학발전에 지대한 영향을 끼친 유가의 경전 중 하나인데 『논어』에 보면 이에 대해 공자 스스로 다음과 같이 말하고 있다.

'내가 위나라로부터 노나라로 돌아온 뒤에야 음악이 올바르게 되고 아(雅), 송(頌)이 제각각 올바른 자리를 찾게 되었다.'

『사기』에 의하면 지금까지 전해 내려오던 3천여 편의 시 중에서 공자는 중복되는 것을 빼내고 예의에 합당하는 305편의 작품만을 취하여 『시경』을 편찬했다고 기록하고 있다. 공자는 평소에도 시의 중요성에 대해 『논어』 속에서 술회하고 있지 않았던가.

'그대들은 왜 『시경』을 공부하지 않는가. 시는 사람의 감흥을 일으켜주고, 사물을 올바로 보게 하여 사람들과 잘 어울릴 수 있게 하며, 은근히 불평을 할 수 있게 한다. 가깝게는 어버이를 제대로 섬기고, 멀리는 임금을 올바로 섬길 줄 알게 하며, 새나 짐승, 풀, 나무들의 이름도 많이 알게 한다.'

공자가 이처럼 시를 사랑하여 『시경』을 편찬하였던 사실은 훗날 『시경』이 유가의 가장 중요한 경전 중의 하나로 자리를 차지하는 결과를 낳는다. 이로 인해 중국에서는 일찍부터 시가 크게 성행하여 중국 전통문학의 중심을 이루며 발전되는 문화혁명의 교과서 역할을 하게 되었던 것이다.

이를 통해 알 수 있는 것은 공자야말로 이처럼 위대한 사상가였을 뿐 아니라 정치가, 교육자, 역사가, 음악가, 그리고 문학가라고 불릴 만큼 전인적인 세계인, 즉 코스모폴리탄이었다는 점일 것이다.

공자가 고향으로 돌아온 만년의 5년은 비교적 사회적으로나 경제적으로나 안정적인 생활을 보내고 있었다고는 하지만 개인적으로는 불행이 연속적으로 겹치던 화불단행(禍不單行)의 고난기였다. 이 고난기 속에서도 늙은 공자가 그처럼 놀라운 열정을 가지고 육경을 편찬하였다는 것은 한마디로 기적적인 일이다.

고향으로 돌아온 다음해인 기원전 483년, 공자의 나이 69세 되던 해, 그의 외아들 공리(孔鯉)가 50세의 나이로 먼저 죽는다.

공자는 부인과 헤어져 혼자 살고 있었으므로 만년에 유일하게 의지하던 외아들마저 잃게 되었으니 한순간에 사고무친의 독거노인이 되었던 것이다.

그뿐인가.

그다음 해는 공자가 가장 사랑하였던 제자 안연(顔淵)이 죽은 것이다.

안연은 그의 아버지와 함께 공자에게 배움을 익혔던, 공자보다 30세 아래인 수제자. 『논어』를 통해 보면 여러 제자들 중에서도 안연만은 여러 번 드러내놓고 칭찬하고 있으며, 자기가 평생 이루지 못한 이상을 대를 이어 이뤄줄 제자로 기대하고 있었던 단 하나의 후계자였던 것이다.

너무나 가난하여 29세인 젊은 나이에 온 머리가 하얗게 세었던 안연에 대해 공자는 극찬한다.

안연이 죽은 바로 직후 '제자들 중에서 누가 학문을 좋아합니까' 하고 애공이 묻자 공자는 대답한다.

"안연이라는 사람이 학문을 좋아해서 노여움을 남에게 옮기지 않고, 과실을 거듭 범하지 않았었는데, 불행히도 단명하였습니다. 지금은 죽어 없으니 학문을 좋아하는 사람이 누구인지 알지 못하고 있습니다."

안연 역시 스승 공자를 하늘처럼 존경하고 우러르고 있었다. 『사기』에는 안연이 스승 공자를 공경하였던 내용이 고스란히 전재되어 있다.

선생님의 도는 우러러볼수록 더욱더 높다. 구멍을 뚫고 들어갈라치면 그 벽은 더욱 굳으며, 앞에 있는가 하면 홀연히 뒤에 있다. 그렇지만 선생님은 사람을 순서대로 유도하여 이끄신다.

문(文)으로써 나의 소견을 넓혀주시고 예(禮)로써 나의 행위를 규제하여주셨다. 나는 그만두려 해도 그만둘 수 없이 선생님을 따라 나의 재능을 다하도록 만드셨다. 그렇게 함으로써 비로소 선생님이 저 높은 곳에 우뚝 서 계시다는 것을 알았으나 선생님을 따라 그 높은 곳으로 올라갈 수는 없었다. 왜냐하면 그곳은 너무 높고 먼 곳이기 때문이다.

그러한 수제자 안연이 죽자 공자는 자신의 이상이 단절되는 비통함을 느낀 듯 소리 내어 울면서 이렇게 탄식하였다고「중니제자열전(仲尼弟子列傳)」은 기록하고 있다.
"내가 안회를 제자로 가지게 된 뒤부터 다른 제자들이 더욱더 나와 다정하게 지낼 수 있었는데."
그리고 나서 공자는 통곡하면서 다음과 같이 통탄한다.
'아아, 하늘이 나를 망치는구나. 하늘이 나를 망치는구나(噫 天喪予 天喪予).'
『논어』의「선진(先進)」편에는 안연이 죽었을 때 공자가 취했던 장면을 보다 극적으로 전하고 있다.

안연이 죽자 공자께서 통곡을 지나치게 하셨다. 모시고 있던 사람들이 말하였다.
"선생님, 통곡이 지나치십니다."
그러자 공자께서 말씀하셨다.

"내가 통곡이 지나치다고, 그런 사람을 위해 통곡이 지나치지 않으면 또 누구를 위하여 통곡하겠느냐."

그뿐이 아니었다.

안연이 죽은 2년 뒤 이번에는 또 다른 제자인 자로마저 죽는다. 안연이 공자의 사상을 계승할 수제자라면 자로는 제자 중에 성격이 가장 곧고 용감하여 13년 동안의 주유천하 중에서도 줄곧 공자를 호위하였던 애제자였다.

일찍이 공자 자신이 '도가 행하여지지 않아 뗏목을 타고 바다 속을 들어간다 해도 나를 따를 자는 자로뿐일 것이다'라고 신임하였던 애제자였던 것이다.

공자가 초라하게 노나라로 돌아왔을 때도 자로는 끝까지 스승을 호위하였는데, 임무를 완수하자마자 곧 위나라로 가서 공회의 읍재가 되었다. 그러나 위나라에 내란이 일어나 위기에 처하게 되자 이 소문을 들은 공자는 '자로가 곧 죽겠구나' 하고 말하였다고 한다.

이는 『논어』에 나오는 공자가 '중유 같은 사람은 제명에 죽지 못할 것이다'라고 예언했던 말이 그대로 들어맞은 셈이었는데, 실제로 자로는 공회를 구하려고 홀로 적진에 뛰어들어 싸우다가 비참한 최후를 맞는다. 자로가 죽었다는 소식을 들은 공자는 '아아, 하늘이 나를 끊어버리는구나(噫 天祝予)'라고 통곡하였다.

이는 안연이 죽었을 때의 '하늘이 나를 망치는구나'의 표현보다 더욱 절망적인 탄식이었다.

이러한 아들의 죽음과 사랑하는 두 제자의 연이은 죽음은 공자의 운명관을 바꾼 것처럼 보인다. 평소에는 하늘(天)이나 하느님(上帝)과 같은 천도(天道)에 대해서는 가르침을 펴지 않아 제자 자공(子貢)은 '선생님의 학문과 의표(儀表)에 대해서는 들어서 배울 수가 있었지만 선생님의 본성(本性)과 천도에 관한 말은 듣고 배울 수가 없었다'라고 증언하고 있는데, 실제로 공자는 자로가 죽음에 관하여 물었을 때 '삶도 아직 모르는데, 어찌 죽음을 알겠느냐(未知生 焉能死)'라고 일축하였던 것이다.

 그러한 공자가 안연과 자로가 죽었을 때 두 번이나 '하늘이 나를 망친다' 하고 탄식하고, '하늘이 나를 끊어버린다' 하고 한탄하는 것을 보면 말년에 공자는 하늘에 의해서 결정되는 인간의 명운을 인정하는 운명론자가 되어버린 듯 보인다.

 이는 공자 자신이 쓴 역사책 『춘추』의 마지막 부분이 '서수획린(西狩獲麟)'이라는 사건으로 끝을 맺는 사실을 통해서도 그러한 공자의 운명관을 미루어 짐작게 하고 있다.

 서수획린.

 '서쪽으로 사냥을 나가 기린을 잡았다'는 고사성어로 노나라의 애공 14년 봄 사람들이 노나라 서쪽으로 사냥을 나갔다가 기린을 잡은 일이 있었던 데서 비롯되었다.

 사람들은 처음 보는 짐승이라 몰라보았으나 공자는 그것이 곧 기린임을 알았다. 이에 대해 『공양전(公羊傳)』은 기록하고 있다.

기린이란 어진 짐승이니, 올바른 왕이 있으면 나타나고, 없으면 나타나지 않는다. 어떤 사람이 잡은 짐승을 "고라니 같으면서도 뿔이 났다" 하고 말하니, 공자께서 말씀하셨다.
"누구를 위해 나왔느냐, 누구를 위해 나왔느냐."
그러고는 소맷자락을 들어 얼굴을 닦았는데, 눈물이 옷자락을 적시었다.

『사기』에는 이 장면을 약간 다르게 묘사하고 있다.

서쪽으로 사냥을 나갔다가 기린을 본 공자는 말씀하시기를 "나의 도는 궁지에 왔다"고 하면서 또 탄식 섞인 말씀을 하셨다.
"나를 알아주지 않는구나."
자공이 여쭈었다.
"어째서 선생님을 알아주지 않는다고 하십니까."
공자께서 말씀하셨다.
"하늘을 원망하지 말고 사람을 탓하지 말아야 한다. 아래의 것을 배워 위의 것까지 통달했으니, 나를 알아주는 것은 오직 하늘뿐일 것이다."

기린이 잡힌 사건을 두고 흘린 공자의 눈물이나 '나의 도는 궁지에 왔다'라고 말한 공자의 탄식은 모두 어지러운 난세에 잘못 나와 어리석은 인간들에게 잡히고 만 성스러운 짐승 기린을 보고 바로 자기의 운명을 직감한 결과 때문일 것이다.

즉 공자는 자신을 기린과 동일시하였던 것이다. 기린이란 어진 짐승으로, 올바른 왕이 있으면 나타나고, 없으면 숨어버리는 짐승인데, 어쩌다 잘못하여 어지러운 난세에 태어났으므로 자신을 알아보지 못한 사람들에게 하찮은 고라니로 취급받듯이 자신도 어지러운 난세에 잘못 태어나 평생 동안 '나를 알아주지 않는구나' 하고 탄식하며 궁지에 몰려 있음을 암시하고 있었던 내용인 것이다.

'이 세상에서는 절대로 나의 이상을 실현할 수 없다.' 마치 난세에 잘못 나와 괴물로 오해받는 기린처럼 자신은 영원히 사람들로부터 인정받지 못할 것이다. 이것이 바로 하늘의 뜻이며, 실질적인 생애의 종말을 의미하는 것이었다. 이때 공자는 '나를 알아주는 것은 오직 하늘뿐일 것이다'라고 못박음으로써 마침내 운명론자로서의 모습을 극명하게 보여주고 있음인 것이다.

이러한 운명관의 변화 때문일까. 말년에 공자는 『역경』에 심취하였다. 『역경』은 주나라 초기에 완성되었으므로 '주역'이라고도 불리는 책이다. 동양의 철학정신을 역리(易理)로 논한 글로 자연의 섭리, 만물의 기원, 인생론과 같은 문제를 다루고 있지만 본시는 인간의 길흉을 점치는 복서인 것이다.

공자가 말년에 『역경』을 좋아하여 『역경』을 읽는 사이 책을 엮은 가죽 끈이 세 번이나 끊어졌다는 『사기』의 기록은 이러한 공자의 하늘에 대한 바뀐 운명관 때문일지도 모른다.

또한 공자는 하늘에 대해 또다시 한탄하였다고 『사기』는 기록하고 있다.

'하늘이 나에게 수명을 몇 년만 더 주었더라도 나는 역리를 충분히 연구하여 그토록 큰 잘못이 없도록 할 수 있을 터인데.'

이처럼 제자 자공의 기록처럼 '천도'에 대해서는 평생 동안 가르침을 펴지 않았던 공자가 말년에 이르러서 '하늘타령'을 계속 부르짖고 있다는 것은 참으로 역설적인 모순인 것이다.

둥근 반원 형태로 만들어진 수수교(洙水橋) 밑으로는 그러나 흐르는 물이 거의 없었다. 원래 물 이름 수(洙) 자가 나온 것은 공자의 고향을 흐르는 수수(洙水)라는 강이름에서 비롯된 것으로, 공자가 생전에 수수와 사수(泗水) 강가에서 제자들을 가르쳤던 데서 수사학(洙泗學)이란 학통이 생겨났었는데, 그러나 강물이 끊겼기 때문일까, 다리 아래로 흐르는 물은 거의 없었고 대신 그 위로 알이 굵어진 싸라기눈만이 부스러진 쌀알처럼 어지러이 흩날리고 있을 뿐이었다.

나는 용도(甬道)를 따라 걸었다.

공림을 참배하는 많은 사람들이 물밀듯이 밀려오는 인해전술의 해방군처럼 쏟아지는 눈발을 맞으며 행진하고 있었다.

이윽고 당묘문(當墓門)이 나타났다.

당묘문은 옛날부터 제사를 지낼 때 제주들이 옷을 갈아입기도 하고 제물을 마련하기도 하던 곳. 실질적으로 공자의 묘역이 시작되는 곳이었다.

당묘문을 나서자 용도 양편에 네 개의 석조물이 자리잡고 있었다. 그 첫 번째 것은 화표(華表)라고 불리는 거대한 석주였다. 망주(望柱)라고도 불리는 이 돌기둥은 극락세계로 들어가는 천문을 가리키는 것으로 사람들은 모두 시끌벅적하게 낙천적으로 웃으며 극락세계로 들어가기 위해 화표를 뛰어넘고 있었다.

그다음의 석조물은 문표(文豹). 표범 모양으로 생긴 이 석조물은 용맹과 충성을 상징하는 석상이며, 세 번째 석조물은 괴수 모양의 녹단(端). 상제의 마차를 끌던 동물로 하루에 1만8천여 리를 달리고, 온갖 말을 다 알고, 모든 일을 다 안다는 전지전능의 정명(精明)을 나타내는 상징물이며, 마지막 네 번째 석조물은 옹중(翁仲). 유일하게 사람의 모습을 하고 있는 석상으로 일찍이 진(秦)나라의 장수로, 이민족과의 싸움에서 맹위를 떨쳤다는 완옹중(阮翁仲)을 가리키는 석상이었다.

만리장성을 구축하였다고는 하지만 흉노의 침입을 막지 못하였던 진시황이 키가 20척이나 되고, 힘은 수백 명을 당할 정도인 남해의 거인 완옹중을 발탁하여 오랑캐를 물리쳤던 데서 비롯된 이 석상은 '돌하르방'으로 변형되어 우리나라의 제주도에서도 수호신으로 자리잡게 된다.

용도가 끝나자 향전(享殿)이 나타났다. 이곳은 조상들의 제사를 지낼 때 사용하던 향당(享堂). 지금 남아 있는 건물은 동한(東漢)시대 때부터 청대에 이르기까지 수천 년 동안 계속 중수를 거친 것이었다. 그러므로 용도에 세워진 네 개의 석상들도 모두 송나라와 명나라 때 만들어진 석조물이다.

향전을 돌아가자 해정(楷亭)이 나타났다.

정자 안 비석에는 오래된 해수(楷樹)가 조각되어 있고, 정자 곁에는 말라죽은 늙은 나무가 한 그루 남아 있었다.

원래 자공이 이곳에 움막을 짓고 시묘를 할 때 심은 해나무로 이로 인해 공목(孔木)이라고도 불리던 나무였다.

이를 기념하듯 정자 앞 비석에는 다음과 같은 글씨가 새겨져 있었다.

'子貢手植楷(자공수식해).'

그러나 청나라의 강희(康熙) 연간에 이 나무는 벼락을 맞고 타죽어버렸으므로 그것을 기념하기 위해서 비석과 정자를 세운 것이었다.

공자의 제자 중에서도 특히 외교활동이 뛰어나 살아생전에 스승보다 더 유능하고 뛰어난 인물이라고 평가를 받았던 자공.

스승 공자로부터도 '자공은 천명대로만 살지 않고 재산을 불렸고, 그의 예측은 거의 적중하였다' 라는 평가를 받았던 뛰어난 정치가이자 재산가였던 자공은 이러한 외교활동으로 스승의 임종을 지키지 못하였다.

스승의 임종을 지키지 못하였다는 자책감으로 자공은 6년 동안이나 공자의 무덤 곁에서 여막을 치고 묘를 지켰다. 이에 대한 기록이 『사기』에도 나와 있다.

공자는 노나라의 도성 북쪽 사수가에 매장되었다. 제자들은 모두 3년 동안 상복을 입었다. 또 3년 동안의 심상을 끝내고서도 서로 이별하려 할 때에는 소리 내어 울었다. 어떤 제자들은 그대로 머물기도 하였다. 자공은 무덤 곁에 초막을 짓고 6년이 지난 후에야 물러났다. 제자들이나 노나라 사람으로서 집을 공자의 무덤 곁으로 옮긴 것이 일백여 가가 되어 이곳을 공리(孔里)라고 불렀다.

고향으로 돌아와 죽을 때까지 5년 동안 공자는 육경을 제자들과 함께 스스로 편찬하였을 뿐만 아니라 또한 쉬지 않고 제자들을 가르쳤다. 공자를 만세사표(萬世師表)라고 부르는 것은 이처럼 '옛것을 좋아하여 부지런히 그것을 갈고 닦아 알게 된 사람(好古敏以求之者)'으로서 '옛것을 잘 습득하여 새로운 것을 알아낸 진리(溫故而知新)'를 책으로 펴냈을 뿐 아니라 끊임없이 제자들에게 가르침을 펼쳐 마침내 전 인류의 스승으로 자리잡을 수 있게 되었기 때문이다.

고향으로 돌아온 공자는 지금도 남아 있는 행단(杏壇) 근처에서 끊임없이 제자들을 가르쳤다.

'공자는 제자들에게 시(詩), 서(書), 예(禮), 악(樂)을 가지고 가르쳤다'고 『사기』는 기록하고 있는데, 제자들의 숫자는 3천 명으로 추정되며, 육예(六藝)에 능통했던 제자들만 해도 72명이나 되었다고 사마천은 증언하고 있다.

사마천은 『사기』에서 공자의 가르침에 대해서 기록하고 있다.

공자는 네 가지 방법으로 제자들을 교화하였다. 즉 문(文, 학문을 배워 인륜도덕의 이치를 밝힘), 행(行, 자신의 행실을 닦음), 충(忠, 자기의 마음을 다함), 신(信, 언어가 신실하여 행동과 일치함)이다.

공자를 인격적으로 분석해볼 때 다음의 네 가지는 가지고 있지 않았다.

즉 사의(私意)가 없었고, 기필코 무엇을 이루겠다는 의욕도 없었으며, 고집을 부리지 않았고, 그렇다고 해서 자아를 버려 손쉽게 남을 따르려 하는 점도 없었다.

공자가 특히 삼간 점이 있었는데, 제(齊, 제사를 드리기 전에 근신하는 일), 전쟁, 질병이 그것이다.

공자는 극히 드물기는 하지만 이(利)를 말하기도 했으며, 그러나 이를 말하는 경우에는 반드시 천명(天命)과 인(仁)을 더불어서 말했다.

사마천은 공자의 가르치는 방법에 대해서도 분석하고 있다.

공자는 사람을 가르칠 때에도 상대가 스스로 분발해서 배우려 하지 않으면 굳이 계발(啓發)해주지 않았고, 사우(四隅, 동서남북의 네 방향) 중에서 일우(一隅)를 들어 깨우쳐주었을 때 나머지 삼우를 깨닫고 반문해오지 않았을 때에도 더 이상 가르치려 하지 않았다.

이러한 공자의 가르침에 대한 열정도 수제자 안연과 애제자 자로가 죽자 곧 꺼져버린 듯 보인다. 그리고 거듭되는 불행과 절망으로 마침내 병이 난 듯 보인다. 『논어』에는 공자의 병을 암시하는 내용이 나온다.

공자께서 병이 심하게 나시자 자로가 문인으로 하여금 공자의 가신 노릇을 하게 하였다. 병이 약간 차도를 보이자 이를 알고 공자께서 말씀하셨다.
"오랫동안 자로가 나를 속여왔구나. 가신이 없는데도 가신이 있는 것처럼 꾸몄지만 내가 누구를 속이겠는가. 하늘을 속이겠는가. 또한 나는 가신들 손에 장사지내지기보다는 차라리 자네들 손에서 장사지내지고 싶다. 또 내가 비록 성대히 장사지내지지 못한다고 해도 설마 길거리에서 죽게 되기야 하겠는가."

그 무렵 공자는 곳곳에서 자신의 죽음을 암시하고 있다.
"심히 내가 노쇠하였구나. 오랫동안 나는 주공을 다시는 꿈속에서 보지 못하고 있다" 하고 탄식하기도 하고, "봉황새도 날아오지 않고 하도(河圖)도 나타나지 않으니, 나는 끝장이로구나"라고도 말하였던 것이다.

주공은 공자가 이상으로 삼았던 주나라 초기의 예의 제도를 제정했던 어진 인물. 실질적으로 공자의 정신적 스승이었다.

봉황새는 태평성대에 나타난다는 전설적인 새이며, 하도는 황하에서 용마가 지고 나타났다는 중국의 고대문물을 상징하는 전설적인 도문(圖文)이다. 그러므로 '봉황새도 날아오지 않고 하도도 나타나지 않는다'는 공자의 탄식은 자신의 이상을 실현하지도 못했을 뿐 아니라 옛 문물제도도 부흥시켜놓지 못하고, 자신의 생애가 끝장에 이르렀음을 절망적으로 나타낸 탄식이었던 것이다.

안연과 자로가 죽은 후 공자가 사랑했던 제자는 바로 자공.

나는 스승의 묘를 6년 동안이나 지키면서 심었다는 벼락 맞은 나무 곁에 세워진 비석을 천천히 손으로 쓰다듬어보았다. 비석은 원래의 글자를 알아볼 수 없을 만큼 새카맣게 사람들의 손때가 묻어 있었다. 그것은 아직도 스승의 죽음을 슬퍼하는 자공의 눈물로, 비석이 항상 촉촉하게 젖어 있다는 전설 때문이었다.

그런 전설 때문일까. '자공수식해(子貢手植檜)'라는 글자가 새겨진 비석은 물기에 젖어 있었다.

자공은 비록 스승의 임종은 지키지 못하였으나 스승의 최후를 지켜본 유일한 제자.

공자가 죽기 일주일 전 자공은 깊은 병에 들어 있는 스승을 찾아 병문안을 한다.

이 장면을 『사기』는 이렇게 기록하고 있다.

공자가 병이 들었다. 자공이 병문안을 갔더니 때마침 공자는 지팡이를 짚고서 마당을 거닐고 있었다. 자공을 보자 말하였다.

"사야, 어째서 이토록 늦게 왔느냐."

지팡이를 짚고 마당을 거닐고 있다가 자공을 보자 "어째서 이토록 늦게 왔느냐"라고 하소연하는 공자의 모습은 참으로 인간적이다. 사랑하는 아들과 두 제자를 먼저 떠나보내고 깊은 병에 들어 있는 독거노인으로서의 고독을 처연하게 드러내고 있는 장면인 것이다.

이때 공자는 눈물을 흘리면서 노래를 불렀다고 『사기』는 기록하고 있다.

　　태산이 무너지는도다
　　철주는 부러지는도다
　　철인이 시들려는도다.
　　泰山其頹乎
　　梁木其壞乎
　　哲人其萎乎

많은 학자들은 공자의 마지막 임종게가 공자가 스스로를 철인(哲人)이라고 표현할 리가 없으므로 후대의 가필이라고 추정하고 있지만 공자가 노래를 끝마치고 나서 자공에게 말하였던 내용을 보면 공자가 설혹 자신을 태산과 철주, 그리고 철인으로 비유하였다 하더라도 교만하다고는 느껴지지 않는다.

『사기』에는 공자가 눈물을 흘리면서 이렇게 유언하였다고 전한다.

　　천하에는 오랫동안 도(道)가 없고 그렇다고 해서 나를 종주

(宗主)로 떠받들지도 않는다. 그런데 하(夏)에서는 유해를 입관하면 동쪽 계단 위에 두고, 주(周)에서는 서쪽 계단 위에 두고, 은(殷)에서는 당상(堂上)의 동서 두 기둥 사이에 두는데, 어젯밤 꿈에 보니 내가 동서 두 기둥 사이에 놓여 있고, 공물(供物)이 그 앞에 갖추어져 있었다. 나의 조상은 은나라 사람이다.

자신의 조상이 은나라 사람이므로 은나라의 장례법대로 동서 두 기둥 사이에 유해가 안치될 것이라는 공자의 유언은 자신이 곧 죽을 것이며, 마침내 동서 두 기둥 사이에 묻힐 것임을 예언하는 내용이었다.

『사기』는 간략하게 공자의 죽음을 전하고 있다.

'그로부터 이레 뒤에 공자는 죽었다. 나이는 73세로 노의 애공 16년 4월 기축일(己丑日)이었다.'

이처럼 짤막한 『사기』의 기록과는 달리 『예기』 「단궁(檀弓)」 상편에는 죽음을 맞은 공자의 모습을 보다 상세하게 전하고 있다. 공자의 마지막 노래를 들은 후 자공은 슬픔에 젖어 종종걸음으로 공자의 방으로 들어가며 말한다.

"태산이 무너지면 우리들은 앞으로 무엇을 우러를 것이며, 철주가 부러지고, 철인이 시들어버린다면 우리는 한편으로 무엇을 의지해야 하는 것입니까. 선생님께서는 아마도 병이 깊어 마음이 약해지신 모양입니다."

이 말을 들은 공자는 말하였다.

"사야, 오는 것이 어찌 그리 더디냐. 옛날 하나라 사람들은 동쪽 섬돌 위에 빈소를 차렸는데, 이는 마치 죽은 이가 손님을 대하는 주인 노릇을 하려는 것이었다. 은나라 사람들은 양편 기둥에 빈소를 마련했으니 손님과 주인 사이에 있도록 하려는 것이었다. 주나라 사람들은 서쪽 섬돌 위에 빈소를 만들었으니, 이는 마치 죽은 이가 손님으로 있듯이 하려는 것이었다."

공자는 다시 말을 잇는다.

"그런데 나는 은나라 사람인데, 지난밤에는 두 기둥 사이에 앉아서 상(床)을 받는 꿈을 꾸었다."

이처럼 자신의 장례절차를 유언하고 나서 공자는 마지막으로 다음과 같이 자신의 최후를 암시한다.

"명철한 임금이 나오지 않으니, 천하에서 그 누가 나를 존중해주겠는가. 나는 아무래도 죽으려나 보다."

공자가 세상을 떠난 것은 『사기』에 기록된 대로 기원전 479년(노나라 애공 16년, 공자의 나이 73세 때) 4월 기축일(己丑日).

이때 노나라의 애공은 사자를 통해 조사를 보내어 말하였다.

"상천(上天)은 나를 불쌍히 여기지 않는구나. 한 노인(공자)을 이 세상에 남겨 나 한 사람을 도와 위(位)에 오르도록 허락하지 않으셨으니, 이제 나는 외롭고 애통한 마음 금할 수 없다. 아아, 슬프다. 이보(尼父, 공자)가 가고 없으니 내가 법도로 삼고 따를 분이 없구나."

공자가 죽자 노나라의 애공이 공자를 추모하여 지은 글은 뇌문.

공자의 제자인 자공은 스승이 살아 있던 때에는 등용하지도, 공경하지도 않다가 죽은 후에야 그처럼 스승을 칭송하는 것은 예에도 맞지 않을뿐더러 명분 없는 행동이라고 못마땅해하고 있다.

그러나 유대인 속담에도 '죽은 사람을 비난하는 사람은 없다. 왜냐하면 그는 더 이상의 경쟁자가 아니기 때문이다' 라는 말이 있듯이 무릇 역사적으로 뛰어난 사람들은 당대에는 칭찬받지 못하고 항상 경원시되는 법.

그것은 그 뛰어난 사람들이 진리의 빛으로 가면 속에 숨겨진 영혼을 비추며 진리의 칼로 찌르고 있으므로 항상 자신들을 불편하게 하는 걸림돌이며 가까이하기에는 고통스럽고 더불어 함께 살기에는 거북한 존재이기 때문인 것이다.

자공은 그러한 위선자 애공을 향해 직격탄을 날린다.

"우리 군주(애공)께서는 노나라에서 생을 마치시지 못할 것이다. 스승님께서 '예를 이루면 혼란해지고, 명분을 잃으면 죄과가 된다. 심지(心志)를 잃는 것을 혼란이라 하고, 정당한 지위를 잃는 것을 죄과라 한다' 고 말씀하셨다. 우리 군주께서 재세(在世) 중에는 선생님을 등용하지 않고 죽은 후에라야 그런 조사를 내리신 것은 예가 아니다. 게다가 '나 한 사람(一人)'이라고 말씀하셨으니 이것은 천자의 자칭이며 제후가 쓸 수 있는 자칭은 아닌 것이다. 따라서 명분도 서지 않는 무례한 일이다."

그러나 이처럼 공자를 백안시하였던 애공은 공자가 죽은 지 일년 후 공자가 살던 3칸의 집을 개축하여 묘당(廟堂)을 만들었다.

이것이 오늘날에도 남아 있는 거대한 공자 사당의 시작이었으니,

애공은 자공의 비판대로 '선생님을 생전에는 등용하지 않고 죽은 후에라야 그런 조사를 내린 비례'를 저질렀지만 공자의 사후에 묘당을 만듦으로써 공자의 유교사상이 만세를 뛰어넘어 오늘날 묘당에 내걸린 '지성선사(至聖先師)'란 편액처럼 영원히 기릴 수 있는 주춧돌을 놓은 셈인 것이다.

해정을 지나자 주필정(駐亭)이 나타났다. 주필정은 공자의 무덤 동남쪽에 있는 건물로 송나라의 진종(眞宗)과 청나라의 강희(康熙), 건륭(乾隆)황제가 친히 왕림하여 공자에게 제사를 지낼 때 머물렀던 삼좌(座)를 기념하기 위해 만든 건물.

마침 알이 굵어진 눈발들이 그대로 내리쌓여 삽시간에 공자의 무덤 앞은 눈부신 설경으로 변하여 있었다.

사람들은 더욱더 몰려들어 공자의 무덤 앞은 인산인해를 이루고 있었다.

맨 처음 눈에 띈 것은 공자의 손자인 공급(孔伋)의 무덤. 무덤 앞에는 '기국술성공(沂國述聖公)'이라는 석비가 세워져 있었고, 공자 무덤의 바로 앞 남쪽에 자리잡고 있었다.

공자의 무덤 동쪽에는 공자의 아들인 공리의 무덤이 나란히 자리잡고 있어서 공자와 더불어 아들인 리, 그리고 손자인 급 3대의 무덤이 함께 자리잡고 있었다.

이런 형태 때문에 3대의 무덤은 휴자포손(携子抱孫), 즉 '아들을 거느리고 손자를 품었다'라고 표현되고 있었다.

공자의 아들 공리에 대해서는 잘 알려진 바가 없고 다만 공자의 아내 올관씨가 공리를 임신했을 때, 노나라의 임금이 내려준 잉어를 먹고 태어났다고 해서 '잉어(鯉魚)'라는 의미의 '리(鯉)'자를 넣어 명명한 것으로 알려져 있다.

따라서 공자의 아들의 자가 백어(伯魚)인데, 이는 '우두머리 물고기'란 뜻을 지니고 있다.

그러나 이러한 이름에도 불구하고 공자의 아들 공리는 탁월한 사람은 아닌 듯 보인다. 공자 자신도 수많은 제자를 키웠음에도 불구하고 막상 자신의 아들인 공리에게는 별다른 가르침을 펴지 않은 것을 보면 공리는 평범하고 범상한 아들이었던 것처럼 느껴진다.

이러한 사실은 『논어』의 「계씨(季氏)」편을 통해서도 잘 알 수 있다.

어느 날 공문의 제자 진항(陳亢)이 공리에게 물었다. 진항은 공리가 스승의 아들이니, 혹시 자신들이 듣지 못하였던 특별한 가르침을 사사로이 펼치지 않았을까 하는 의구심이 들었던 것이다. 그래서 진항은 공리에게 '그대는 아버지로부터 남다른 가르침을 받은 적이 있는가' 하고 묻는다. 이때 공리는 대답하였다.

"아무것도 없다. 하루는 뜨락에 홀로 서 계실 때에 내가 종종걸음으로 손을 모으고 고개를 숙인 채 지나치고 있었더니, 아버지께서 갑자기 '너는 시(詩)를 배웠느냐' 하고 물으셨다. 그래서 내가 '아직 못 배웠습니다' 하고 아뢰었더니 '시를 배우지 못했으면 남과 더불어 사물을 형용하여 말할 수 없느니라(不學詩 無以言)'라고 말씀하셨으므로 물러나와 시를 공부하였다. 그 후 어느 날 또 뜨락에 홀로 서 계실 때에 내가 종종걸음으로 두 손을 모으고 고개를 숙인 채 지나가자 다시 아버지께서 물으셨다. '너는 예(禮)를 배웠느냐.' 이에 나는 '아직 못 배웠습니다'라고 대답하자 아버지께서 말씀하셨다. '예를 배우지 못했으면 남과 더불어 똑바로 설 수 없느니라(不學禮無以立).'"

그러고 나서 공리는 대답하였다.

"아버지께 그 말을 들은 후 나는 물러나와 예를 배웠다. 아버지로부터 들은 것은 이처럼 시와 예, 두 가지뿐이다."

이 말을 들은 진항은 기뻐하며 물러나와 말한다.

"하나를 물어서 셋을 알았다. 시(詩)와 예(禮)를 알았고, 또 군자는 자기 아들이라 해서 특별히 가까이하지 않음을 알았다."

진항의 말을 통해 알 수 있는 것은 공자가 수많은 가르침을 펼쳤으나 인간이 인간답게 사는 본(本)은 오직 시(詩)와 예(禮)로 압축될 수 있다는 진리였으며, 또한 공자가 자기 아들이라 해서 특별하게 사사로운 가르침을 펼치지 않았다는 사실이다.

이는 공리가 안연을 비롯한 다른 제자와는 달리 뛰어난 학문적 재능을 갖고 있지 않았다는 의미를 내포하고 있는 것이지만 어쨌든 공자는 아들 공리가 죽자 자신이 직접 지금도 남아 있는 묏자리에 장례를 치러주었으며, 바로 그 옆자리에 자신이 묻힐 묘터를 마련해둘 만큼 큰 충격을 받았던 것이다.

이러한 사실은 안연이 죽자 안연의 아버지 안로(顔路)가 공자에게 공자의 수레를 팔아 덧관(최고급 관)을 마련해줄 것을 요청하였을 때 공자가 대답하였던 내용에서 그대로 드러난다.

"잘났건 못났건 누구나 자기 자식을 위해서 말하게 마련이다(才不才亦各言其子也)."

물론 공자는 공리가 죽었을 때 평범한 관을 사용하였을 뿐 덧관을 마련하지 못하였으므로 비록 수제자인 안연이 죽었다 하더라도 수레를 팔아서까지 덧관을 마련할 수 없다고 완강하게 거절하고 있는 장면이 『논어』의 「선진(先進)」편에 나오고 있지만 공자가 말한 '잘났건 못났건 누구나 자기 자식을 위한다'는 내용은 역설적으로 표현하면 공자의 아들 공리 역시 비록 못난 자식이라 하더라도 아버지인 자신은 아들을 위할 수밖에 없다는 공자의 인간적인 면모를 드러내고 있는 장면인 것이다.

그러나 진항의 표현대로 '자기 아들이라 해서 특별히 가까이하지 않았던' 평범한 아들 공리와는 달리 손자 공급은 할아버지를 뛰어넘을 만큼 빼어난 학자였다.

따라서 공리는 죽기 직전 '나는 아버지(공자)보다는 못하지만 내 아들은 아버지(공리)보다 훨씬 낫다'라는 유명한 말을 남겼다는 일화가 전해지고 있지만 이는 후세의 가필임에 분명하다.

왜냐하면 공리는 공자의 나이 69세 때 50세의 나이로 죽었으며, 공급은 바로 공리가 죽던 해에 태어난 유복자이기 때문이다. 자기가 죽을 때까지도 태어나지 않은 아들을 두고 자기보다 뛰어난 현인이라고 표현한다는 것은 불가능한 사실이기 때문이다.

공교롭게도 공자도 아내를 쫓아내고 홀아비생활을 하였는데, 그의 아들 공리도 이유 없이 아내를 쫓아 보냈으며, 손자인 공급조차도 아내를 쫓아 보냈다.

공자가 아내를 쫓아 보낸 것은 제사상에 번육을 올리지 않았다는 이유였는데, 이러한 괴팍한 기질 역시 유전적인 요소였을까. 3대가 모두 아내와 불화를 겪은 광부(曠夫)들이었던 것이다.

그러나 공리의 예언은 그대로 적중된다. 자신은 아버지 공자보다는 못하지만 자신의 아들 공급은 아버지를 뛰어넘어 공자에 필적하는 대사상가로 성장하였던 것이다.

이러한 형질은 열성이든 우성이든 한 대를 걸러 나타나는 격세유전(隔世遺傳) 때문일까.

공급은 할아버지 공자가 창시한 유교를 후세에 전하는 가장 중요한 징검다리였다.

공급의 생애는 잘 알려진 바가 없다. 장년 시절에는 위나라에서 벼슬을 하다가 후에 노나라로 돌아왔으며, 목공으로부터 빈사(賓師)의 예를 받았다고만 전해지고 있을 뿐이다.

사마천도 『사기』에서 이에 대해 짤막하게 전하고 있다.

공자는 리를 낳았다. 자는 백어인데, 50세에 공자보다 먼저 죽었다. 백어는 급을 낳았다. 자는 자사(子思)이며 62세 때 죽었다. 자사는 일찍이 송나라에서 재난을 당했었다. 그는 『중용(中庸)』을 저술하였다. 자사는 백(白)을 낳았다. 자는 자상(子上)인데 47세에 죽었다.

그러므로 공급, 즉 자사의 뛰어난 업적은 사마천이 기록한 대로 유가의 중요한 경전인 『중용』을 저술했다는 사실.

자사는 할아버지의 중용사상을 계승 발전시켜 '양단(兩端)을 잡아 중(中)을 사용'하는 '집양용중(執兩用中)'의 방법론을 제시한 유가의 대학자였다.

'중(中)이란 천하의 큰 근본이고, 화(和)란 천하의 공통된 도(道)'라는 핵심사상은 '중과 화를 지극히 성실히 하면 천지가 제자리를 편안케 하고, 만물이 잘 생육될 것이다'라고 주장함으로써 중과 화야말로 우주의 근본법칙이라고 말하였던 것이다.

자사는 4세 때 할아버지를 잃었으므로 공자로부터 직접 유학을 배운 적은 없었을 것이다. 자사는 공자의 학문을 이어받은 증자(曾子)로부터 학문을 배웠던 것이다.

증자는 공자보다 46세나 어린 제자로 그 많은 제자들 중에서도 공자의 도통을 이어받은 유일한 제자로 손꼽혀왔었다.

나는 매일 자신에 대해서 세 가지를 반성한다. 남과 일을 꾀함에 있어 불충실하지 않았던가. 친구들과 사귐에 있어 신뢰를 잃지 않았던가. 스승에게서 배운 것을 익히지 않은 바 없었던가.
吾日三省吾身 爲人謀而不忠乎 與朋友交而不信乎 傳不習乎

이처럼 공자의 가르침을 이행하는 데 철두철미하였던 증자는 특히 주자로부터 증자가 『대학』을 저술했다고 단정한 이후부터 종성

(宗聖)이라고 존경받았던 사람.

공자의 손자인 공급은 바로 증자로부터 할아버지의 사상을 전수받음으로써 공자와 증자, 그리고 자사로 이어지는 법통의 중심인물로 성장할 수 있었던 것이다.

그러나 뭐니뭐니 해도 최대의 업적은 자사의 학통이 맹자로 이어졌다는 역사적 사실.

맹자가 직접 자사에게서 배웠다는 학설도 있지만 자사가 기원전 483년에 태어나 기원전 402년에 죽었고, 맹자의 출생년도는 불분명하지만 대략 기원전 373년경에 태어난 것으로 알려져 있어 두 사람의 세대 차이는 30여 년. 그러므로 맹자가 자사에게서 직접 유학을 배울 수는 없었을 것이다.

맹자는 공자의 손자인 자사로부터 직접 유학을 배우지 않고 자사의 문인으로부터 유학을 배웠던 것이 틀림없는 사실이다. 이러한 사실은 『사기』에서 '맹자가 자사의 문인으로 나아가 배웠다'는 기록을 통해 정확하게 밝혀지지만 그러나 맹자는 자사의 재전(再傳) 제자가 되었음에도 불구하고 그의 포부는 자사를 사숙하는 데 그치지 않고 한걸음 더 나아가 공자를 계승하고자 노력하였다.

공자에 대한 맹자의 추앙은 극진한 것이어서 '원하는 바는 오직 공자를 배우는 것이다'라고 계속해서 공언함으로써 스스로 공자사상의 계승자임을 자임하였을 뿐 아니라 실제로 유가의 중시조(中始祖)로 자리매김하였던 것이다.

유교사상을 공자와 맹자의 첫 이름을 따서 공맹사상으로 부르는 것은 맹자가 공자사상의 발양자(發揚者)였기 때문인 것이다.

　서양철학사에 있어 소크라테스가 시조라면 플라톤은 소크라테스의 철학을 개화시킨 중흥지주(中興之主)였으며, 동양사상에 있어 공자가 유교를 창시한 시조라면 맹자는 플라톤처럼 유학을 개화시킨 중흥조(中興祖)였던 것이다.

　만약 공자의 손자인 자사가 없었더라면 맹자도 존재하지 않을 것이며, 맹자가 없었더라면 유학은 대가 끊겨 멸절되었을 것이므로 뭐니뭐니 해도 공급 최대의 업적은 공자와 증자, 그리고 자신을 거쳐 맹자에게 유가의 학통을 바통터치함으로써 2천5백 년에 걸친 유가의 계주가 맥이 끊기지 아니하고 오늘날까지도 계속 달릴 수 있도록 그 징검다리 역할을 하였다는 점일 것이다.

　공급의 무덤 앞에는 석조로 만든 옹중 한 쌍이 세워져 있었는데, 그것은 북송(北宋) 선화(宣和) 연간에 세운 석인들이었다.

　공급의 묘를 돌아가 마침내 공리와 공자의 무덤이 나타났다.

　먼저 나타난 것은 공급의 아버지, 공리의 무덤. 3기의 무덤 중 규모가 가장 작은 편이다. 무덤 앞에는 '사수후묘(泗水侯墓)'라는 글자가 새겨진 석비가 세워져 있었다.

　그 안쪽에 공림의 주인공인 공자의 무덤이 자리잡고 있었다.

　발 디딜 틈조차 없을 정도로 많은 중국인들이 모여들어 공자의 무덤을 배경으로 사진들을 찍고 있었고, 공자의 무덤 위에 솟아난 잡목들 위에도 흰눈이 하얗게 뒤덮여 있었다.

　원래 공자의 묘는 분묘의 형태가 말의 등처럼 생겼다 해서 마렵

봉(馬封)이라고 부르고 있다. 실제로 흰눈이 덮인 공자의 무덤은, 흰 백마의 등처럼 보였다.

특이한 것은 우리나라에서는 조상의 무덤을 잘 관리하기 위해서 수시로 떼를 입히고 벌초를 해서 가지런히 정돈하는 것이 보통이나 중국에서는 무덤 위에 잡초나 나무가 잘 자라야 자손이 번창한다는 속설이 있어서 공자의 무덤 위에는 측백나무가 웃자라고 있었고 많은 잡초들이 무덤 위를 거칠게 뒤덮고 있었다.

공자의 무덤 바로 곁에는 작은 움막 하나가 있었다. 세간의 와방(瓦房) 앞에는 글자가 새겨진 석비가 세워져 있었다.

'자공여묘처(子貢廬墓處).'

그 글자는 '자공이 여막을 짓고 머무르던 곳'이라는 뜻. 여막은 상제가 무덤 가까이 살면서 묘지를 지키던 초막을 가리키는 것으로 실제로 사마천은 『사기』에서 '자공은 무덤 곁에 초막을 짓고 6년이 지난 후에야 물러났다'고 기록하고 있다.

여묘처와 연결된 돌로 만든 석책 바로 뒤에 공자의 무덤이 있었다. 무덤 앞에는 거대한 묘비가 새겨져 있었다.

'대성지성문선왕묘(大成至聖文宣王墓).'

원래 공자의 무덤 앞에는 다른 묘비가 세워져 있었다. 송대에 전각된 것으로 그곳에는 '선성묘(宣聖墓)'란 글자가 전각되어 있었다. 공자의 무덤 앞에는 두 개의 묘비가 쌍둥이처럼 세워져 있는데 앞에 세워진 묘비는 명나라 정통(正統) 8년 서기 1443년에 세운 것이다.

나는 눈을 맞으며 물끄러미 그 묘비에 전각된 문장의 뜻을 새겨

보았다.

'위대한 지덕을 아울러 갖추어 더없이 뛰어난 지성, 문선왕의 무덤.'

그러나 그 묘비에 새겨진 문장의 뜻을 새겨보던 나는 뜻밖의 사실을 발견할 수 있었다. 그것은 '왕(王)' 자가 무덤의 상석에 가려져 제대로 보이지 않는다는 점이었다.

그래서 무덤 밖에서 보면 '왕' 자가 아니라 '간(干)' 자로 보이고 있었다. '왕' 자를 확인하기 위해서는 무덤에 바짝 다가가서 석비의 아랫부분을 확인할 수밖에 없었는데, 놀라운 것은 '왕(王)' 자 가운데 부분의 획이 기형으로 길게 변형되어 전각되어 있다는 점이었다.

순간 나는 그 이유를 알 수 있었다.

무릇 왕이란 지상에서의 왕국을 지배하는 권력자, 즉 임금을 가리키는 용어이므로 군주만의 대명사인 것이다. 사마천이 『사기』에 표현하였듯 '공자가 뛰어난 지성(至聖)이었지만 한갓 포의(布衣)에 불과' 한 미천한 신분이었으므로 공자의 무덤 앞에 함부로 임금 '왕' 자를 사용할 수 없어 그러한 편법을 썼다는 사실을 깨달았던 것이다.

그러나.

나는 쏟아지는 눈발을 맞으며 생각하였다.

그러한 편법을 쓴다 하더라도 공자가 실제로 진리의 문선왕(文宣王)임을 가릴 수야 있겠는가.

공자가 이 지상의 왕국, 권세의 왕이 아니라 왕 중의 왕임을 가릴 수 있을 것인가.

왕 중의 왕.

세계의 3대 성인이었던 예수와 부처, 그리고 공자는 살아생전에는 이 지상의 화려한 왕들이 아니었다.

실제로 성경 속에서 예수는 죽기 전날 총독 빌라도로부터 '그대는 유대의 왕인가' 하는 준엄한 질문을 받는다. 이에 대해 침묵을 지키던 예수는 마침내 '내 왕국은 이 세상 것이 아니다. 만일 내 왕국이 이 세상 것이라면 내 부하들이 싸워서 나를 유대인의 손에 넘어가지 않게 할 것이다. 내 왕국은 결코 이 세상의 것이 아니다' 라고 대답한다.

예수의 대답에 빌라도는 다시 묻는다.

"아무튼 네가 왕이냐."

빌라도는 예수의 '내 왕국은 이 세상의 것이 아니다' 라는 난해한 대답에 일체 관심이 없었던 것이다. 빌라도는 로마제국의 황제를 모시는 유대의 총독. 그러므로 빌라도는 이 소용돌이의 주인공인 예수가 왕이냐 아니냐, 라는 현세적인 관심에만 몰두하고 있었던 것이다. 그러자 예수는 대답한다.

"나는 오직 진리를 증언하러 왔으며 그 때문에 세상에 왔다. 진리 편에 선 사람은 내 말을 귀담아 듣는다."

예수의 이 말은 자신이 이 지상의 왕이 아니며, 진리와 하늘나라의 왕임을 명백히 하고 있음이다. 실제로 미천한 집안에서 태어나 보잘것없이 구유에 눕혔던 예수는 십자가에 못 박혀 죽었다가 다시 살아남으로써 목수 예수는 구세주, 즉 그리스도로 부활한다.

그뿐인가.

석가모니의 경우는 이 지상의 왕이 아님을 더욱 극명하게 드러낸다. 석가모니는, 목수의 아들로 태어난 예수나 하찮은 포의의 신분인 공자와는 달리 히말라야 남쪽 기슭의 카필라라는 왕국에서 왕자의 신분으로 태어난다. 태자 시절에 아버지 슛도다나왕은 이름난 점성가를 불러 석가모니의 미래를 점쳐보았다. 이때 점성가는 '태자는 뛰어난 위인의 상을 가지고 있습니다. 왕위에 오르면 무력을 쓰지 않고 온 세상을 다스리는 제왕이 될 것이고, 출가하여 수행하면 반드시 부처님이 되어 모든 중생을 구제해줄 것입니다'라고 대답한다.

그러나 왕자 싯다르타는 온 세상을 다스리는 제왕의 길을 포기하고 왕궁을 떠나 출가함으로써 제왕의 길에서 전륜성왕(轉輪聖王)의 길로 나아가 부처가 되었던 것이다.

만약 예수가 악마의 유혹대로 높은 산으로 올라가서 발아래 절을 하였다면 '세상의 모든 나라와 그 화려한 권세와 영광을 물려받는 왕'이 될 수 있었을 것이다.

마찬가지로 부처가 진리의 길을 포기하였더라면 점성가가 예언하였던 대로 온 세상을 다스리는 위대한 정복왕이 되었을지도 모른다.

그러나 예수는 악마의 유혹을 거부하고 진리의 편에 서서 십자가에 못 박혀 죽는, 바오로의 표현대로 어리석은 행동을 함으로써 왕 중의 왕으로 부활할 수 있었던 것이며, 석가모니 역시 화려한 왕궁을 포기하고 출가함으로써 왕 중의 왕인 전륜성왕으로 거듭날 수 있었던 것이다.

이는 공자의 경우도 마찬가지였다.

공자가 만약 13년 동안의 주유천하 중에서 눈 밝은 군주의 눈에 들어 본격적으로 왕도정치를 펼쳤더라면 아마도 공자가 다스리는 국가는 유토피아의 이상국가를 이뤄 전국시대를 통일하는 강력한 제국을 이뤘을지도 모른다. 그러나 공자에게 그런 기회는 결코 찾아오지 않았다. 초라하게 상갓집의 개처럼 아무런 소득 없이 돌아온 공자에게 있어 그 절망은 예수의 경우처럼 십자가에 못 박혀 죽거나 부처의 경우처럼 왕궁을 떠나는 출가행위였던 것이다.

죽기 전까지도 눈 밝은 군주의 출현을 고대하였던 공자의 모습은 마치 소설 「큰 바위 얼굴」을 연상시킨다. 평생 동안 '큰 바위 얼굴'을 닮은 성인을 고대하고 있었던 주인공 자신이 마침내 큰 바위 얼굴이었다는 너대니얼 호손의 명작소설의 내용처럼 평생 동안 이상적인 왕을 고대하며 천하를 주유하였던 공자는 죽은 후에야 이 세상이 그토록 고대하였던 큰 바위 얼굴이 바로 공자 자신이었음을 드러낸다.

왕 중의 왕.

인류가 낳은 예수와 부처, 그리고 공자의 3대 성인은 이처럼 세속의 왕권과 그 화려한 권세와 영광을 포기함으로써 진리의 왕 중의 왕으로 환생하게 되는 것이다.

나는 물끄러미 공자의 무덤 앞에 새겨져 있는 묘비의 내용을 다시 한 번 자세히 보았다.

대성지성문선왕묘.

그 묘비의 내용은 '위대한 지덕을 갖추어 더없이 뛰어난 지성, 문선왕의 무덤' 이라는 뜻을 내포하고 있지만 보다 자세히 분석하면 공자를 세 가지의 지덕을 갖춘 성인으로 추앙하고 있는 것이다.

즉 '대성(大成)' 이란 말은 '위대한 학문을 완성하였다' 는 뜻이고, '지성(至聖)' 이란 말은 '최고의 성인' 이라는 뜻이며, '문선왕(文宣王)' 이란 말은 '문화를 전파하는 왕' 이라는 세 가지의 의미를 함축하고 있는 것이다.

그 순간 내 가슴속으로 뜨거운 감동의 물결이 용솟음쳐 끓어올랐다.

그렇다.

나는 소리 내어 중얼거렸다.

공자는 진리의 왕 중의 왕이지만 또한 아직까지도 인간으로 여전히 존재하고 있다. 예수가 부활하여 그리스도가 되어 하늘왕국을 선포함으로써 이 지상의 나그네인 우리들에게 하늘나라의 시민이 되기를 요망하고 있지만 공자는 살아서도 죽어서도 여전히 저 무덤에 묻힌 하나의 인간으로 남아 우리들에게 이 지상의 시민이 될 것을 요구하고 있다.

부처 역시 해탈하여 초월적인 신앙의 대상이 되었지만 공자는 여전히 인간으로만 남아 있다.

스스로를 '사람의 아들' 이라고 표현하고 있지만 예수는 어디까지나 '하나님의 외아들.' 그러나 공자는 2천5백 년 전에 태어났지만 여전히 우리 곁에 살아남아서 우리들에게 인간답게 살기 위한 충고를 아직까지도 계속하고 있는 것이다.

그러므로 공자는 '위대한 학문의 완성자, 최고의 성인, 문화를 전파하는 왕'이라는 저 묘비의 내용처럼 시대와 공간을 초월하여 우리 곁에 살아 있는 것이다.

살아 있는 인간 공자.

이제는 함박눈으로 변해 쏟아지는 눈발 속에서 나는 묵묵히 공자의 무덤을 바라보면서 생각하였다.

살아서도 죽어서도 변함없이 우리와 똑같은 인간 공자. 예수와 부처처럼 신앙의 대상으로 우상화되지 않고 여전히 살아 있는 인간으로만 존재하고 있는 공자.

나는 뒷걸음질쳐서 공자의 무덤 앞을 물러나왔다. 더 이상 그 자리에 머물러 있을 필요가 없었으므로 나는 빠르게 걸어 무덤 옆길로 빠져나왔다.

그곳에는 숲이 우거져 있었다.

공림이라는 이름이 가리키듯이 이곳은 공자를 비롯한 공씨의 후예들이 묻혀 있는 공동묘지.

실제로 쏟아지는 흰눈으로 뒤덮인 공림 곳곳에는 봉분의 모습이 보였다. 이곳에는 백여 종에 달하는 많은 고목들이 자라는 것으로 유명한데, 이는 각 지방의 공자 제자들이 자기 지방에서 자라나는 나무들을 옮겨 심은 데서 비롯되었다고 한다.

공림에는 공자의 후손 50여 기의 무덤이 산재하고 있는데, 대부분 남자들의 무덤들뿐이다. 한 가지 예외는 72대 연성공 공헌배(孔憲培)의 부인이며, 건륭황제의 딸인 우씨(于氏)의 묘. 이는 황제의 딸이라는 사실을 감안해서 특별 예우하였던 것처럼 보인다.

눈은 더욱더 강하게 내려 프로스트의 시처럼 들려오는 소리라고는 바람과 날리는 눈뿐. 온 숲 속은 어둡고 깊고 그리고 아름다웠다.

'그러나 나는 지켜야 할 약속이 있어/잠들기 전에 가야 할 먼 길이 있다.'

프로스트의 시처럼 나는 지켜야 할 약속이 있었으므로 잠들기 전에 가야 할 먼 길을 향해 걷기 시작하였다.

순간 내 머릿속으로 한 가지 상념이 떠올랐다. 이 공림에 묻힌 사람들의 무덤이 어찌 공씨 가문의 무덤들뿐이겠는가, 하는 생각이었다. 이 공림에 묻힌 사람들이 모두 공자의 후손들이라면 나를 낳은 아버지, 그 아버지의 아버지, 그 아버지의 아버지의 아버지들이 묻힌 이 동방의 대지야말로 유림(儒林)의 숲이 아닐 것인가. 그렇게 보면 공자는 우리의 정신을 낳은 아버지인 것이다.

공림을 빠져나오는 내 귓가에 동양 최고의 사가인 사마천의 사자후가 폭풍이 되어 들려왔다.

나 태사공은 이렇게 생각한다.

『시경』에 보면 '고산을 우러러보면서 대도(大道)로 나아간다'고 되어 있다. 도달할 수는 없더라도 어쩔 수 없이 그쪽으로 향한다는 뜻이다. 나는 공자의 저서들을 읽으며 그 인품을 생각해

보았다. (…) 나는 주위를 거닐면서 차마 그곳에서 발길이 떨어지지 않는 사실을 감지했다. 천하의 어떤 군주나 현인들도 살아서는 영화를 누렸겠지만 죽어서는 그것으로 끝났었다.

그러나 공자는 포의의 신분이었으면서도 덕은 10여 대를 걸쳐 전하고 학자들도 공자를 종주로 우러러보고 있는 것이다. 천자와 왕후들을 비롯해 중국 전역에서 육예를 논할 때에는 모두 공자를 표준으로 취사선택하니, 과연 공자를 지성(至聖)이라 부르지 않을 수 없을 것이다.

나는 사마천의 표현처럼 '고산을 우러러보면서 대도로 나아가기 위해서' 공림을 빠르게 걸어나갔다.

작가의 말

『유림(儒林)』이 완간된 것은 지금으로부터 5년 전인 2007년 1월이었다. 전6권으로 내가 쓴 장편소설 중에서 가장 긴 소설이었다. 이 소설은 2천5백 년 전 공자로부터 태두된 유교를 주제로 그 찬란한 동양의 정신유산이 어떻게 우리나라의 위대한 사상가인 퇴계에 의해 열매 맺고, 오늘을 사는 우리들에게까지 세상을 살아가는 이치와 사람의 도리를 전하고 있는가를 파헤치고 싶어 공자를 비롯하여 맹자, 노자, 순자 등 여러 사상가들과 공자의 정명주의를 정치에 실현하기 위해 부단하게 노력하다 순교한 조광조, 이기일원을 주장한 이율곡, 유교의 완성자 이퇴계 등 여러 역사적 인물들의 입을 빌려 방대한 '유교의 숲(儒林)'을 그린 대하소설이었다. 엄밀히 따지면 『유림』의 일관된 주인공은 인물이 아닌 '유교'인 셈이었다.

무릇 소설은 어차피 사람이 주인공일 수밖에 없는 것. 그래서 언젠가는 한 사람씩 인물을 따로 추려내어 독립된 단행본을 별책으로 펴내리라 생각하고 있었다.

그런데 덜컥 뜻밖의 병에 걸려 혹독한 투병중이어서 감히 꿈도 꾸지 못하고 있었는데, 지난 봄 우연히 가톨릭주보에 매주 쓰는 글 때문에 참고할 일이 있어 「공자」와 「맹자」를 다시 읽다가 갑자기 가슴에 열정이 타오르는 것을 느꼈다.

그 열정은 이런 것이었다.

2천5백 년 전 공자가 살던 춘추시대와 그로부터 백 년 후 맹자가 살던 전국시대가 오늘과 전혀 다르지 않다는 느낌을 받았던 것이다. 물론 성경을 읽을 때도 예수가 살던 그 당시와 지금은 동시대라는 강렬한 인상을 느낀다.

무자비한 권력자, 거짓논리의 율법학자, 성전을 더럽히는 배금사상, 간음 현장, 진리를 못 박는 십자가 등 역설적으로 말하면 오늘날의 타락이 예수가 살던 어제의 그 시절의 광기와 다르지 않음으로서 진리(眞理)의 불변을 느낄 수밖에 없지만 공자와 맹자가 살던 춘추전국시대는 같은 동양권이어서일지는 몰라도 예수가 살던 로마시대보다 오히려 더욱 오늘날의 현실과 닮아 있음을 절실하게 느낄 수 있었던 것이다.

나는 누가 시키지 않았는데도 꼬박 무리를 하면서 「공자」와 「맹자」를 따로 뽑아내어 오래전부터 구상하고 있던 독립된 책을 펴내는 작업을 하였다.

아아, 이 신춘추전국(新春秋戰國)의 어지러운 난세에 이 책이 조금이라도 보탬이 됐으면 좋으련만. 그런 바람이야 꽃이 지면 같이 울던 알뜰한 헛 맹세와 같은 것. 어차피 봄날은 간다.

2012년 초여름
최인호

소설 맹자

초판 1쇄 발행 2012년 6월 12일
초판 8쇄 발행 2018년 7월 5일

지은이 최인호
펴낸이 정중모
펴낸곳 도서출판 열림원

등록 1980년 5월 19일(제406-2000-000204호)
주소 경기도 파주시 회동길 152
전화 031-955-0700 | 팩스 031-955-0661~2
홈페이지 www.yolimwon.com | 이메일 editor@yolimwon.com

ⓒ 최인호, 2012
ISBN 978-89-7063-740-2 03810

*책값은 뒤표지에 있습니다.